AMULET HOTEL

アミュレット・ホテル

HOJO KIE

方丈貴恵

光文社

アミュレット・ホテル

AMULET
HOTEL

Contents

装画
◆
松島由林
……………………………………
装幀
◆
大岡喜直
(next door design)

Episode 1

アミュレット・ホテル

「とんだ言いがかりだ、話にならない」

吐き捨てるようにそう言うと、男は窓の外を見つめた。だが男の声も背中も……激しい動揺を隠すのに完全に失敗していた。

窓の向こうに広がる世界には雨が降り続いている。白い紗《しゃ》を通して、乗用車やトラックのヘッドライトがぼんやりと見えていた。

やがて、彼女は目を細めた。

「……それがあなたの答え？」

「そうだ。次にホテルの外で出会ったら、どうなるか覚悟しておけよ」

凄《すご》みを利かせた脅《おど》し文句を聞きながら、彼女は微笑《ほほえ》んだ。その目には軽蔑《けいべつ》の色が浮かんでいる。自分のやったことを認めることもできなければ、その責任を負う度胸すらない男だ。

彼女は持っていた細身のロープを取り出すと、その端《はし》を左手に何重か巻き付けた。手袋をつけているので、きつく巻いても痛みは感じない。それからロープに八十センチほど余裕を持たせて右手にも同じようにロープを巻く。

最後にロープを左右に引っ張って充分に力を加えられるか試して、彼女は低い声でこう言った。

「なら、これでお別れね？」

口の中で罵《ののし》り言葉を吐き続けていた男の動きがピタリと止まった。彼女の口調に何を感じたのか、男は振り返ろうとした。

「それはどういう……」

声が震えている。最後まで言わせず、彼女は素早く男の首にロープを巻き付けた。男の目が見開かれ、首を守ろうと振り上げた指先がレースカーテンを空しく揺らす。

「意味は分かっているはず」

そう囁《ささや》きながら、彼女はロープを一気に締め上げた。

＊

夜勤明け、金魚に餌《えさ》を与えていると内線電話が鳴り響いた。

連勤に向けて仮眠するつもりだった私は大きく舌打ちをして、手についた餌を適当に払う。水槽の和金《わきん》が我先に水面をパクつくのを眺めながら、受話器を取り上げた。

「はい、桐生《きりゅう》です」

『トラブル発生だ。至急、別館の１１０１号室まで来て欲しい』

どうせフロントからの連絡だと思って油断していた私は思わず姿勢を正した。この声はアミュレット・ホテルのオーナー……つまり私の雇い主のものだった。

「了解です、トラブルの深刻度は？」

『最悪、としか言いようがないな』

いつもは穏やかなオーナー・諸岡《もろおか》の声に珍しく疲れ果てた響きが混ざる。つられるように私も顔を顰《しか》めた。

「多いな。今年に入ってもう三件目じゃないですか」

『昨今は質の低い客が増えているようでね。残念なことだけど』

昨日の夕方から降り続いている雨が激しく窓ガラスを叩いて、ひどく五月蠅《うるさ》い。予報では今日も大雨のようだ。

「……すぐに向かいます」

受話器を下ろすと、私は外したばかりの紺色のネクタイを椅子から拾い上げた。飲みさしのモルトウイスキーともしばらくはお別れだ。

今日も長い一日になりそうだった。


アミュレット・ホテル別館の客室は全てスイートルームになっており、全室に寝室とは別にリビングルームや浴室が備えられていた。

問題の客室がある十一階は『高層フロア』と呼ばれるグレードの高いフロアの一つだ。ちなみに……別館は九階までが低層フロア、十階以上が高層フロアという風に明確に分類されている。

徹夜明けの疲れを引きずりながら毛足の長い絨毯《じゅうたん》が敷かれた廊下を進むと、1101号室が見えてきた。扉は無理やり蹴破られたらしく、レバーハンドルの下あたりに靴跡が微《かす》かに残っている。

諸岡は扉の傍《そば》で私の到着を待っていた。

昨晩会った時よりもスーツがよれていたし、カーネル・サンダースめいた初老の顔には疲労の色が強く出ている。……鏡は見ていないが、私も似たような表情をしているに違いない。

「状況はかなり厄介だ。とりあえず、部屋の中を見てもらうのがいいかな」

諸岡に導かれるままに客室のリビングルームに足を踏み入れたところで、私は眉をひそめた。

「……殺《や》られたのは一人ですか」

「今回は、ね」

革張りのソファには遺体が横たわっていた。高身長で黒いスーツ姿、首には紐《ひも》状のもので絞められた跡がくっきりと残っている。

私は遺体から視線を上げると、寝不足で強張《こわば》った首筋に手をやりながら続けた。

「この顔には見覚えがありますね。名前は佐々木《ささき》、情報屋を自称していた強請《ゆすり》屋だ。昨日の夕方、このホテルにチェックインする姿を見た気がしますが、高層フロアの部屋を利用できるほどの大物ではなかったはず」

その言葉に諸岡が小さく頷《うなず》く。

「うん、佐々木さんが泊まっていたのは０９０６号室、九階の客室だよ。この部屋に宿泊していたのは全く別のお客さまだ」

「誰ですか」

「信濃《しなの》さん。桐生くんも彼のことはよく知っているだろう」

「詐欺《さぎ》グループ『エリス』のボスの？」

「そうそう、我がホテルを贔屓《ひいき》にしてくれている上客でもあるね」

「昨日、バーにいるのを見かけましたが……まさか、彼の部屋だったとは」

これはややこしいことになりそうだと私は首を振り、白い手袋をはめた。それから遺体の傍にひざまずく。

「索条痕《さくじょうこん》のつき方からして自殺ではない、絞殺《こうさつ》に間違いなさそうです。凶器はそこに落ちているロープで決まりかな？　首に残っている跡と完全に一致する」

そう分析しながら、私は足元に落ちていたロープを拾い上げて遺体の首に近づけた。ロープは細くしなやかなもので、このホテルの備品でないのは確かだ。十中八九、犯人が外から持ち込んだものだろう。

入口付近の壁際には空《から》のサービスワゴンが置かれていた。

普段、従業員が使っている時は純白の大きなテーブルクロスが掛けられているのだが、今は金属がむき出しの状態になっている。

私はリビングルームを見渡してみたが、テーブルクロスらしきものは見当たらなかった。また、部屋のテーブルには食べ物や飲み物も何も置かれていない。このことも少し引っかかった。

私は諸岡に視線を戻して口を開く。

「で、現時点で事件が起きたことを知っているのは？」

「私と桐生くんを除けば信濃さん、それからホテルの従業員が二人だけ。……あっ、ドクにも知らせたんだった。死亡推定時刻を割り出してもらおうと思って」

諸岡がドクと呼んでいるのは、アミュレット・ホテルが専属契約をしている医師のことだ。誰も彼もが金髪ボサボサ頭の彼のことをドクと呼ぶが、私も本名は知らない。専門は形成外科なのだが、不気味なくらいオールマイティで法医学にも造詣《ぞうけい》が深かった。

「なるほど、事件を知っているのは『内輪』の人間だけか。……先ほどオーナーは『状況はかなり厄介』とおっしゃいましたが、これだといつものトラブルと何ら変わらないのでは？　警察に通報されてしまった訳でもないし、隠蔽《いんぺい》するのも簡単だ」

私がそう言っても諸岡は晴れない表情のまま、彼のトレードマークでもある白髪《しらが》交じりの髭《ひげ》を撫《な》でまわしていた。

「うん、何というか……今回はちょっと状況が特殊なんだ。まず、この部屋はある意味、密室だったらしい」

密室？　それは久しぶりだ、確かに厄介な状況に違いない。

ひとまず証拠品を回収することに決め、私は胸ポケットからビニール袋を取り出して中に凶器と思われるロープをしまった。その間にも諸岡が説明を続ける。

「今朝五時五分くらいに、私は信濃さんから電話で連絡を受けたんだ。内容は１１０１号室の扉の錠が壊れたのか開かないというクレームだった」

オーナーと信濃には昔から個人的に親交があると聞いていた。そのため、信濃は直接諸岡に相談をしたのだろう。

続いて、私は廊下と客室をつなぐドアに視線を移した。

高級ホテルと銘打《めいう》ちながら、アミュレット・ホテルでは客室にカードキーを採用していない。

カードキーはカード本体とカードリーダにログ（使用記録）が残る仕様になっている。ログが残ることを嫌う宿泊客からの強い要望もあり、今でも物理的な鍵が使用されている形だ。

とはいえ、このホテルも一般的なホテルとそう変わるところがある訳ではない。扉は内開き、部屋側にドアガード……防犯目的でドアを一定以上開かなくする棒状の金具が取り付けてあった。もちろんオートロック機能もある。

そのため、部屋の錠が下りていたこと自体は不思議でも何でもなかった。当たり前のことだが、ホテルの扉は外から閉めただけで自動ロックされるからだ。

しかしながら、鍵を使っても扉を開くことができなかったというのは解《げ》せなかった。

私はドアガードが無傷なのを確認してから言った。

「妙ですね。ドアガードがかかって密室になっていたという訳でもないらしい」

諸岡は訳知り顔で頷く。

「そうだよ。別のことが原因で扉は開かなくなっていたんだ」

「となると、誰かが室内からサムターンを回して『ダブルロック』状態になっていた可能性がありそうですね？　このホテルの場合……一般の従業員が持っているマスターキーではサムターンによるロックは解除できないようになっていますから」

アミュレット・ホテルは『宿泊客のプライバシーと安全を守る』ことをモットーにしている。宿泊客の部屋に忍び入って寝首を掻《か》こうとする輩《やから》が現れるのを防ぐためにも、マスターキーの機能は敢《あ》えて一部制限されるように特注されていた。

ちなみに、客室にカードキーを導入している他のホテルでも同じようなプライバシー保護が行われており、カードの種類によって開けられる部屋やロックの種類が違う仕様になっていると聞く。

そういったことを念頭に置きながら、私は続けた。

「しかしながら、『ダブルロック』状態を解除できるキーも存在します。……エマージェンシーキーがそうですね。確か、支配人、副支配人、オーナーがそれぞれ一本ずつ保管なさっていたはずですが」

「ああ、今も持ってるよ」

諸岡は銀色に鈍く光る鍵をキーチェーンから取り出して見せた。

エマージェンシーキーはその名の通り、災害時や非常時に用いられるもので、ホテル内の全ての客室のロックを完全に開錠することができた。

「今回は、その特別な鍵でも扉を開くことができなかったんですか？」

私がそう問いかけると、諸岡が口をへの字に曲げた。

「でなければ、扉を破らせるような無駄なことはしないよ。何せ、私は無駄なことがこの世で一番嫌いだからね」

オーナーのその性格は私もよぉく知っている。諸岡は吐き出すように言ってから、すぐに真顔に戻って続けた。

「……そもそも、この扉は『ダブルロック』状態ではなかったんだ。私の鍵を使ってもロックが外れる感触はなかったし、扉は相変わらず微動だにしなかったからね」

この時になってはじめて、私は扉の室内側のドアノブ（レバーハンドル）に傷がついていることに気づいた。位置的にはレバー下部で、塗装が一部剝《は》げたようになっている。

更に視線を落とすと、扉の傍の絨毯にへこんだ跡が残っているのが目に入った。跡は四か所あり、何か重量のあるものが最近までそこに置かれていたらしい。

「ふぅん、なるほど。この部屋の扉を押さえていたのは、これですね？」

そう言いながら、私は壁際に放置されていたサービスワゴンに歩み寄った。そして手袋をした手を金属製の天板の上に置く。

「この板にも押されて窪《くぼ》んだような跡がある。レバーハンドルが強く押し当てられた時にできたものでしょう。犯人はこのワゴンをレバーハンドルの下に押し込むことで、簡易のドアストッパーにしたんだ」

諸岡は愛飲しているマールボロに火をつけながら頷いた。

「うん、そのサービスワゴンのせいでレバーハンドルはほとんど回らない状況だった。おまけに、101号室に入って確認したところ、室内の窓は全て鍵が掛かっていたんだ」

説明を聞きながら、私は問題のワゴンを動かそうとした。ところが、これが押しても微動だにしない。

訝《いぶか》しく思った私はサービスワゴンの足元を調べてみた。

ワゴンの車輪は四輪ともストッパーが付属していて、それらの全てにロックが掛かっていた。この状態でも引きずれば動きそうなものだったが……ワゴン自体の重量があるのと、この部屋の絨毯が深い毛並みを持つせいだろう。摩擦力が強く働いて動かなかった。

「サービスワゴンのストッパーには、誰も手を触れていませんよね？」

「私が確認した時にもストッパーは全て掛かっていた。ただ、部屋に入るのに邪魔だったものでね。水田《みずた》くんと一緒にワゴンを持ち上げて壁際に移動させはしたが」

水田というのはアミュレット・ホテルの従業員の名だった。フロントを担当することが多いスタッフで、彼もどうやら事件の第一発見者であるらしい。

私はストッパーを解除してワゴンを扉のところにまで転がして行った。すると、ワゴンの天板はドアのレバーハンドルの下にぴったりと収まった。

「なるほど、レバーハンドルの高さとサービスワゴンの天板の高さが同じなのか。扉の真ん前にワゴンを置けば、確かにレバーは回らなくなったことでしょうね」

天板にへこみがついていた位置も、ちょうどレバーに接する場所だ。もちろん絨毯の窪みも車輪の位置と一致している。

試しにストッパーをロックしてみると、サービスワゴンは扉の前から容易には動かなくなった。これなら、扉を蹴破りでもしなければ開ける術《すべ》はなかったことだろう。

ワゴンを元の位置に戻しながら、私は再び口を開いた。

「この部屋の扉は内側からサービスワゴンで封じられていた。窓も全て鍵が掛かっていたことから考えても、確かに不可解な密室のようですね？」

ところが、諸岡は何やら言いにくそうな表情になって首を横に振りはじめた。

「密室殺人だけでも厄介なんだけど……何より問題なのは、この部屋から遺体とは別に生存者一人が見つかったことでね」

いつしかオーナーは視線をスイートルームの奥にある寝室に向けていた。

扉が閉ざされているため、向こう側を見ることはできなかったが……私は事情を察して深くため息をついた。

「この部屋が密室だった以上、その誰かが犯人と考えるしかない。もしかして、その人物はうちのホテルの従業員なんですか？」

「そう、遠谷《とおや》くんなんだ」

遠谷というのはハウスキーパーを担当することの多い従業員だった。

「困ったことになりましたね。従業員が宿泊客に危害を加えたのは、初めてのケースだ。……でも、彼は勤務歴もまだ一年に満たないくらいですし、高層フロアの担当じゃなかったはずですが」

「いやぁ、先週からは高層フロアの清掃やベッドメイキングを任せることにしていたんだ。最近の仕事ぶりは真面目だったからね。……いずれにせよ、詳しくは本人から聞くのがいいだろう」


「俺はやってません、誰かにハメられたんです」

ベッドに腰を下ろして、遠谷は氷嚢《ひょうのう》を片手に震えていた。

容疑者である彼は三十歳くらいで、小柄で整った顔立ちをした若者だ。髪の毛がひどく乱れているせいか、いつも以上に子供っぽく見えた。

遠谷は泣きそうな顔をして捲《まく》し立てる。

「信じて下さい。俺は佐々木さんとは個人的な付き合いがないどころか、まともに喋《しゃべ》ったことすらないんですよ？」

私の知る限り、佐々木がこのホテルを利用する頻度は高くはなかった。そのため、勤務歴が浅い遠谷であれば、佐々木の接客対応をしたことがほとんどなくても不自然ではないだろう。

もしかすると、彼の言っていることは真実なのかもしれなかった。

だが、いくら被害者と接点がないように見えたとしても、動機が皆無であるように見えたとしても、そんなことには全く意味がなかった。……どんなに些細《ささい》なことでも殺人動機にはなり得るし、動機そのものが他者には理解不能な場合すらあるのだから。

私は視線を遠谷の隣に立っていた水田に向けた。彼は容疑者である遠谷に付き添い、監視役も務めていた。

年齢は三十代半ば。いつものことだが、夜勤明けだというのに髪型もホテルの制服にも一切乱れた様子がない。紺色の制服がネクタイに至るまでグシャグシャになっている遠谷とは色々な意味で好対照だった。

私と諸岡に目礼し、水田はリビングルームにつながる扉のほうへと後退した。

水田は昨晩も別館のフロントを担当していた。そのため、昨晩から今朝にかけて私と一緒に仕事をしていた時間帯も多かった。

私は水田に向かって口を開く。

「……遺体発見時の状況を教えてもらえるかな」

銀縁の眼鏡を押し上げながら、水田は説明をはじめた。

「今朝の五時過ぎに信濃さまから外線で連絡を受けました。鍵がおかしいのか部屋の扉が開かないというような内容でした。信濃さまは当ホテルの常連ですし、万が一にも失礼があってはならないので……フロントを別の者に任せ、私自身が十一階に向かいました」

「ところが、マスターキーを使っても扉は開かなかった」

「はい。信濃さまはかなり苛立《いらだ》っていらっしゃる様子で、すぐさまオーナーに直接電話をなさいました」

「その時、私は十三階にいたんだ。急いで十一階に駆け付けたものの、エマージェンシーキーを使ってもダメだったから、水田くんと扉を蹴って開けたよ」

苦笑いを浮かべた諸岡がそう言葉を挟み、水田も頷く。

「扉が開いたのは、五時十五分過ぎだったと記憶しています。そして、私とオーナーは佐々木さまの遺体と、その傍で絨毯に寝そべっていた遠谷を見つけたんです」

「寝そべっていたんじゃなくて、頭を殴られて眠らされていたんですって！」

声を上げたのは遠谷だった。彼は顔を歪《ゆが》めて後頭部に氷嚢を押し当てている。氷をどけさせて私が覗《のぞ》き込むと、遠谷の後頭部にはたんこぶができていた。

「傷は後でドクに診《み》てもらうとして、まずは昨晩に何があったのか教えてもらおうか」

遠谷はすがるような目を私に向けて語りはじめた。

「昨日の夕方は高層フロアに宿泊しているお客さまからの要望が多くて、部屋をまわってお届け物をしていました。特に十階のお客さまが多かったかな？　持って行ったのは……シャンパンとか、女性限定アメニティセットとか、職人特製ピッキングツールとか、三十八口径の弾丸五箱とか。そういう感じのラインナップでした」

「ふぅん、そこまでは至って日常的な流れだね」

夕方に宿泊客からの要望が殺到した理由は、私にも分かる気がした。

別館の十三階にはバーがあり、奥にはパーティ・ゾーンが併設されている。昨晩から朝にかけて、そこでは盛大な打ち上げが行われていた。打ち上げのスタート時刻が午後九時だったので、宿泊客たちもそれまでに用事をすませようとしたのだろう。

　なおも遠谷は説明を続ける。

「その後、フロアの清掃をしていたら背後から襲われたんです。頭にものすごい衝撃が走ったと思ったら、このザマですよ。……桐生さんはホテル探偵なんですよね？　お願いです、俺の無実を証明して下さい」

　遠谷はどうやらホテル探偵を万能の存在だと信じ切っているようだ。曇りなき眼を向けられても困る。私は苦笑いを浮かべるしかなかった。

「落ち着け。真相を突き止めるためにも情報が必要だ。……襲われたのはどこだった？」

「十一階です」

「この客室があるフロアか。時刻は？」

「もうすぐ仕事を上がれるなぁと思っていたところだったので、午後八時は過ぎていたと思います。ただ細かい時間は覚えてなくて」

　かなり曖昧《あいまい》な内容の証言だった。

　残念なことに、このホテルでは客室のあるフロアに監視カメラがない。そのせいで、余計に遠谷の昨日の行動を調べるのが難しい状況になっていた。

　アミュレット・ホテルは特殊な運営方針に則《のっと》っており、宿泊客に対して他では例を見ないレベルのプライバシー保護が行われていた。……そういった事情もあり、監視カメラが設置されている箇所も限られている。具体的には、従業員用スペース、一部エレベーターホール、それからホテル各施設の入口にのみ置かれていた。

　そのため、重大事件が発生した際に監視カメラの少なさが調査に不利な影響をもたらすことも少なくなかった。

　ここで水田が補足をするように口を開く。

「そういえば……昨晩の夜勤担当が集まった時、前任の遠谷が引き継ぎもせずに帰ってしまったという話が出ていました。確か、九時ごろのことでしたが」

「帰ったんじゃなくて、俺は一晩中監禁されていたの！」

　遠谷が消えたことを誰も気にしていなかったのは、彼の勤務時間が既《すで》に終わっていたというのが一つ。それに加えて、遠谷には数か月前に恋人ができたばかりだったというのもあったようだ。普段からのろけ話が五月蠅いくらいだったので、彼女と会う予定でもあって慌てて帰ったのだろう……と夜勤組も軽く考えたらしい。

　私はため息交じりに質問を続けた。

「で、頭を殴られた後の記憶は？」

「ハッキリと目が覚めたのはついさっきのことで、気づいたら遺体が傍にあって……。あ！　俺が犯人じゃないのはドクが証明してくれますよ」

　急に遠谷の声が自信に満ちたものに変わったので、私は不思議に思った。

「どうしてだ？」

「一か月前、俺は橈骨《とうこつ》神経麻痺になったんです。ほら、その話をしたのを覚えてません？」

　私にも橈骨神経麻痺という病名は聞き覚えがあった。

　これは手や手首の運動などを司《つかさど》る神経に障害が起きてなるもので、長時間にわたって上腕部位に圧迫をかけることなどによって発症するものだったはずだ。

「ああ、恋人に腕枕をして寝たら、左手が麻痺して大変なことになったと言っていたな。まだ治ってなかったのか？」

「今も定期的にドクの診察を受けてリハビリも続けています。神経は回復が遅くて完治には三か月くらいかかるみたいで。だから、今も左手の握力は弱いままです」

彼は嬉しそうに左手を差し出して、私の目の前でヒラヒラと振り回す。

「……ドクの見解次第ではあるけど、左手の麻痺が事実なら絞殺は難しいかもしれないな」

「でしょ？　ほらほら、俺は犯人じゃないんですよ」

ここぞとばかりに主張する遠谷に対し、諸岡は半信半疑の表情を崩していなかった。

「私も遠谷くんの話を信じてあげたいという気持ちはあるよ？　でも、その名前のややこしい麻痺が詐病だという可能性も否定できない訳だし……何よりこの部屋が密室だったのがマズい」

諸岡は壁際のサービスワゴンを指さして、更に続ける。

「あのワゴンを室外から設置するのは無理だ。となると、遠谷くんが被害者の死に関わっているのは間違いないということになってしまう。何せ、密室の中で遺体と一緒に見つかったんだからね」

オーナーの言葉にも一理あった。私は考え込む時の癖で顎《あご》に手をやる。

「遠谷さんが犯人だった場合……まず、遠谷さんは佐々木さんを何らかの理由をつけて1101号室に呼び出したと考えられますね？　この部屋を選んだ理由は、信濃さんに罪を擦《なす》りつけるためだったということにしておきましょうか」

業務上、遠谷はマスターキーを持っていたので、信濃の留守を見計らって1101号室に入ることは難しくなかったはずだ。実際、彼が遺体と一緒に発見された時には傍にマスターキーが落ちていたのだという。

遠谷は何か言いたげに左手を見つめたものの、とっさに反論できない様子だった。彼には少しばかり気の毒だったが、私は容赦《ようしゃ》なく続けることにした。

「その後、遠谷さんは佐々木さんを絞殺するも、転倒して頭を打つなどして意識を失ってしまい……目が覚めた時には朝になってしまっていた。廊下では誰かが今にも扉を開こうとしている気配がある。そこで遺体運搬のために用意していたサービスワゴンをドアレバーの下に挟んで時間稼ぎをした」

ここで水田が眉をひそめ、眼鏡のフレームに人差し指を当てながら言う。

「お言葉ですが、時間稼ぎというのは違和感がありますね。高層フロアの客室は窓を開いても隣や下の客室には移動ができない構造になっています。このことは従業員の中ではよく知られていることですし、遠谷も間違いなく理解していたはずですが」

「意識が戻った直後なら、そこまで頭が回らなかった可能性もあるだろう」

そう挟んだのは諸岡だった。彼はマールボロを携帯灰皿に押し込みながら続ける。

「気が動転していた遠谷くんは慌ててワゴンで扉を封じた。でも、すぐに1101号室から抜け出す方法がないことを思い出した。それで、気を失っているフリをして自分も犯人に襲われたように見せかけて切り抜けようとしたんじゃないかな？」

泣きそうな顔の遠谷が左手のアピールを再開したので、私は少しだけ笑ってしまった。

「現段階で考えられる流れはそんなところでしょうね。……まあ、こんなものが真相だとは私も思いませんが」

遠谷の顔がパッと明るくなる。

「やった、俺の話を信じてくれるんですか」

「信じるかどうかはさておき、誰かが遠谷さんを犯人に仕立てようとしているのは見え見えだからね。何より……この密室は廊下側からでも簡単に作ることができる」

これを聞いた諸岡は目を丸くし、すぐにパチパチと拍手をはじめた。

「いつもながら、桐生くんは仕事が早いな！　密室の謎はもう崩れてしまったか」

「今回のトリックは手の込んだモノでもなかったので」

寝室にいた全員をリビングルームに誘導しながら、私はなおも説明を続けた。

「最初に気になったのは、扉の傍に残っていた絨毯のへこみでした。扉の傍に十五分かそこらワゴンを置いただけにしては、車輪の跡がくっきりと残りすぎだったもので。これは、ワゴンがもっと長い間……恐らく何時間かにわたって扉の傍に置かれていた証拠です」

自らもその跡を調べた諸岡が小さく頷いた。

「本当だな。誰かが部屋に入って来るのを阻止しようとして、とっさにワゴンを挟んだという説は成立しなくなる」

「逆に……遠谷さんを殺害犯に見せかけるべく、ワゴンで密室を作った可能性が高いということになります」

十秒ほどの沈黙の後、諸岡が再び口を開いた。

「では、廊下側から密室を作る方法というのは？」

「サービスワゴンとセットで使われていたテーブルクロスを使ったのだと思います。もちろん別の布でも密室は作れますが、パッと見たところあの白いクロスだけこの客室から消えているようなので」

念の為に私は寝室をもう一度覗き、ガラス張りになっている浴室やトイレも軽く確認した。やはり白いクロスはどこにも見当たらない。

「……テーブルクロス？」

「オーナーもご存じの通り、客室の扉の下には隙間があり、薄いものならその下をくぐらせることができるようになっています」

他のホテルでもフロントが新聞やメッセージを入れた封筒を廊下から室内に差し込むことがある。このことからも分かるように、一般的にホテルの客室の扉はアンダーカットになっていることが多かった。

アミュレット・ホテルの場合、セキュリティを重視するために扉下の隙間は数ミリしか設けられていなかったが……それでも布一枚が軽く通るくらいの隙間が空いているのは確かだった。

「密室トリックのあらましはこんな感じです。……まずテーブルクロスを扉の傍に広げて、その上にストッパーを掛けたサービスワゴンを載せる。その際、ワゴンはできるだけ扉の近くに置いたほうがいいのですが、廊下に出るために必要な幅だけは扉から離して設置しなければならなかったことでしょう」

ここで諸岡がうーんと唸《うな》り声を上げて言葉を挟んだ。

「なるほどね。犯人は普通に扉から外に出て、あらかじめ廊下側に出しておいたテーブルクロスの端を引っ張ったのか。これなら、廊下にいながらサービスワゴンを引きずってドアレバーの下にまで移動させることができる」

「ワゴンを目的の位置まで動かした後は、扉の下から強引にクロスを引き抜いてしまえば密室のできあがりです」

絨毯に比べればテーブルクロスの表面は滑らかだ。摩擦も大きくはないから、何の苦労もなく回収できたことだろう。

けれど、まだ全ての疑問が解消された訳ではなかった。私はぐっと眉をひそめて続ける。

「密室トリックは解けましたが、何のために密室を作ったのかという謎は残ったままです。……そもそも1101号室を密室にする必要などなかったはずなのに」

「俺を陥《おとしい》れるための罠ですよ。そうに決まってます！」

遠谷は騒ぎ立てたけれど、私にはどうしてもそれが答えだとは思えなかった。

「どうだろうな。君の左手はパッと見では分からないくらいに回復しているだろう？　犯人も遠谷さんの手の麻痺を知らずに拘束《こうそく》した可能性が高い」

「確かに。知ってたら俺以外の従業員を選んで拘束してたはずですもんね」

「麻痺を知らなかったとすれば、密室という飾りつけは過剰すぎる。遺体の傍に遠谷さんを放置すればそれで事足りたはずだからね？　この部屋が密室であろうとなかろうと、遺体と一緒に発見された人物が最重要容疑者になることは目に見えていたんだから」

突然、諸岡がふっと笑った。

「……これは我がホテルに対する宣戦布告かもしれないね？」

オーナーは相変わらず穏やかな声を保っていたが、私は部屋の温度がすっと下がったような錯覚を感じた。その声には凍《い》てつくような冷たさが込められていたからだ。

諸岡は目を糸のように細めて更に続ける。

「アミュレット・ホテルは普通の宿泊施設ではない。特に別館は犯罪者のために用意された安全地帯であり、我々はそうしたスペシャルなお客さまに対してサービスを提供しているのだからね？　会費は法外な値段に見えるかもしれないが、それに見合うだけの……いや、それをはるかに上回るサービスを用意しているという自負はある」

オーナーの言葉通りだった。

アミュレット・ホテルの本館は一般客に開放されているが、別館には会員資格を有する犯罪者しか宿泊どころか立ち入りも許されていない。もちろん、今回の事件の被害者である佐々木もそうした犯罪者の一人だった。

別館の会員はそれに見合う対価さえ支払えば、どんなサービスでも受けることができた。例えば、精巧な偽造パスポートを手に入れることも、対戦車用グレネードランチャーをお取り寄せすることも、銀行内部の警備情報を入手することだって可能だ。

オーナーが殺し屋の復讐劇を描いた某アクション映画にインスパイアされて開業したという噂もあるが……その真偽は私にも分からない。

もちろん、この別館では一般のホテルと同じサービスを受けることもできた。

例えば、施設内にはジムやプールもあって会員向けに開放されている。また、低層フロアの最上階は女性限定のレディース・フロアとなっていて、エステコース付きの限定宿泊プランが人気だったりもする。

……アミュレット・ホテルを利用する上で、犯罪者たちに課されるルールは二つだけ。

一．ホテルに損害を与えない。

二．ホテルの敷地内で傷害・殺人事件を起こさない。


これ以外なら実質的に何をやっても許されるのだが、この『たった二つのルール』さえ必ずしも守られている訳ではないというのが実情だった。

ちなみに……アミュレット・ホテル内で殺人事件が起きようと、それが警察に知らされることはない。ホテル側で遺体を跡形も残らないほどの超高温で焼却し、事件の痕跡も秘密裏に処分する決まりだからだ。

つまり、ここで発生した事件は完璧にもみ消されて『なかったこと』になる。外の世界では考えられないことだが、『内輪』の人間しかいない特殊な場所だからこそ可能な荒業《あらわざ》でもあった。

残念なことに、犯罪者の中には『なかったこと』になるのを、魅力的に感じる人間もいるらしい。倫理観が壊れた連中を相手にしている以上、やむを得ないこととも言えたが……しばしばホテルのルールが破られることがあった。

殺人ほど重大な事件が発生する回数は多くないものの、それでも私の体感では年に数回ほどのペースで発生していた。おまけに、犯罪者たちが工夫をこらして嫌疑から逃れようとするので、不可能犯罪としか思えない事件が交ざることもよくあった。

諸岡は声を一層鋭くして言葉を継ぐ。

「その何者かは、私のホテルで人を殺《あや》めるという最悪の禁忌《きんき》を犯した。そして従業員を犯人に仕立てるだけでは飽き足らず、密室まで用意して我がホテルとその探偵に挑戦してきた訳だ。……一刻も早く、許されざる犯人を特定しなければならない」

間違いなく、最後の言葉は私に向けられたものだった。

アミュレット・ホテルで事件が発生した場合、ホテル探偵に一切の処理が任される決まりになっているからだ。

私は普段は主にナイトマネージャーとして働き、ホテル内の警備や小競り合いの仲裁などを行っている。だが……こうした事件の謎を解き明かして、禁忌を犯した人物を突き止めることこそ、ホテル探偵である私に課された最重要の仕事の一つだった。

*

「当ホテルにおける最大の禁忌が破られ、殺人事件が発生しました。これからホテル探偵の権限により、事件の聞き取り調査をはじめます」

１１０１号室のリビングルームに集めた三人の宿泊客に向かい、私はそう告げた。彼らはいずれも容疑者たちだ。

聞き取りの立ち会いは諸岡と遠谷の二人にお願いしていた。

ちなみに、ドクにより遠谷の橈骨神経麻痺が詐病でないことは既に証明されていた。彼の左手の握力が回復していないのも事実で、絞殺は不可能だったことも確認が取れている。そのため……遠谷の容疑は晴れ、今は証人の一人として聞き取りに参加していた。

容疑者たちの中で、最も不満そうな態度を見せているのは信濃だった。

まあ、自分の泊まっていた部屋で人が殺されただけでなく、その部屋が聞き取り調査のために開放されることになったのだから、この反応も当然と言えたが。

信濃は凍てつくような目で私を睨《にら》んできた。

「こういう事態にはホテル探偵に捜査の全権が行くのは知っているが、わざわざ俺たちを集める必要などないだろ。ふん、こんなの時間の無駄じゃないか」

ついさっきまで隣のソファには遺体が転がっていたのだが、信濃は全く平気そうな様子でソファに腰を下ろしていた。

年齢は三十代後半。いつもパーティ帰りかと思うようなダークスーツで身を固めていて、雨の日だろうが室内だろうがお構いなしに黄色いレンズのサングラスをかけている。……服装のセンスはさておき、彼はその背後にあらゆる詐欺行為で実績を収めてきた犯罪者の顔を隠し持っていた。

三年ほど前、地面師が大企業から六十億円の金を騙《だま》し取ったというニュースが全国を駆け巡ったことがあった。今でも警察は犯人の手がかりすら摑《つか》めていないが……これが信濃率いる詐欺グループ『エリス』の仕業だということは、私たちの世界では公然の秘密となっている。

舌打ちをする信濃に対し、そのプライドの高さを知っているからだろう……諸岡が宥《なだ》めるように言った。

「今回は状況が状況だからね。私も無駄なことは大嫌いなんだけれど、どうしても捜査に立ち会ってもらう必要がある。……後でしっかり埋め合わせをするから、ね？」

信濃はオーバーな仕草で肩をすくめる。

「諸岡さんがそう言うなら。俺の部屋で遺体が発見されたのが不運だったと思うしかないか」

誰からも異論がなくなったところで、私は遺体が発見された状況の説明をはじめた。1101号室が密室だったこと、その密室は廊下側からでも作ることができるものだったことなどを。

「密室トリックは既に破れました。また、マスターキーを持っていた遠谷が本件に関わっていることから、彼から鍵を奪いさえすれば誰でも1101号室に侵入することができたことも判明しています。……以上のことを踏まえて、これから皆さんのアリバイ調査を行いたいと思います」

私が言葉を切ったところで、ソファに腰を下ろしていた伊田《いだ》が艶《つや》のある唇を歪めた。彼女は1102号室の宿泊客だ。

「アリバイ調査って、昨晩は別館に多くの人が宿泊していた訳でしょう?」

彼女は部屋着のガウン姿のまま今回の聞き取りに参加していた。ガウンの胸は際《きわ》どいくらいにはだけているし、右手には琥珀《こはく》色のブランデーが入ったグラスを握っている。……これも、このホテルならではの捜査風景だ。

伊田は四十歳を超えているはずだが、正確な年齢は誰も知らない。今朝は薄い化粧しかしていないのに、相変わらず現実離れした雰囲気のある美人だった。

ただ……彼女の目の闇はあまりに深すぎる。私でさえ覗き込んだだけで眩暈《めまい》を覚えずにはいられなかった。誰もがすれ違っただけで、その外見に騙されてはいけないという警鐘《けいしょう》が脳内で鳴り響くことになるだろう。

伊田は名の知れた殺し屋だった。

主な活動の場は海外で、三十人の用心棒が守っていたターゲットを一夜にして消したことがあるという噂を持つ。その真偽のほどは私にも分からないが、彼女にはそのくらいやりかねないと思わせる凄みがあった。

私は小さく息を吸い込んでから、彼女の質問に答えはじめた。

「……既にご存じの方も多いと思いますが、昨晩から朝にかけて十三階のバーでは盛大な打ち上げが行われていました。正確には奥に設けられているパーティ・ゾーンが使われていた訳ですが」

「それなら私も知ってる。大きな仕事が上手《うま》くいったお祝いに、某窃盗グループが盛大なパーティを開いたとか、そんな話だった気がするけれど。違ったかしら？」

そう言いながら彼女はブランデーのグラスに唇を当てた。

「おっしゃる通りです。昨日は高層フロアの宿泊客のほとんど全てが、そのパーティの招待客だったほどで。まあ……あのパーティがあったからこそ、招待客たちのアリバイが簡単に確認できた訳ですが。彼らは皆、午後九時から午前五時過ぎまで十三階から出ていないことが確認できています」

伊田は皮肉っぽい笑い声を立てる。

「道理で昨日はバーが空《す》いていたはずね。宿泊客のほとんどがパーティ・ゾーンにいた訳だもの。まさか、ここに集められた三人以外は全員にアリバイがあったの？」

「そういうことです」

「嘘でしょ！　従業員はどうなのよ。そこの従業員は何とか神経麻痺で犯行が不可能だとして……他にもアリバイがない従業員がいて当然だと思うんだけど」

「パーティ会場・バーの運営に関わっていたスタッフは、業務中は十三階にいました。彼らが休憩等で十三階を出る時も、従業員専用の施設直通エレベーターを使ったことが確認できています。この業務用エレベーターは十三階以上にあるバー・サウナ・レストランなどの施設とロビー階を直接つなぐためのもので、十一階を含む客室フロアには止まりません。つまり、スタッフの誰も十一階に行くチャンスはなかったことになります」

「他の従業員は？」

「夜間は従業員も用件なしには高層フロアに上がらない決まりになっているもので。昨晩の九時以降、高層フロアの宿泊客からフロントへは何も要望がなく……結果的に、高層フロアへ行った従業員は一人だけでした」

斜めから見上げるようにして、伊田はまつ毛の長い目で私をじっと見つめた。

「その一人を容疑者から外した理由を聞いてもいいかしら」

「午前二時半、問題の従業員は備品を十一階にまで運びました。従業員専用エレベーター脇に倉庫があるのですが、そこに収めに行った形です」

「……なるほど」

「従業員専用エレベーター前に設置されている監視カメラの映像を確認したところ、彼が高層フロアにいた時間は一分だと判明しました。もちろん、これはエレベーターでの移動に必要な時間を除いた数字ですが」

伊田はすっと眉をひそめると、英語で何やら罵り言葉を呟《つぶや》いてから続けた。

「確かに……一分では犯行を終わらせて戻って来るのは難しそうね」

「ええ。距離的な問題もあり、どれだけ急いでも不可能です」

「嬉しくないニュース」

低い声で伊田は言って、それきり黙り込んでしまった。

代わりに口を開いたのは深川《ふかがわ》だった。１１０３号室の宿泊客でもある彼女は、まるで敵《かたき》でも見るような目をして私を睨みつける。

「オーナーと桐生さんはどうなんです？　お二人は他の従業員とは違う行動を取っていそうな気がするんだけど」

私と諸岡は顔を見合わせた。先に口を開く決心をしたらしく、オーナーが言う。

「私はホテル側の人間ではあるけれど、実質的に打ち上げの招待客と同じ動きをしていたものでね。友人たちと飲み食いを続けて、朝まで十三階で過ごしたよ」

「ホテル探偵は？」

「桐生くんもパーティ会場に顔を出して挨拶をすませた後バーを巡回し、午後十時には従業員専用の施設直通エレベーターで高層フロアを離脱した。その後はフロント脇でずっと仕事をしていたから、犯行は不可能だ」

「そう、ですか」

深川は不服そうに、そう口ごもった。

彼女の年齢は三十代前半。シックな長袖の黒いワンピース姿で、気だるそうな顔はチベットスナギツネにそっくりだ。

この中では最も目立たない風貌をしていたが、彼女は窃盗グループ『プロメテウス』の幹部だった。犯罪業界では他の二人に負けず劣らず名が知られている。

『プロメテウス』は美術品を持ち主に気づかれぬうちに、贋作《がんさく》にすり替えてしまうという手口を得意としていた。私が知る限り、このグループが手掛けた犯罪のうち露呈して被害届が提出されたものは

1％にも満たない。……残りの99％は今も持ち主が後生大事《ごしょうだいじ》に贋作を愛《め》でているということだ。

この手口を考案し洗練させたのが深川で、彼女はその功績が認められる形で『プロメテウス』のナンバー・ツーの立場を得ていた。

「……聞いたところ、深川さんは昨日パーティを開いていたグループとは競合する関係にあるようですね」

私がそう問いかけると、深川はむくれた様子を見せつつも頷いた。

「あんなちっぽけな仕事が成功したくらいで、パーティまで開いて祝うなんてバカみたい。あいつらのせいで私はアリバイがない一人になってしまったし！」

放っておくとこのまま愚痴がいつまでも続きそうだ。そんなものを聞かされるのはご免だったので、私は慌てて言葉を継ぐ。

「いずれにせよ……今回の事件の容疑者は1101号室の信濃さん、1102号室の伊田さん、1103号室の深川さん。この三人に絞り込まれたということです」

数秒の沈黙の後、信濃が小さく鼻を鳴らした。彼はグラスに白ワインを注ぎながら口を開く。

「気になっていたんだが、被害者は高層フロアに宿泊していたんじゃないんだろ？」

「ええ、泊まっていたのは0906号室です」

「だろうな、アイツはケチな強請屋だ。高層フロアに泊まれる会員ランクを持っていたとは思えない。……そもそも、佐々木はどうやってこのフロアに潜り込んだ？　高層フロアに続くエレベーターに乗る前には、ロビー階で会員証による本人確認を受ける決まりなのに」

「高層フロア直通エレベーターの担当者に聞き込みを行い、エレベーター前監視カメラの映像も調べたところ、佐々木さんはパーティの招待者になりすましていたことが分かりました。……招待状を捏《ねっ》造《ぞう》し、招待者リストに名前がないことも話術でごまかしていたようで」

「おい、どうなってる！　このホテルのセキュリティは噂ほどじゃないのか？」

信濃の指摘通りだった。

この点に関してはホテル側に落ち度があったと認めざるを得ない。アミュレット・ホテルとしてはあるまじき失態だった。だが、高層フロアへの侵入を許した主な原因は……パーティ主催者の招待者管理が甘かったせいだというのも事実だった。

私が弁解と事後防止策について喋り出すよりも早く、深川が夢見るような口調で呟いていた。

「万全のセキュリティを敷いたとしても、ここの会員資格を有する者は凄腕の犯罪者ばかり……。そもそも最強の盾と矛《ほこ》を一緒にしているような状態なんだから、危ういバランスが崩れることがあったとしても、私は驚かないけど？」

これを受けて、諸岡は何故《なぜ》かニコニコしはじめる。

「残念だけど、私のホテルのセキュリティが破られてしまったのは事実だ。それについては返す言葉もない。しかしながら……『最大の禁忌を犯した者を絶対に逃しはしない』と約束しよう。何せ、うちには優秀なホテル探偵がいるからね？」

犯罪者とは真反対の『探偵』という役割を担っているからだろうか？　深川は私に対して軽蔑と嫌悪の混ざった視線を向けつつ、再び口を開いた。

「私もルールを破って従業員を騙した佐々木を弁護するつもりはありませんよ、オーナー」

不意に伊田が面白がるように目を細める。

「思ったのだけど、佐々木の死は自業自得ということにならないのかしら？　高層フロアに不正な手段で侵入した以上、殺した側には正当防衛が成立するはず」

「残念ながら、そういう風に片づける訳にもいかないようでして」

私はそう言葉を挟んで、胸ポケットから捜査メモを取り出した。

「昨晩の九時以降、佐々木さんはパーティ会場に潜り込んで、そこで友人と会っていました。その時、友人は『この後、高層フロアで秘密裏に人と会う約束がある』という話を聞いたと証言しています」

「……何者かが、佐々木さんを呼び出して殺害した可能性も高いってこと？」

「そういうことです」

「その自称『友人』が事件に関係していた可能性はないの」

「他のパーティ招待者と同様、彼には完璧なアリバイがあります。……ただ、この事件に多少の関わりはありますね。というのも、佐々木さんがその友人の部屋の鍵をすり盗《と》っていたことが分かっていますから。高層フロアの十二階の部屋だったんですが」

窃盗グループの人間がスリに遭っていては世話がないが、このホテルではしばしばこういうことが起きる。

私が苦笑いを交えてそう言うと、伊田もため息交じりになった。

「昨日の被害者は本当にやりたい放題だったみたいね」

「そうなんです。九時半ごろにパーティ会場を出た後、佐々木さんは友人に無断で十二階の部屋で時間を潰《つぶ》していたらしく、室内にはそれらしき痕跡が残っていました」

ここで諸岡がこめかみをマッサージしながら補足を入れた。

「佐々木さんがもっと遅くまでパーティ会場に残ってくれていれば、殺害された時刻を特定する手がかりになったんだけどね。九時半ごろに十三階を出て以降は監視カメラにも映っていなかった」

容疑者たちが黙り込んだところで、私は続けた。

「これは警察による捜査ではありませんので、一般的な事情聴取のルールは無視します。皆さんから一気に事件当夜のアリバイについてお伺いしますから、そのつもりで」

三人はめいめい「勝手にしろ」という表情を浮かべていた。私はそれを了解の印だと受け取り、再び捜査メモに視線を落とす。

「参考までにお伝えしますが……ドクによる検視の結果、佐々木さんの死亡推定時刻は午後十時から午前二時だと判明しています。この四時間の間に、絞殺による窒息死を遂げたと考えて間違いありません」

信濃がぶっきら棒に呟く。

「ふん、俺たちはその時刻に何をしていたのか説明すればいいんだな？」

「それだけでは不十分です。密室の封に使ったサービスワゴンを犯人が手に入れられた時間帯が限られていたことも分かってきたもので」

「どういうことだ、何か特殊なサービスワゴンだったってことか」

信濃はワイングラスを弄《もてあそ》びながら訝しそうな顔になっていた。私は小さく頷く。

「午前二時半に従業員が高層フロアに上がったという話はしましたね？　その時に彼が運んでいた備品こそ、問題のサービスワゴンだったんです」

伊田も小さく首を傾《かし》げる。

「それはいいけど、どうしてその時に運んだものだと断定できるのかしら」

「そのワゴンは取っ手に傷があるもので、それと全く同じ傷が１１０１号室で発見されたものにもありました。同じワゴンと考えて問題ないでしょう」

これは複数の従業員に聞き込みをして、やっと得られた情報だった。私は更に続ける。

「問題のワゴンは倉庫に戻される直前まで低層フロアで使用されており、業務が一段落したところで高層フロアの倉庫に戻されたことも確認できています」

この言葉に深川が戸惑いがちに口を開いた。

「でも、それは変よ。犯人は佐々木さんを殺害後、最低でも三十分……長い場合は四時間半以上も待って密室トリックを実行したことになってしまわない？」

私は今度は大きく頷いた。

「同感です。これから推理を進めれば、犯人がそんな行動に出た理由も分かってくるはず。まずは……証人の遠谷から話を聞くことにしましょうか」


「午後八時台のこと、俺は背後から襲われました。相手の顔は見てませんし、それからは薬で眠らされていたんだと思います。気づいたら朝でした」

「頭を殴られた後、何か記憶していることは？」

「二度ほど意識が戻ったんですが、その時も身体《からだ》は動かなくて絨毯しか見えなくて。それに、あの時に見聞きしたものも夢なのか現実なのかがはっきりしないし」

遠谷が消え入りそうな声になってしまったので、私は励《はげ》ますように言った。

「現実の出来事かどうかはこちらが判断するから」

「……最初に目が覚めた時は、絨毯の上に寝かされていました。ベッドの下に押しやられていたんだと思います」

「何か見なかったか」

「電灯はついてない感じで室内は暗かったんですが……絨毯の上で緑や青の光が明滅していました。外から入って来ていた光のせいじゃないかな」

それを聞いた諸岡がマールボロを取り出しながら、困惑顔になる。

「確かに、1101号室はお向かいの居酒屋の古風なネオンライトが見える位置にあるけど……あの店の広告は黄色や白がメインだったような」

「そうなんです。色が違うから、俺も夢だったんじゃないかなぁと疑ってるんですが」

自らの記憶に自信が持てない様子の遠谷に対し、私は小さく頷きかけた。

「安心しろ、夢じゃない」

「え？」

「昨日は居酒屋の十周年記念のイベントが開かれていたらしくてね。昨晩だけはネオンライトを使わずに、周囲にＬＥＤ電飾を這《は》わして期間限定の演出がなされていたんだ。……私も休憩中に見物に行ったが、ＬＥＤ照明は青と緑の光がメインだった」

「つまり、俺が見たのは現実の1101号室だったってことですか？」

「間違いないと思う。……このフロアでお向かいの照明の影響を受けるのは、1101号室だけだからね。他の部屋は窓の方角が違うからその光が入って来ることはない」

そう言いながら私は窓の外に視線を泳がせた。

問題の居酒屋の入っている建物が雨にけぶってぼんやりと見えている。レトロなんだか時代錯誤なんだか判断に困る外観だ。もう昼近い時間帯だったので、今はＬＥＤ電飾やネオンライトはついていなかった。更に窓に近づくと、閉じられたレースカーテン越しに道路を車やトラックが走り抜けていくのが見えた。

つられたように窓の外を見下ろしていた諸岡が呟く。

「あの店の電飾は何時ごろに消されるんだったかな？」

「居酒屋に問い合わせればハッキリしますが……近隣住民からのクレームにより、午前一時に消灯することになっていたはずです。昨晩も同じでしょう」

「水田くんに指示を出して、居酒屋に問い合わせしてもらうことにするよ。桐生くんは捜査を続けて」

煙草《たばこ》を咥《くわ》えたまま、諸岡は部屋の内線電話に向かった。その間にも私は質問を続ける。

「他に覚えていることは？」

相変わらず不安そうな様子の消えない遠谷は、俯《うつむ》いたまま話しはじめた。

「次に目が覚めた時の記憶はもっと曖昧なんです。……暗い中、誰かの足がぼんやりと見えていて、話し声や詰まった悲鳴を聞いた気が」

「何か、聞き取れた言葉はないか」

「『なら、これでお別れね？』という言葉だけ。低い声だったので、誰の声かは分かりませんでした。……ただ、口調と声質からして女性のものだったのは間違いないと思います。……聞いているこっちまでゾッとするような、悪意に満ちた嫌な声音でした」

　これを聞いた信濃がワイングラスをテーブルに置きながら、独り言のように呟く。

「犯行時の声に違いなさそうだな。ということは、犯人は女か？」

「かもしれません。その後、喉が潰れたような声を聞きましたから。今思えば、あれは首を絞められた時の断末魔だったのかも」

　そう言いながら遠谷が身を震わせるのを見て、私もすっと目を細めた。

「その可能性は高そうだ。で、その時点で例の電飾はどうなっていた？」

　しばらく瞳を閉じて記憶をたどっていた遠谷だったが、やがてハッとした様子で口を開いた。

「言われてみれば、緑や青の光はありませんでした。でも、部屋は完全に暗かった訳でもなかったし、室内のライトで照らされていたのとも違った。……そうだ、街の灯りが室内にまで差し込んでいて、その光で周囲が見えている感じでした！」

「なるほど、その時にはカーテンの類《たぐい》は閉じられていなかったんだな。そうなると、佐々木さんが絞殺されたのは居酒屋の電飾が消えた後ということになる。つまり、午前一時以降だ」

　ここで内線での連絡を終えた諸岡が受話器を戻して口を開いた。

「少し話をまとめようか。……犯人は午後八時台に遠谷くんを襲って気絶させ、１１０１号室のベッドの下に監禁した。そして、午前一時から午前二時の間に佐々木さんを殺害し、午前二時半以降にサービスワゴンを利用して密室を作った。こんな感じかな？」

　信濃が皮肉っぽく唇を歪めた。

「ふん、もっともらしくは聞こえるが、そこの従業員の言っていることを信じるなら、という前提つきの話だろ？」

　彼の言うことにも一理あった。私は同意を示して頷く。

「万一、遠谷の証言に嘘が混ざっているなら、これからの捜査で明らかになってくるはずです。……では、次は信濃さんの話を聞かせてもらえますか」

　話の矛先が自分に向いたことに信濃は怯《ひる》んだ様子を見せた。

　だが、彼の高いプライドがそれを許さなかったのだろう、すぐに小馬鹿にしたような態度を取り戻して言葉を継いでいた。

「俺は午後八時ごろに夕食をすませて自室に戻り、八時半には十三階のバーに向かった。……多分、八時半以降に遠谷は襲われたんだろう。そして犯人は俺が留守の間に遠谷を１１０１号室に転がしやがったんだ」

「その可能性は高そうですね。バーには何時ごろまでいたんですか」

「九時からは深川と打ち合わせをして、終わったのが十時ごろだったかな。バーの客は俺と深川の二人だけだった。……そういや、伊田は珍しくバーに来るのが遅かったな？」

　これに対し伊田は小さく息を吐き出しただけで返事をしなかった。信濃もそんな彼女を無視して続ける。

「いつもなら一晩中飲むところなんだが、昨日は急な体調不良に見舞われて」

「体調不良？」

「俺はしょっちゅう緊張型頭痛を起こすんだ。昨日は頭痛に耐えかねて、打ち合わせが終わるなり自室に戻ったんだよ。……深川、あの時は迷惑かけたな」

対する深川はご立腹の様子で嫌味ったらしく言った。

「打ち合わせの途中からフラフラだったものね？　いつもなら頭痛くらい薬で抑えつけて、徹夜で飲み続けるくせに」

「悪かった。打ち合わせが終わるまでは何とか耐えたが、昨日のは酷《ひど》かったんだ」

信濃が無類の酒好きだということは、私もよく知っていた。

アルコールと頭痛薬を併せて飲むのは危険だが、信濃は何錠もの薬をウイスキーで流し込んだりするような人間だ。ただ、本人も適量を把握しているらしく、私も彼が我を失うほど酔っているところは見たことがなかった。

なおも深川は吐き出すように言う。

「昨日も言ったけど、私は続けて打ち合わせの予定が詰まっていて忙しかったの。だから、あなたなんかと飲む時間はそもそもなかったんだけど？」

信濃はどこか気取った感じのする苦笑いを浮かべた。

「つれないなぁ。ちなみに俺はその後、部屋に戻って鎮痛剤を飲みベッドに倒れ込んで眠ってしまった」

「なるほど。これまでの話から想像するに……信濃さんが休んでいる時にも、うちの遠谷はベッドの下にいたということになりそうですね」

私がそう言うと、信濃は心底嫌そうに顔を歪めた。

「想像したくもないな。いずれにせよ、これ以上のとばっちりを受ける前に部屋を出たのは正解だった。一時間ほど寝たら頭痛がよくなったので、十一時過ぎに十三階のバーに戻ったから」

今回の聞き取り調査に先立って、私はバーのスタッフを含む従業員から容疑者の行動について情報を集めていた。その結果、彼らがバーで不審な行動に及んだり、不自然な問い合わせをしたりしたという報告は上がっていない。

この聞き取りは、嘘をつく者が現れないか炙《あぶ》り出すために行っているものだったが、今のところ、信濃の主張はスタッフの話や監視カメラの情報と一致していた。

「……それで、バーに戻った後はどうしたんですか？」

「せっかくホテルに来たのに部屋で過ごすのもつまらない。朝五時ごろまでバーで粘ったよ。昨日は客が少なかったから期待外れだったが、退屈はしなかった。俺はバーのマスターとも仲良くさせてもらっているし、途中からは伊田も来たし」

私はこれまでに聞いた話を頭の中で整理しつつ言った。

「ということは、信濃さんのアリバイがない時間帯は……午後十時から午後十一時過ぎの一時間だけですね」

「そうだ」

「被害者の死亡推定時刻の範囲には入る。ただ、うちの遠谷の証言に基づくと、佐々木さんが殺害された時間は午前一時から午前二時に絞り込まれる。そう考えた場合、信濃さんには殺人は不可能ですね」

この言葉に信濃は少なからず安堵《あんど》した様子だった。彼は再び白ワインに口をつけて呟いた。

「俺にとっては有利な証言だったみたいだな。……やっぱり犯人は女か」

「そのようですね。まあ、遺体が1101号室で見つかったという時点で信濃さんが犯人である可能性は低かったんですが」

「どうしてだ？」

「犯人はマスターキーを奪い、どの部屋でも入り放題な状態だった訳ですからね。心理的にも、犯行現場には自分以外の部屋を選ぶのが普通だ。……自室で遺体が見つかったりすれば、多かれ少なかれ疑われることになるのは分かっていたでしょうから」

「なるほどな」

　この時、内線が鳴り響いた。誰よりも早く諸岡が受話器を取り上げる。彼はしばらく電話で話していたが、やがてこう言った。

「水田くんからの連絡だった。向かいの居酒屋から回答があって……昨晩の特別仕様のライトアップも午前一時ピッタリに消灯したそうだ」

　信濃は弾んだ声になりつつ、芝居がかった様子で指をパチンと弾《はじ》く。

「これで俺の無実は確実になったな。時間的に、例の密室を作ることも俺にはできないし」

　彼の主張は筋が通っているように聞こえたので、私も大きく頷く。

「ええ。ワゴンが十一階に運ばれたのが午前二時半のことですから、その時間以降にアリバイのある信濃さんには犯行は不可能だ」

　この結論には納得がいかなかったらしく、伊田が口を挟む。

「でも、信濃は午前五時過ぎには自室に戻っている。その時に密室を作った可能性についても考える必要があるんじゃない？」

「その必要はありません。絨毯に残っていた跡の深さからして、遺体が発見されるもっと前の時間帯からワゴンが扉の傍に置かれていたのは間違いないので」

「……あ、そう」

「それでは、次は伊田さんの昨晩の行動についてお聞かせ願えますか？」

「昨日は午後七時くらいまで二階下のレディース・フロアのエステを利用して自室に戻ったわ。いつもなら、十三階のバーで軽いものを食べながら飲むところだったんだけど……常連客から会食したいという連絡が急に入ってしまって。そんな訳で、九時からは二階のイタリアン・レストランで食事をしていたの」

「会食をしていた間は高層フロアにいなかったということですね」

もちろん、このことも私は既に知っていた。

レストランのスタッフからは伊田の常連客が急な予約を入れたこと、伊田がその人物と一緒に食事をしていたことは裏が取れている。また……オーナーの情報網から、その常連客が急きょ伊田に仕事を依頼しなければならなくなったよんどころない経緯も分かっていた。

伊田は深い闇を帯びた目をすっと細める。

「もう、知っているくせに聞くまでもないでしょう？　会食は十一時半に終わって、その足で十三階のバーに向かった。バーでは一人で飲んだり、信濃と喋ったりゲームをしたりしていた時間帯もあった。自室に戻ったのは三時ごろだったかしら？」

「バーのマスターの記憶とも一致しています」

「部屋に戻ってからはどうにも寝られなくて。飲み直すことに決めて、四時過ぎにはバーに戻っていた」

「それから遺体が発見されるまで、ずっとバーに居座っていた訳ですか？」

「言い方は悪いけど、そんなところね」

「まとめると、伊田さんのアリバイがない時間帯は午前三時から午前四時にかけての一時間のみ。……妙だな。深夜の時間帯にはアリバイがないほうが普通でしょう。それなのに、信濃さんも伊田さんもアリバイが成立しない時間のほうが少ない」

「犯罪者って夜行性の生き物だもの。職種にもよるけど、昼に寝る生活を送っている人も少なくないでしょう？」

伊田が余裕の微笑みを浮かべ、代わりに私は目を伏せるしかなかった。

「おっしゃる通りです」

「それに……ラッキーなことに、私がアリバイのない時間帯は死亡推定時刻からは完全に外れているみたいね」

「ええ、伊田さんには佐々木さんの殺害は不可能です」

この話の流れに不満たらたらの様子だった深川が異議を唱える。

「まだ結論づけるのは早いでしょ？　そもそもこの人は殺し屋なんだし」

「ひどい偏見ね。私は仕事以外では絶対に人を殺さないことに決めているのよ。……そんなことをしたら、ただ働きになっちゃうもの」

伊田は可笑《おか》しそうに笑い声を立て、深川は埒《らち》が明かないとばかりに私に向き直った。

「この殺し屋は十一時半に二階から十三階に移動している。その途中で十一階に寄り道して殺したって可能性はないの？」

「あなたの見解はどう、ホテル探偵さん？」

二人に丸投げされる形になったので、私は苦笑いを浮かべた。

「伊田さんの移動はエレベーター周辺の監視カメラに映っていました。映像の時刻を比較した結果、伊田さんが二階から十三階へ直行したのは間違いありません」

「それはそうかもだけど、サービスワゴンを使って密室を作ることはこの女にもできたはず。違う？」

なおも深川が喰い下がるので、伊田は幼稚園児にでも言い聞かせるような口調になる。

「変なこと言わないの。殺人が不可能な時点で私の容疑は晴れているんだから」

「何その言い方、加齢で脳に虫でもわいた？」

二人は猛烈な睨み合いに突入したが、その間に挟まれることになった者の身にもなって欲しいところだ。私はため息をつきながら言った。

「……とりあえず、深川さんの行動をお聞きしてもいいですか」

「私は午後九時ごろまで自室にいたんだけど……ほら、信濃も言っていたでしょ？　九時からは十三階のバーで一緒に仕事の打ち合わせをしてたの」

「そして、十時には信濃さんが自室に戻ったんですね？」

私がそう問いかけると、深川は小さく頷いた。

「私も同じくらいのタイミングで二階のイタリアン・レストランに移動した。別件の打ち合わせのためね」

アミュレット・ホテルの二階にあるレストランは、深夜になるとイタリアン・バルに形態を変えて二十四時間営業を行っていた。深川が到着した時間は、そろそろバルに切り替わりはじめる時間帯だったはずだ。

「……その時間帯だと、伊田さんも同じレストランにいたはずですが」

「ええ、彼女がいたのには最初から気づいてた。私のほうから挨拶をしたから」

伊田はそれを認めるでもなく明後日《あさって》の方向を向いたままだった。私は顎に手をやる。

「深川さんは何時ごろまで二階にいたんですか」

「十一時半に打ち合わせが終わってすぐに自室に戻った。ああ、戻る直前にそこのオバサンと話をしたんだったか」

「伊田さんと？　どんな内容の話でしたか」

「特に意味のないことばかり。彼女がこれから十三階のバーで飲むつもりだというのは聞いた覚えがあるけど」

「なるほど。……でも、あなたは自室に戻った後も部屋で休まなかった。何故ですか」

急に深川の目がきつくなる。

「ほんとに疑うしか能がないんだから！　化粧直しに戻っただけだし当然でしょ？　午前零時過ぎには自室を出て二階のレストランに戻っていたし」

「またレストランにですか」

「悪い？　うちのグループのメンバーを呼びつけて、朝までやけ酒をしていたの。昨日の打ち合わせは、二つとも期待外れに終わってしまったし。……時間の無駄だった」

深川に恨めしげに睨みつけられ、信濃が迷惑そうな表情になった。

「何だよ、そっちの提示額が安すぎたのが悪いんだろ。ボランティアじゃあるまいし、俺にどうしろって言うんだ」

「はあぁ？　あんなぼったくりの金額！」

信濃と深川は殺人事件の調査中だということもお構いなしに、ワアワア言い合いをはじめた。それを見かねた様子の諸岡が仲裁に入る。

「お二人とも！　事件の捜査が終わったら、打ち合わせでも喧嘩《けんか》でも好きなだけ続けてもらって構わないから。とりあえず、今はアリバイ調査に協力してもらえないか？」

「失礼しました、オーナー」

そう言って深川は大人しく引き下がり、更に説明を続けた。

「二階のレストランに戻ってからは、朝まで高層フロアには足を踏み入れてない。そのことはうちのメンバーに聞いてもらったらはっきりするはず。多分、高層フロア直通エレベーターの担当者に聞いても同じ答えが返ってくると思うけど」

彼女の話は私が事前に集めていた情報とも乖離《かいり》がなかった。

「となると、深川さんは午後十一時半から午前零時の三十分だけアリバイがないことになりますね？これは死亡推定時刻の範囲ですが、例の居酒屋の電飾が消える前の時間帯だ」

深川は切れ長の目で満足そうに笑う。

「つまり、私にも殺人は不可能ということね。もちろん、1101号室を密室にすることもできないし」

話の雲行きが怪しくなってきたからだろう、諸岡が不安そうに私を見つめた。

「結局、三人とも犯行は不可能ということになってしまったじゃないか！　遠谷くんが事実を述べているとすれば、佐々木さんは午前一時から午前二時の間に絞殺されたことになる。それなのに、その時間帯は全員に鉄壁のアリバイがある訳だからね」

伊田はソファにしなだれかかり、妖艶《ようえん》な笑いを浮かべて言う。

「こうなってくると、その従業員が嘘をついているか……彼が犯人かのどちらかでしょう？　正直、ドクの見解が間違っているんじゃないかと疑いたくなるわね。その従業員はアリバイらしいアリバイがない訳だし、この状況で嘘をつくこと自体、彼が犯人だという動かざる証拠だと思うけど」

それを聞いた遠谷はこれまで以上に青くなって震えはじめる。

「あの時、確かに青や緑の光はなかった。それなのに……どうして？」

私は床にまで視線を下げて考え込み、それから言葉を続けた。

「まだ遠谷が犯人と断定するべきではないと思います。私はドクの見解に誤りはないと考えますし……何より、彼を犯人と仮定したところで、この事件には矛盾が残ります」

「例えば？」

鋭い口調で問い返したのは信濃だった。

「逃げ出す時間はいくらでもあったはずなのに、遠谷は遺体と一緒に自らを1101号室に閉じ込めた。そしてサービスワゴンを使った密室状態を何故か長時間にわたって維持し続けたのです。これは意味不明な行動と言わざるを得ません」

　深川は呆《あき》れかえった様子になって私を見つめた。

「バカなの？　そんな些末《さまつ》なことを気にして、結論を捻《ね》じ曲げてどうするのよ」

「いいえ、事件の真相というのはジグソーパズルに似ているんです。どちらも最終的には、あるべきものがあるべき場所に美しく収まる。……ピースが余ったり、形の合わないピースを無理やり押し込んだりしているようでは、真相からは程遠いんですよ」

　信濃と深川は険《けわ》しい顔になったが、伊田は笑いをこらえるようにして口を開く。

「それはそうかもしれないけど、あなたにこの謎が解けるのかしら？」

　私は伊田の挑発的な視線をしっかりと受け止めつつ、薄く笑い返した。

「もちろん。……既に真相の尻尾《しっぽ》くらいは掴んだように思います」

＊

「まず、『誰も殺害が不可能』という状況をどうにかしないといけませんね」

　私がそう告げると、伊田は余裕しゃくしゃくの表情のまま小首を傾げた。

「何、そこの従業員が嘘をついていたと認めるの？」

「いいえ。……そもそも『室内に居酒屋の電飾の光が入り込んでいなかった』イコール『午前一時以降』という結論に飛びついたのが間違いのもとだったんです」

「どういう意味？」

　こう呟いたのは深川だった。

「前にも話に出たかと思いますが、このフロアで例の電飾の影響を受けるのは1101号室だけです。他の部屋は窓のついている方角が違うので、例のライトの光が入ってくることはありません」

　諸岡がぎょっとしたように目を見開く。

「まさか、佐々木さんが殺害されたのは1101号室じゃなかった？」

「そういうことです。従業員用のマスターキーを手に入れていた犯人なら、どの部屋にでも入り放題だった訳ですから」

「いやいや、おかしいだろう。最初に目を覚ました時、遠谷くんは緑や青の光を見たと言っていたじゃないか」

「恐らく、遠谷は一旦《いったん》1101号室に連れ込まれたものの、何らかの理由があって別の部屋に移動させられたのでしょう。……私は殺害現場となった部屋は1102号室か1103号室のどちらかの可能性が高いと考えますね」

　伊田と深川が信じられないといった表情になって顔を見合わせた。

「言いがかりにしても酷い内容ね」

「私たちの部屋が事件現場？」

　つい先ほど睨み合いをしたばかりとは思えないほど息ぴったりな二人に対し、私は首を横に振った。

「言いがかりかどうかは、推理を聞いてから判断して下さい。……いずれにせよ、これで佐々木さんの殺害時刻は午後十時から午前二時に広がりました。これにより信濃さんと深川さんは『殺害が可能』に変わります」

信濃には午後十時から十一時にかけて、深川には午後十一時半から午前零時にかけてのアリバイがなかったためだ。

名指しされた二人は黙り込んでしまった。それを横目で見やりつつ、伊田が面白がるように呟いた。

「午後十時から午前二時にかけてアリバイがある私は、もう退出しても構わないわね？　今の消去法で容疑者が絞り込まれたんだから」

彼女がソファから立ち上がろうとしたので、私は鋭い声で制した。

「いいえ、残ってもらう必要があります。その理由は、あなた自身が一番よく分かっていると思いますが？」

「……どういう意味かしら」

「確かに、あなたには殺害は不可能だ。でも、午前三時から午前四時にかけてのアリバイはない。宿泊客の中では唯一、サービスワゴンを使った密室を作れたことになります」

伊田もとっさに言葉を返せない様子だった。私は更に話を続ける。

「今回の事件は宿泊客一人では犯行が不可能ですが、複数人が関わっていれば実行可能なものでした」

「共犯者がいたのか！」

諸岡の声が聞こえたけれど、私は敢えてそれには答えずに言葉を継ぐ。

「まず、犯行に関わった人の組み合わせを検討してみましょう。殺人が可能だったのは信濃さんと深川さんの二人、そして密室の作成が可能だったのは伊田さん。……信濃さんが殺害して伊田さんが密室を作ったパターン、深川さんが殺害して伊田さんが密室を作ったパターンが考えられます」

これを聞いた信濃がさっと顔色を変える。

「桐生……お前、本気で言ってるのか」

「もちろん」

「考えてもみろよ、遺体は1101号室で見つかったんだぞ？　俺と伊田が共犯関係にあるなら、俺たちが宿泊している部屋とは別の部屋を選んで、そこに遺体を置かなきゃ辻褄《つじつま》が合わないだろ」

「途中でどちらかが裏切ったんでしょ？　いかにもありそうな話よ」

そう皮肉っぽく呟いたのは深川だった。信濃はウンザリしたような声になる。

「裏切るも何も、伊田は殺し屋だろうが。何で俺が殺害担当で、伊田が密室作成担当になるんだよ？　どう考えても逆だ」

またしても二人がワアワア言い合いをはじめたので、私は思わず苦笑いを浮かべた。

「お二人とも、そういった考え方をすること自体がナンセンスです」

それを聞いた深川は怒りの矛先を私に切り替えて突っかかってきた。

「何それ、共犯者がいるって言い出したのはあなたのくせに！」

「私は共犯者の話などしていませんよ。……密室が作られたのが午前二時半以降だと判明した理由を覚えていますか」

「サービスワゴンでしょ」

「そうです。低層フロアで使用されていたワゴンが空き、従業員がたまたまその時刻に十一階の倉庫に戻しに行ったから、分かったにすぎないんです」

唇を嚙《か》んで考え込んでしまった深川を尻目に、私は再び続けた。

「あれは偶発的な出来事だった訳ですから、事前に予測することなど不可能でした。当然、アリバイ工作に組み込むことなどできっこありません。つまり……死亡推定時刻と密室が作られた時間に開きはありますが、密室はアリバイを作るためのものではなかったということです」

諸岡が小さく唸り声を立てた。

「うーん、どうにも分からないな。それだと、犯人たちが殺害後すぐに密室を作らなかった理由が分からなくなってしまう。アリバイ工作でないなら、時間を置いてから密室を作る意味などなさそうなものだけど」

「その理由について考える前に、最も重要な問題を片付けてしまいましょう。『誰が佐々木さんを殺したか?』ですが、これについてはもう答えは分かっています」

室内がしんと静まり返った。私は敢えて淡々とした調子を崩さずに続ける。

「殺害犯は……信濃さんです」

全員の視線がソファに座る彼に集中し、信濃は息を詰まらせたような声を上げた。

「ふざけるな、どうして俺なんだ!」

いつもは私の推理に全幅の信頼を置いているはずの諸岡でさえ、不安そうに呟く。

「でも、遺体が見つかったのは１１０１号室だったんだよ? 彼が殺害犯なら別の部屋で遺体が見つかるようにするはずだ」

「その辺りについても全て説明ができます。……寸分の狂いもなく組み立てられたジグソーパズルのように」

私は唇を湿らせてから、視線を信濃に戻して説明を再開する。

「うちの遠谷の証言から、彼が最初に転がされていたのは1101号室に間違いないと考えられます」

「ああ、居酒屋の電飾の光が入り込むのは、この部屋だけだからね」

諸岡が頷きながらそう言った。窓の外にはレースカーテン越しに、居酒屋の入った建物がぼんやりと見えている。

「その後、遠谷は別の部屋に移動され、遺体と一緒になって再び1101号室に戻って来た。……深川さんも午後十時から午前二時の間にアリバイがない時間帯がありますが、彼女が殺害犯だと仮定した場合、『殺害時に遠谷を別の部屋に移した理由』がなくなってしまうんですよ」

本人にとって有利な話であるはずなのに、深川にはその意味が分からなかったようだ。彼女は呆《ほう》けたように口ごもる。

「どうして？」

「疑われないようにするために、殺害は自分の部屋ではない場所でやろうとするのが普通ですよね？最初に遠谷がいた1101号室は深川さんにとって自室ではないので、殺害もその部屋でやってしまえばよかった。わざわざ他の部屋に移して目撃されるリスクを冒《おか》す必要はなかったはずなんです」

信濃が私をじろっと睨みつける。

「言いがかりは止《よ》せ。俺が体調不良で部屋に戻ったのに驚いて、深川が計画を変更したってだけの話だろう」

「だとしても、やはり辻褄が合わない」

「どこが？」

「深川さんは信濃さんが自室に戻っている間に二階に移動し、そのまま二度とバーのある十三階には足を踏み入れていません。彼女はあなたが『仮眠』を終えてバーに戻ったと知りようがなかったんですよ」

一呼吸ついてから、私は口調を容赦のないものに変えて更に続けた。

「彼女が１１０１号室に信濃さんがいると信じていたなら、マスターキーを使って扉を開いたりはしない。こっそり忍び込むにしても、途中で見つかってしまうリスクが高すぎるから」

すかさず信濃が反論してきた。

「いいや。ノックするとか、不在を確かめる方法ならいくらでもある。それに、１１０１号室の寝室には既に遠谷が寝かされていた訳だろ。どうしてもソイツを回収する必要があったというのを忘れてるんじゃないか？」

「私ならその状況に置かれた段階で遠谷のことは諦めますね。今回の殺人計画そのものを延期するか、別の誰かを犯人に仕立てる方法を考えるかする」

「だが、深川がそうしたとは限らない」

「その場合でも、１１０１号室の寝室にまで足を踏み入れた時、深川さんは信濃さんが既に部屋からいなくなっていると気づいたはず。……信濃さんが無類の酒好きというのは有名な話ですよね？」

これを受けて深川が激しく同意した。

「いつもは頭痛薬を何錠飲んででも、バーに居座り続けるような人だもの」

「そんな人間が自室にいないとなると、十三階のバーに戻った可能性を考えるでしょう。私ならまず、信濃さんが『復活』したのか知るべくバーに探りを入れるだろうな。……バーに連絡を入れて信濃さんの『復活』さえ確認できれば、当初の計画通りに１１０１号室を使うことができるようになる訳ですからね？　深川さんも同じことをしたはずだ」

それまで黙って話を聞いていた諸岡も頷きながら言う。

「うん、それは間違いなさそうだ。『復活』したと分かりさえすれば、わざわざ遠谷くんを別の部屋に移動させる必要もなくなったはずだからね」

「ところが、実際には遠谷は別の部屋に連れて行かれている。……これが示すのは『深川さんは１１０１号室の扉を開いていない』ことであり『深川さんは佐々木さんの殺害犯ではない』ということです」

信濃は反論する余地を探すように絨毯に視線を走らせていたが、やがて咬《か》みつくように言った。

「いや、そっちこそ辻褄が合ってない。遠谷は女の声で『なら、これでお別れね？』と言うのを聞いたんだろう？　前も言ったが、殺害犯は女だ。俺じゃない」

無意味な反論だった。私は小さく肩をすくめる。

「確かに殺害時に室内に女性がいたのは間違いありません。でも、それが殺害犯である必要はない。……被害者の佐々木さんは女性だったんだから」

佐々木は九階……つまりは低層フロアの最上階に宿泊していた。このフロアはレディース・フロアになっており、宿泊できるのは当然ながら女性だけだった。

忌々《いまいま》し気《げ》に舌打ちする音が聞こえ、信濃が低い声を出した。

「あれは佐々木が放った言葉だったと、そう主張するつもりなのか」

「充分あり得ると思いますがね？　あの言葉は文字通り別れを意味していたのかもしれないし、お前を殺してやるというニュアンスで放たれたものかもしれない。……仕事柄、我々の利害が対立することは少なくない。だから、信濃さんと佐々木さんの関係が殺し合いに発展しかねないほどに捻じれていたとしても、私は驚きませんね。互いに殺意を抱いていたところを、佐々木さんが先に手を出した可能性だってあるでしょう」

信濃は再び黙り込んでしまった。私はその隙を縫うように攻撃の手を強める。

「あなたは午後八時ごろに遠谷を襲って気絶させ、自室のベッド下に放置した。もちろん、眠らせていたはずの遠谷が目を覚ましたのは計算外だったんでしょうがね。……八時台といえば、まだパーティや打ち合わせがはじまっていない時刻だ。各自がそれぞれの部屋に残っている可能性が高い時間帯でもあった。この段階では、あなたも別の人の部屋に遠谷を寝かせておくよりも自室に置いておくほうが発見されるリスクは低いと判断したのでしょう」

これを聞いた深川が嫌悪感を露《あら》わにして顔を歪める。

「そして、信濃は九時から私と何食わぬ顔で打ち合わせをし、適当な理由をつけて部屋に戻った訳？」

「そういうことです」

「自室に戻った信濃は遠谷の持っていた従業員用マスターキーを使って、遠谷を伊田さんの部屋、つまりは１１０２号室に移動させた。そして、そこに佐々木を連れ込んで殺害したのね？」

深川は全く淀《よど》みのない調子でそう続けたが、私はすっと目を細めた。

「真実を捻じ曲げるのはよくない。殺害現場となったのは１１０３号室だ」

「……え？」

「あなたは信濃さんに午後十時以降も続けて打ち合わせの予定が詰まっていると話したんですよね？　信濃さんは深川さんがしばらく自室に戻って来ないと知っていたことになるから、当然、あなたの部屋を選んだはずだ」

「違う、私の部屋じゃない！」

「一方で伊田さんの会食は急に決まったものでしたからね？　信濃さんは彼女がバーにいないことは確認できても……どこにいるのか、１１０２号室にいるのか、部屋にいないとしてもすぐに戻って来る可能性があるのか？　何も分からなかったはずだ」

　これを聞いた伊田がくすくすと笑う。

「確実に空いていると分かっている１１０３号室があるのなら、そちらを選ぶに決まっているわね？」

「そういうことです。信濃さんはマスターキーを使い、遠谷を１１０３号室に移動させてベッドの下に放り込んだ。その後、佐々木さんをその部屋に招き入れて寝室で絞殺したのでしょう」

　遠谷はこのタイミングでもう一度目を覚まし、室内の様子を見て話し声を聞いたのだった。想定外の事態だったのにも拘《かか》わらず、このことは信濃に有利に働いた。

　話し声を聞いた遠谷はその内容から、『殺害犯の声かもしれない』という先入観を抱いてしまったからだ。

　実際に容疑者のうち二人は女性だった訳だし……遠谷は佐々木とまともに喋ったことがないとも言っていた。彼が佐々木の声を知らなかった上に、いかにも殺意ある者の発言に聞こえたこともあって、この勘違いが助長されたのは間違いなさそうだった。

一方で、信濃は偶発的に生まれた『犯人は女性』という可能性を繰り返し強調した。これにより、自らを容疑の圏外に置こうと画策したのだろう。

なおも信濃は否定の言葉を放ち続けていたが、それを聞いている者はもう誰もいない。諸岡などは事件発生時の様子を想像してしまったのか、暗い顔になって呟く。

「そして……佐々木さんを殺害した後、ベッドの下から遠谷くんを引きずり出し、従業員用のマスターキーともども彼を遺体の傍に放置して部屋を出たという訳か。遠谷くんに罪を擦りつけるために」

「この時点では1103号室に密室の細工はなされていなかったと思います。信濃さんとしては、ただ自分の部屋以外の場所で遺体が発見されればそれでよかったはずなので……。犯行を終えた信濃さんは、なるべく長い時間アリバイを確保しようと考えて十三階のバーへ戻った」

ここで私は深川に視線を移して言った。

「そして、遺体は自室に戻ってきた深川さんによって発見された。違いますか？」

深川は固く唇を閉ざすばかりで何も言おうとしない。やむを得ないので私は更に続ける。

「あなたは殺害者ではないが、遺体を発見してもホテルに連絡しなかった。その上、遺体を別の部屋に移動させるという工作までした。……ですが、深川さんがこんな行動に及んだ理由は想像がつきます」

これを受けて諸岡が困惑顔になる。

「でも、信濃さんと深川さんが共犯関係にあったという訳でもないんだろう？　それなら、事件が起きたことを隠蔽などせず、素直にホテル側に連絡すればよかったのに」

「理由はいたってシンプルです。ただトラブルに巻き込まれたくなかっただけですよ」

「トラブルに？」

素《す》っ頓狂《とんきょう》な声を上げたオーナーに対し、私は苦笑いを返した。

「自分の部屋で遺体が見つかったとなれば、多かれ少なかれ自分も疑われることになる。オーナーや私にネチネチと事情聴取される未来が待っているのは確実なので、純粋にそれが嫌だったんですよ」

「私のホテルを利用しておいて何のつもりだ、ふざけるな！」

憤慨する諸岡の気持ちも分かる。だが、今はその点を追及していても仕方がないだろう。私は事件の説明を続けることにした。

「一般の人なら遺体を見ただけで大騒ぎですが、アミュレット・ホテルの利用者は死体くらい見慣れていますからね。……『臭いモノには蓋《ふた》』ということで、深川さんも何の躊躇《ためら》いもなく遺体と遠谷を他の部屋に放り込んだことでしょう。それでトラブルから距離を置けるのであれば安いものです」

話を聞いているうちに深川の表情は和《やわ》らぎ、諦めの色が強くなっていた。私はここぞとばかりに畳みかける。

「あなたの部屋は殺害現場となった訳ですから、佐々木さんや遠谷の毛髪あるいは体液等の証拠が残っている可能性は高い。これ以上は隠しても無駄ですよ」

いつしか彼女は探りを入れるように、私のことを見上げていた。

「ねえ、本当のことを話せば見逃してくれる？」

「あなたはホテルへの報告を怠《おこた》って死体を遺棄《いき》しました。当ホテルの禁忌を犯してはいますが……今回は私の権限でその罪を不問に付すことをお約束しましょう」

その言葉に釣られるように、深川は語りはじめた。

「ほとんどあなたの推理通り。自室に戻って寝室に遺体が転がっているのを見つけた時には本当に驚いちゃった。おまけに見知らぬ従業員も転がっていたし……。まさか、信濃の仕業だとは思わなかったけど」

いつもの毒のある言葉はすっかり影を潜めている。一方の信濃は今では青ざめて黙り込んでしまっていた。私はそんな彼を横目にしつつ質問を続行する。

「そして、深川さんは厄介ごとに巻き込まれるのを嫌って、遠谷の従業員用マスターキーを使い、遺体と遠谷を伊田さんの1102号室に移動させた訳ですか」

「だって遺体なんて、見なかったことにするのが一番でしょ？　さっきも話に出ていたけど、私はあの時には信濃が1101号室にいると思い込んでいた。だから、伊田さんの部屋を選んだの。……彼女は十三階のバーに行くと言っていたし、不在なのは確実だったもの」

すっかり吹っ切れたらしく深川はなおも喋り続ける。

「それからは少しでもアリバイを作っておいたほうがいいと思って、人を適当に呼び出して二階のバルで粘っていたんだけど」

ここで私は諸岡にちらっと視線をやった。オーナーがそれに応《こた》えて小さく頷いたのを確認してから、こう告げる。

「深川さんは自室に戻ってもらって結構です。容疑は晴れましたし、あなたから聞くべきことは全てお話し頂きました」

彼女はソファから勢いよく立ち上がって扉のほうへと向かった。

「ああ、一つだけ」

私に呼び止められて、彼女は急に怯《おび》えた表情を見せて振り返る。

「……何？」

「ここで見聞きしたことは、他言無用です。それが当ホテルの禁忌を犯したことを不問に付す交換条件なので」

小さく頷いたきり、深川はほとんど逃げ出すように廊下へと消えていった。

不意に低い笑い声がした。訝しく思った私が視線を向けると、伊田が口元を隠して笑っていた。

「ここまで来たら、私も本当のことを話したほうがいいわね？」

「お願いします、遺体を遺棄したことについては不問に付しますので」

伊田は鼻の上に皺《しわ》を寄せながら続ける。

「私が午前三時ごろに自室に戻った時、リビングルームに遺体と従業員が転がっていたものだから迷惑したわ。自分の部屋で遺体が見つかれば、こんな風に捜査につき合わされて一日が潰れることが分かっていたから」

「それでマスターキーを利用して遺体を１１０１号室に移動させた、と？」

「ええ、サービスワゴンを使って密室を作ったのも私。まあ、移動させるのは自分の部屋以外ならどこでもよかったのだけれど」

「……どうして俺の部屋を選んだんだ？」

そう呟いたのは信濃だった。

「あなたが深川さんの部屋を選んだのと似た理由じゃないかしら？　死体を移動させるのに私の部屋から近くて便利なのは１１０３号室と１１０１号室だった。深川さんは二階のレストランを出る時に自室に戻ると言っていたから外し……直前まで一緒に飲んでいたあなたの部屋に決めたの。無類の酒好きなら、一晩中バーから離れないと思ったから」

信濃は絶望したように再び黙り込み、それを見つめる諸岡も咥え煙草のまま何とも言えない表情になっていた。

「なるほどねぇ。遺体は巡り巡って殺害犯の部屋に戻ってくる結果になった訳か。因果応報と言うべきなのか、何なのやら」

伊田はガウンの下の足を組みなおしながら、更に説明を続けた。

「念の為、そこの従業員には薬を嗅がせて眠りを深くしておいた。仕事のために薬を何種類も持ち歩いているものだから、それが役立った形ね？　そうして時間を稼いでおいて、遺体と従業員を1101号室に移動させたの」

「そして、サービスワゴンによる密室を作り上げた訳ですか」

私の問いかけに、伊田は唇を尖《とが》らせながら頷いた。

「何か使えそうなものはないかと思って従業員用の倉庫を探っていたら、例のワゴンを見つけたのよね」

それから十秒ほど沈黙が続いた。

伊田はなおも挑発的な目で私を見つめ続けている。「まだ解けていない謎があるでしょう？」と言わんばかりに。

「……一つ聞いてもいいですか。あなたがそこまでして1101号室を密室にした理由が、どうしても分からない」

「あら、桐生さんにも推理できないことがあるの？」

「残念ながら。遠谷を犯人に見せかけるだけなら、室内に遺体と彼をセットで放置するだけでよかった。必ずしも密室にする必要はなかったはずだ」

　彼女はしばらく私にじらすような視線を送っていたが、やがて遊ぶのにも飽きたように口を開いた。

「想像力の問題ね。……だって、私が別の部屋に遺体と従業員を移動させたとしても、それが最後になるとは限らないでしょう？　その部屋の客が私と同じことを考えて、遺体をまた別の部屋に動かしてしまうかもしれない。そうやっているうちに、私の部屋に舞い戻ってきたりしたら最悪だもの」

　これには私も思わず目を見開いた。

「まさか、密室を作ったのは……廊下側から扉を容易に開けられなくすることで、信濃さんがホテル側に連絡するしかない状況を作り上げるためだったんですか！」

「ええ。ホテル側の人間が一緒にいる状態で遺体が発見されれば、私の部屋に遺体が舞い戻って来る危険性もなくなるから」

「なるほど……今後はそういった可能性も考慮に入れるようにします」

　伊田は蠱惑《こわく》的な微笑みを浮かべ、はだけていたガウンを直してソファから立ち上がった。手には空になったグラスを持っている。

「もう、自室に戻っても構わない？」

　諸岡は苦虫を嚙み潰したような顔になっていたが、すぐに頷いた。それを確認してから、私も少しだけ笑う。

「他言無用でお願いします。それが禁忌を犯したことを不問に付す交換条件なので」

「あなたのやり方はよく知ってる、安心して」

歌うようにそう言いながら、伊田も廊下へと消えてしまう。

私は改めて信濃を見つめた。

「既に、あなたが殺害犯であることは確定しているけれど、今回の事件について申し開きをすることは？」

「……ふざけるな！」

信濃はソファから立ち上がってがなり立てた。追い詰められた獣のような目をしている。私はできる限りいつもと変わらぬ口調で続けた。

「自分のやったことを認めるなら、これが最後のチャンスだ。ありのままに真実を話してもらえますか？」

信濃は小さく息を呑《の》み、迷うように視線を絨毯にまで下げた。その顔に浮かんでいたのは、どう動くのが得策かを必死に天秤《てんびん》にかけている狡猾《こうかつ》さだった。

結局、彼が結論を出すまでそう時間はかからなかった。信濃は攻撃的な様子を取り戻して私を睨みつけてきた。

「この部屋から出て行け。俺は何も認めない。意味不明な推理ばっかり続けやがって！」

「……そう、ですか」

経験上、私が対峙《たいじ》した犯罪者たちが殺人を自白したことはほとんどない。彼らには『認めれば何もかもおしまい』という精神が根づいているからだ。

更に今回の事件は……信濃の計画が途中で深川と伊田に上書きされて、自らの部屋に遺体が舞い戻ってくるという無様《ぶざま》な結末を迎えていた。プライドばかりが高い彼のことだ、自分の失態を認めることがどうしてもできないのかもしれない。

「とんだ言いがかりだ、話にならない」

吐き捨てるようにそう言って、信濃は窓の外を見つめた。だが、その声も背中も……内心の激しい動揺を隠すのに完全に失敗していた。

昼前であることもあり、窓には白い紗……薄い生地のレースカーテンが引かれていた。その向こうに見える外の世界は、大雨のせいで日中でもなお薄暗い。安全運転のためだろう、道路を走る乗用車やトラックもヘッドライトをつけて走行しているものが多い。その灯りは室内からもぼんやりと確認できた。

私はおもむろに顔を振り向け、諸岡に無言の問いかけを送った。オーナーは無表情な目で信濃を見つめていたが、やがて火のついた煙草を持つ右手を首の辺りで小さく振った。

その仕草が意味するところは一つしかない。

諸岡は傍にいた遠谷を促して１１０１号室を後にした。信濃に断りを入れることもなければ、足音一つ立てなかった。そのため、信濃は二人が姿を消したことにすら気づいていないことだろう。

扉が閉まるのを待ってから、私は視線を信濃に戻した。それから目を細めて口を開く。

「……それがあなたの答え？」

「そうだ。次にホテルの外で出会ったら、どうなるか覚悟しておけよ」

脅し文句には凄みが利いていたけれど、私はすっかり彼を軽蔑しきっていた。自然と嘲《あざけ》りの笑いが唇に浮かぶ。自分のやったことを認めることもできなければ、その責任を負う度胸すらない男だ。

私はジャケットの内ポケットから細身のロープを取り出した。佐々木の殺害に用いられた凶器で、現場から見つかったのを回収していたものだ。

その端を左手に何重か巻き付け、ロープに八十センチほど余裕を持たせて右手にも巻く。捜査用の白手袋のおかげで、きつく巻いても痛みは感じない。

最後にロープを左右に引っ張って充分に力を加えられるかテストもした。その上で、私は再び口を開いた。

「なら、これでお別れね？」

罵り言葉を呟き続けていた信濃の動きが止まった。いつも男っぽい口調でしか喋らない私が珍しく女性らしい言葉遣いをしたことを訝しく思ったからか？　いや、それより自らが殺した佐々木がかつて放った言葉だったことが、彼を怯えさせたのだろうか？

「それはどういう……」

信濃の声は震えていた。私は彼が振り返る前に、素早くその首にロープを巻き付けた。男の目が見開かれ、首を守ろうと振り上げた指先がレースカーテンを空しく揺らす。

不意討ちはいい。女である私にとって時に否応なく不利となる……体格・力の差を意識する必要もないからだ。

「意味は分かっているはず」

男の耳元でそう囁き、私はロープを一気に締め上げた。信濃は両手で首を押さえ、潰れた声になって言う。

「お前……ホテル探偵、だったんじゃ？」

なおも指先に力を込め、私はショートヘアを小さく揺らして首を傾げた。

「私はホテルで起きる事件の一切の処理を任されている。知っての通り、オーナーは無駄なことが嫌いなものでね？　探偵と殺し屋を二人雇うより……その両方に長《た》けている一人を雇うほうがはるかに効率がいい」

信濃は両手を振り回したが、それも私の制服のネクタイを小さく揺らしただけ。あとは虚空をかき回すばかりだった。

ホテルのルールを破った以上、それ相応の対価を支払ってもらわねばならない。命を奪った者はその命で、自らの犯行と全く同じ方法によって。

それが、アミュレット・ホテルだ。

クライム・オブ・ザ・イヤーの殺人

Episode0

別荘の外は雪だった。

例年より二週間も早い初雪のせいで、車の走行音もかき消され、建物は静謐《せいひつ》に包まれている。

俺はベッドに腰かけ、扉にハンドガンを向けていた。

サイドテーブルのバーボンを飲み下す。……喉が焼けそうだ。でも、アルコールも命を狙われているという恐怖を和《やわ》らげてくれはしなかった。

不意に、コツと扉に何かが当たる音がする。

グラスを放り出し、がむしゃらに引き金を引いた。やがて弾切れになったハンドガンを放り捨てて、俺はベッドの下を探る。……指先がショットガンを探り当てた。

銃身を切りつめているので、近距離では絶大な殺傷能力を発揮するものだ。だが、この銃でさえ『殺し屋エレボス』を相手にするには、あまりに心もとなかった。

俺は恐る恐る扉に歩み寄ると、ハチの巣になった扉を押し開いた。

廊下は無人だった。

オーク材の床に血が落ちているのを見つけ、俺は息を呑《の》む。自分の歯が恐怖でカチカチと音を立てるのを聞きながら、無線を取り出した。

「まずい、エレボスが……奴が中にいる！」

だが、無線から応答はない。俺は顔から一気に血の気が引くのを感じた。

……別荘の玄関と裏口には、合わせて八人の見張りを配置していた。

さっき、俺は銃を連射したよな？　なのに、どうして誰も銃声を聞きつけて様子を見に来ないんだろう。まさか、見張りは既《すで》にエレボスに？


俺は道家《どうけ》を裏切った。

道家は四十年にわたり、プランナー（犯罪計画者）として絶大な影響力を誇ってきた男だ。彼は『安楽椅子探偵』ならぬ『安楽椅子犯罪者』とでも言うべき存在で、自身が犯罪の最前線に赴《おもむ》くことはほとんどなかった。道家の立案した犯罪計画の実行は、決まって彼自身が雇った人間か、他の犯罪グループが担《にな》うことになるからだ。

道家の下には、他の犯罪者の手に負えず投げ出された案件ばかりが集められた。そんな中から彼は自らのために……あるいは、他の犯罪者からの依頼に基づいて、不可能を可能に変える芸術的な犯罪計画の数々を生み出してきた。

俺もかつては彼を恩人と慕《した》ったものだが、そんな道家も今は病で死の床に臥《ふ》していた。……だから、耄碌《もうろく》して俺の裏切りに気づくこともなく死ぬだろうと高《たか》を括《くく》っていた。

だが、あの爺《じじい》は喰《く》えなかった。

裏切りは呆気《あっけ》なく見抜かれ、俺は泡を喰って姿をくらませる羽目になった。道家の爺なら間違いなく、エレボスに俺の殺害を命じると分かっていたからだ。

……エレボスは正体不明の殺し屋だ。

実行不可能と言われる依頼ばかり引き受け、それをことごとく成功させている殺し屋。闇に乗じてどこからともなく現れ、気づけば現場にはターゲットの死体だけが転がっている。もちろん、その素顔を見て生き延びた者はいない。

まともに戦って勝ち目のある相手ではないし……いざという時、自分の身を守れるのは自分しかいない。だから、俺はこの別荘に逃げ込んだのだ。

ここは俺のセーフハウス、最後の砦《とりで》だった。

二週間ほど前に道家を裏切る決心を固めて以来、俺は最悪のパターンを想定して準備を進めていた。

まず、この別荘を難攻不落のセーフハウスへと変えた。

警備の人数も増やし、センサーや監視カメラも倍に増やした。食糧庫には半年分もの食料や備品を買い込んで備蓄してある。……もちろん、長期の籠城《ろうじょう》に備えるためだ。

余命いくばくもない道家が、あと数か月内に死ぬのは確実だった。

あの爺さえいなくなれば、犯罪業界の勢力図は大きく変わり、俺はもう何も恐れる必要がなくなる。

俺はただこの安全な砦の中で、時間が過ぎるのを待てばいい。……そのはずだったのに。

俺は歯を食いしばって、廊下に落ちている血痕を見つめた。

寝室の扉の前には血だまりがあり、そこを起点に血が廊下の奥へと続いていた。血痕は点々と規則正しく、突き当たりにあるトイレまで一直線に並んでいる。

俺はショットガンを構えて、トイレへとにじり寄った。

「エレボス、隠れても無駄だ」

扉は一般家庭によくある、外開きの木製のものだ。この改造ショットガンなら、一発で扉をずたずたにし、中に隠れている人間を仕留めることも容易《たやす》いだろう。

……だが、この血痕は明らかに罠だった。

次の瞬間、俺は一八〇度向きを変え、トイレとは反対の方向にショットガンを向けていた。思った通り、俺の背後に忍び寄っていた人影があった。

相手の顔を見た瞬間、俺はむしろ拍子抜けした。

「お前は桐生《きりゅう》？　道家の秘書の……」

俺の目の前にいたのは、華奢《きゃしゃ》な女性だった。

道家の傍《そば》にいる時はパンツスーツ姿で、キャリア官僚っぽさを漂わせているのだが……今日はミリタリー調の黒い装備に身を固めていた。そのせいで、桐生はいつもとは別人のように見えた。何故《なぜ》か、その装備は全体が埃《ほこり》でも被《かぶ》ったように白っぽくなっている。

桐生はハンドガンを投げ捨て、両手を頭の後ろで組んだ。

「……久しぶりだね、佐東《さとう》？」

ぬけぬけと俺の名を呼ぶ彼女を見て、俺は吹き出してしまった。

「嘘《うそ》だろ、凄腕《すごうで》の殺し屋の正体が……どう見ても無能そうな秘書にすぎなかったなんて」

「そっちこそ、寝返って明石の下につくなんて、馬鹿なことを」

俺は顔を歪《ゆが》めた。

確かに、明石《あかし》は犯罪業界でも悪名が高く、信用には値しない人間だ。だが、道家と違って金払いはよかった。……少なくとも、俺が病床に臥せる恩人を捨てる覚悟を決めるくらいには。

桐生は廊下に点々と続く血痕を見つめ、ため息まじりに言った。

「どうして、この血が偽装だと分かった？」

「血の落ち方が規則正しすぎたからだ。本当にお前がトイレに逃げ込んだのなら、外開きの扉を開ける時に立ち止まる必要があったはずだろ？　だったら、立ち止まった分だけ、扉の前には他の場所より多くの血が落ちていなければ……」

喋《しゃべ》りながら、俺は無造作にショットガンの引き金を引いた。

端《はな》から、最後まで説明をするつもりなどなかった。ただ、相手を油断させておいて散弾をぶち込もうとしただけだ。

次の瞬間、俺は背後に倒れ込んでいた。

鳩尾《みぞおち》にぽつんと赤い染みが生まれ、じわじわ広がっていく。悲鳴を上げようとしたが、胸の奥から突き上げてきたのは、血の混ざった咳《せき》だった。

……初めて、俺は胸を撃たれたのだと悟った。

桐生は憐《あわ》れむように俺を見下ろしていた。その右手にはハンドガンが握られている。先ほど捨てた銃とは別に、腰か首の後ろにでも隠し持っていたのだろうか？

彼女は低い声で言った。

「敗因は二つだ」

「敗、因？」

「一つは、佐東が自分の推理に酔って思考を停止してしまったこと。もう一つは、私がどうやってこの建物に侵入したか、その方法について考えなかったことだ」

失血で意識が朦朧《もうろう》としているはずなのに……何故だろう？　俺はかつてないほど思考が明瞭になるのを感じていた。

俺は二週間ほど前から別荘の警備を強化し、監視カメラやセンサーも増設して、ここを難攻不落の場所に変えた。今日に至っては、見張りも八人つけていたのだ。

エレボスがどれほど優秀な殺し屋だとしても、物音一つ立てずこの建物に侵入するのは至難の業《わざ》のはず。

……となれば、答えは一つしかなかった。

俺の心を読んだのか、桐生は微笑《ほほえ》む。

「そう、佐東が別荘の警備の強化を終えるより前に、私はここに侵入していたんだよ。道家の爺は裏切りの気配にだけは敏感でね？　これまで勘が外れたことがないらしい」

結局、俺の裏切りが先だったのだろうか？　それとも道家の切り捨てが先だった？

俺が明石と接触し裏切りの意思を徐々に固めていったのと並行して……道家は俺が裏切ると確信し、先手を打ってエレボスを放っていたのだ。

桐生はなおも続ける。

「佐東は小心者で疑り深い。少しプレッシャーを与えてやれば、怯《おび》えて逃げ出すと思っていた。おまけに、明石のもとに逃げ込むことも、別の第三勢力の保護下に入ることも……彼らに裏切られるのではないかという恐怖が邪魔をして、できない性格だからね？　お前の行動を読むのは簡単だった」

そう、いざという時、自分の身は自分で守るしかないと思っていたからこそ……俺はこのセーフハウスに逃げ込んでしまった。

「ターゲットが確実にやって来ると分かっている巣穴があるなら、そこで待ち伏せをするのが狩りのセオリーだろう？」

俺は霞《かす》みはじめた目を桐生に向けた。

服が白く埃に塗《まみ》れているのは、彼女が別荘の屋根裏か通気ダクトにでも潜《ひそ》んでいたせいだったのだろう。そうやって二週間ほども、俺が来るのを待ち続けていたのか。

……なら、ショットガンが不発だったのも不思議じゃなかった。

問題なく撃つことができたハンドガンは別荘に来る際に外から持ち込んだものだったのに対し、ショットガンはずっと寝室に置かれていたものだ。

別荘に潜んでいた桐生には時間があった。見回りに気をつけながら、別荘内に隠してある武器を一つ一つ無効化していったのだろう。

俺を殺すために身動きもままならない場所に二週間も隠れるなんて、バカみたいな方法だ。それを平然とやってのける桐生の神経もどうかしているし……そんな手に引っかかった俺はもっと無様《ぶざま》だった。

桐生はハンドガンをホルスターに戻しながら言葉を継ぐ。

「八人いた見張りも外からの侵入者には警戒していたが、内側から破られるのは想定していなかったみたいだね？　簡単に無力化できたよ」

俺はぼんやりとした輪郭しか見えなくなった桐生を睨《にら》みつけた。

「あと数か月、で……何もか、変わった、のに」

返ってきたのは沈黙。でも、俺はそこに確かに殺し屋の動揺を感じ取った気がした。

俺が籠城をしてまで待ち望んだのは、道家の死だった。

あの男の死は俺にとって、『生と成功』を約束してくれるはずだった。ならば、道家の死は……秘書としても殺し屋としても道家の庇護《ひご》を受けていた桐生にとって、『死と破滅』をもたらすものになりはしないか？

遠からず彼女を襲う無慈悲な未来に思いをはせ、俺は目を閉じた。

＊

佐東は死ぬ前に笑っていた、私が破滅する未来を幻視したように。

それが現実化した訳ではないだろうが……佐東の死から僅《わず》か二日後、私は早くも破滅の淵《ふち》に立っていた。

場所は、アミュレット・ホテル別館三階にある宴会場。

私はその壇上で銃を突きつけられていた。

私に銃を向けているのは水田《みずた》……アミュレット・ホテルのフロント係だった。

彼が手にしているのはベレッタM92F、私も愛用していたことのある馴染《なじ》みのハンドガンだ。水田の動きには無駄一つない。この眼鏡のフロント係は危険だ……と私の本能が激しく警鐘《けいしょう》を鳴らす。

一歩下がった場所で私を見つめているのは、このホテルのオーナー・諸岡《もろおか》だ。

彼はカーネル・サンダースめいた髭《ひげ》に手をやって、冷え切った声を投げかけてくる。

「アミュレット・ホテルは犯罪者のために存在している特別な場所だ。私のホテルを利用する上で、守らなければならないルールは二つだけ。

一．ホテルに損害を与えない。

二．ホテルの敷地内で傷害・殺人事件を起こさない。

桐生さん、君はこのたった二つのルールさえ守れなかった。……あるいは、殺し屋のエレボスと呼ぶべきかな？」

私は壇上に横たわる遺体に視線を向けていた。

少し前まで心臓マッサージを続けていたホテル専属医は、すっかり疲れ果てた様子を見せている。

彼は床に転がっていた血だらけの医療用手袋をビニール袋に収めながら、暗く非難に満ちた目で私を見つめた。

「違う、私が殺したんじゃない。……はめられたんだ」

ああ、何と無意味な言葉だろう。

殺し屋の私がこんな主張をしても、説得力などあるはずがない。おまけに、今回は現場の状況が『殺人が可能だったのは、私だけ』と示しているのだから。

ここで、オーナーの諸岡が不吉なジェスチャーを水田に送った。それを受けたフロント係は私ににっこりと微笑みかける。

「細かいお話は別室でうかがいましょう。私がご案内いたします」

白々《しらじら》しい嘘を……。

このまま宴会場を出れば、私はアミュレット・ホテルのルールを破り、犯罪界の重鎮を殺害した罪を償《つぐな》わされることになるだろう。もちろん、この命で。

＊

「……道家さんが亡くなりました」

その連絡がやって来たのは、佐東のセーフハウスを出て、パーキングエリアで二週間ぶりに携帯食料以外の食事にありついていた時だった。

電話をくれたのは、道家が雇っていた弁護士の薬師寺《やくしじ》だった。

道家は昨日の朝まではクロスワードパズルを楽しんでいたほど元気だったのに、昼頃から急激に容体が悪化し、末期がんからくる多臓器不全を起こした。懸命の処置も空《むな》しく、一時間ほど前に息を引き取ったのだという。

私は食べさしだったご当地バーガーを、ゴミ箱に放り込んだ。

いずれこの時が訪れるのは理解していた。ただ、これほど早く、呆気なくやって来るとは思わなかっただけだ。

……最後に道家と話したのは、半月前のことだった。

彼は私を病床に呼び出し、二つの依頼を行った。

一つは佐東の暗殺、もう一つは『殺し』ではない依頼だった。道家の爺がエレボスとしての私に、殺し以外の依頼をするのは初めてのことだった。

あの時は異例ずくめだったので、私も大いに戸惑ったものだ。いつもは手付金を出すのさえ渋る道家が、後にも先にも初めて仕事の報酬の先払いをしたのだから。

『まだまだ死ねそうにない』と豪快に笑ってみせながら、勘のいいあの爺のことだ。自分の命の火が今にも消えようとしているのを感じ取っていたのだろう。

受けた依頼のうち、佐東の暗殺は終わった。でも、私にはもうそれを報告する相手すらいないのだ。

パーキングエリアの外は白銀の世界だった。

佐東のセーフハウスに向かった時には、木々には紅葉と秋の名残があった。それなのに二週間見ない間に、私を取り巻く世界は表情を変えてしまっていた。

山から吹き下ろす北風が、ひどく冷たかった。

車を発進させようとした時、また着信があった。

『やっと、死にましたね？』

いきなりかけられた言葉もひどかったが、何より電話をかけてきた相手に私は驚いた。

「お前は……桂《かつら》？」

電話の向こうから、年を重ねた女性特有のしゃがれた笑い声が聞こえてくる。

『警戒する気持ちも分かりますよ？　私は何十年も道家と対立してきたから』

桂は国内最大級窃盗グループのリーダーだ。

駆け出しの頃はスリの達人だったらしいが、今では本人が犯罪の前線に立つことはなくなり、犯罪の計画を練るのを専門に行っている。一応、プランナーである道家の競合相手だった人物、ということになるだろうか。

『道家が死んだ今、あなたは庇護者を失って困っているはず。だったら、私と話をしても損はないでしょう?』

一理あった。

これまで道家に表立って楯突《たてつ》く者がほとんどいなかったのは、彼がそれだけ恐れられていたためだった。だからこそ、私もその傘の下で平穏無事に過ごすことができた。

だが、道家の死が知れ渡れば状況は一変し、これまで道家に抑え込まれていた奴らが一気に動き出す。

ここ十年の間に道家がやったことには、秘書としての私も深く絡《から》んでいた。道家に恨みを持つ人間は、遅かれ早かれ私のことも消そうとするはずだ。

……私が生き延びるためには、新しい傘が必要だった。

そんな心中を見透かすように、桂は言葉を継ぐ。

『明後日には、アミュレット・ホテルでクライム・オブ・ザ・イヤーの授賞式が行われる。今は亡き道家の代理として……桐生さんが授賞式に参加するのよね?』

クライム・オブ・ザ・イヤーは、その名の通り……年間で最も優れた犯罪をなした者に与えられる、栄誉ある賞だった。そして、犯罪業界の重鎮だった道家は、その選考委員の一人を務めていた。

私はふっと苦笑いを浮かべる。

「その予定だよ。秘書にすぎない私が代理出席をするのは、分不相応だという意見も多いけどね」

犯罪業界では予期せぬ死が発生することも多い。そのため、選考委員や受賞者が死亡した場合に限り、代理を立てて出席させることが認められていた。

とはいえ、本来なら代理ももっと実績のある人間が務めるのが通例だった。

殺し屋としての私は別だが、秘書としての私は道家の影として動いていた。だから、個人的な実績などないに等しい。代理出席を拒否されてもおかしくなかったのだが……そこは生前の道家が自分の身に何かあった場合を見越して、ゴリ押ししたと聞いていた。

『だったら、いい機会ね。授賞式には私も選考委員として参加するから、会場のホテルで会ってお話をしましょう。ちょうど一つ、エレボスに頼みたい「殺し」もあることだし』

この言葉に私は思わず息を呑んだ。その動揺を電話越しに感じ取ったのか、桂の声に嗜虐《しぎゃく》的な響きが混ざり込む。

『桐生さんがエレボスだということは、ちょっと考えれば分かりますよ？　だって、エレボスが仕事をしている時、あなたは決まって出張や体調不良で道家の傍から消えているんだもの』

「単なる偶然だ」

『ふふ、噂《うわさ》では雲隠れ中の佐東がエレボスの次のターゲットだとか。そして、それに合わせるように桐生さんはもう二週間以上も自宅を留守にしている。……そろそろ佐東殺しも終わった頃でしょう？　では、明後日にアミュレット・ホテルで』

＊

五歳の時、私は道家に拾われた。

両親の記憶はほとんどない。おぼろげに残っているのは曖昧《あいまい》な微笑みを浮かべる二人の姿……でも、これさえ寂しさに耐えられなかった子供が生み出した幻かもしれない。

私と道家に共通点があるとすれば、孤独ということだけ。

道家は犯罪の計画を練る時も、他の犯罪者と交渉する時も、いつも一人だった。文字通り、自分自身の頭脳と才覚だけで、この世界を生き延びてきたような人間だ。

彼に家族はいなかったし、配下の人間を持つことすら好まなかった。これは犯罪業界でも珍しいことだった。

……どうして、道家の爺は私のような子供を育てたりしたんだろう？

単なる気まぐれだったのか。それとも出会った瞬間から、私を使い勝手のいい殺し屋に仕立てる未来が見えていたのだろうか？

道家は摑《つか》みどころがない男だった。

私の誕生日には、決まって彼はホールケーキとプレゼントの山を抱えて帰ってきた。

欲しいものなど教えた覚えもないのに、包みを開く度に私が望んでいたものが順番に出てきた。心の中が見透《みす》かされているようで、子供心に喜んでいいのか不気味がるべきなのか、訳が分からなかった。

ケーキを頰張《ほおば》る私を見つめる彼の笑顔には、裏表などなさそうに見えた。

それなのに……次の日には、平気で私を死地に追いやったりもした。使い捨ての駒としか思えない扱いをしたと思ったら、私がちょっと風邪を引いて寝込んだだけで大騒ぎをしながら小児科に担ぎ込んだりもするのだ。

殺し屋エレボスとして活動をはじめた後も、道家はわざと真の目的を伏せたまま依頼をしてくることがあった。そうやっておいて、私が仕事の途中でそれを看破《かんぱ》できるかを見て、面白がっているのだ。

事前の情報が不完全だったせいで、何度死にそうになったことだろう？

私にとって、道家の爺は……。

＊

「前から不思議に思っていた。あなたはどうして、もっと早く道家を捨てなかったの？」

ティーカップに紅茶を注ぎながら、桂は問うた。

ここはアミュレット・ホテル別館のスイートルーム……もちろん、私が宿泊している部屋ではなく、桂の部屋だ。

ルームサービスで運び込まれてきた紅茶は香り高く、茶葉もティーセットも最高級品だ。馬鹿みたいに優美な形をしたティーカップを持て余す私を見つめ、桂は微笑んだ。

「大丈夫よ。エレボスの正体が桐生さんだということは誰にも話していないし、これからも明かすつもりはないから」

それについては、あまり心配していなかった。

むしろ、気分が落ち着かないのは服装のせいだった。

私はサテン地の紫色のドレスに、いつになくヒールの高い靴をはいていた。セミロングの髪の毛もアップにしてきれいに整えてある。ただ、靴も髪飾りも何もかも……動きにくくて仕方がなかった。

一方で、桂は背中の開いた真っ赤なドレスを着ていた。首にはサファイアが煌《きら》めくネックレスを、手には肘まである絹の黒手袋をつけている。艶《つや》のある漆黒のロングヘアが美しかった。

彼女の実年齢は六十代半ばだったが、どう見ても四十歳くらいにしか見えない。気品あるドレス姿は、犯罪者というより貴婦人というほうが似合っていた。

……私たちがこんな服装をしているのは、二時間後にクライム・オブ・ザ・イヤーの授賞式がはじまるためだ。

そこに選考委員の代理として参加する以上、その格式に見合った服装をしなければならなかったので、私も仕方なくそれに合わせていた。いつもなら、どんなパーティだろうとパンツスーツ姿でのぞむところなのだが……。

犯罪者が礼儀作法なんか気にしてどうするという気しかしないが、意外とこの業界はこういったマナーや格式にはうるさかった。

桂は私をまじまじと見つめながら言った。

「エレボスはクライム・オブ・ザ・イヤーにノミネートされたこともあるから、その名を知らぬ者はいないでしょう。でも、秘書としてのあなたは全く目立たない存在ね。秘書としての桐生さんが転職するのは楽ではないだろうけど、こんな状況に陥《おちい》る前に新しい傘を見つけることはできたはずなのに」

……新しい傘、か。

その言葉に、道家の遺体と対面した時の記憶が蘇《よみがえ》ってきた。

一昨日、私は東京に戻ってくるなり弁護士の薬師寺に捕まった。

私が部屋を借りているマンションの前で、彼は待ち伏せをして私を驚かせたのだ。このちょっと非常識な弁護士は三十代半ばくらい、金髪でスーツから何からホストっぽい見た目をしていた。

薬師寺は道家からの遺言を預かっていて、故人の要望だと言ってその足で私を道家が入院していた病院へと連れて行った。

結局、道家が私に遺《のこ》してくれたのは、幾ばくかの金と、彼が大切にしていたボードゲームのコレクション二部屋分だった。……ゲームが好きでもない私に、こんな量のゲームをどうしろというんだろう？

亡くなった道家は、最後に会った時より更に頬がこけていた。

改めて、病魔がどれほど深く彼を蝕《むしば》んでいたのか思い知る。ここ一か月ほどは食事量が極端に落ちていたこともあって、身体《からだ》は骨と皮ばかりになっていた。点滴を受け続けていた腕の跡も、心臓近くの静脈から栄養輸液を流し込んでいたカテーテルの跡も、何もかもが痛々しかった。

私はそっと道家の胸に触れてみた。そこにはもう鼓動も温《ぬく》もりもなく、ただ無情な死に覆いつくされていた。

その時も私は泣けなかったし、多分これからも涙を流すことはないだろう。

……結局、道家の爺はどうしてエレボスに『殺し』ではない依頼をしたりしたのだろう？　自分の身に何かあった場合、代わりにクライム・オブ・ザ・イヤーの授賞式に参加して欲しいだなんて、エレボスではなく秘書としての私に依頼すべきことのはずなのに。

蘇ってきた記憶を振り払い、私は桂の視線を受け止めて口を開いた。

「単に……私は仕事を途中で投げ出すのが嫌いなだけだよ」

「あら、そう?」

桂は半信半疑といった表情を浮かべている。

「道家の爺は狡《ずる》かった。私の性格を知りつくした上で、死の床に臥してなお私への依頼を切らすことのないように調整していたんだから」

桂は喉の奥で笑い声を立てた。

「なるほど。そうやって、エレボスを自分の手元に縛りつけていた訳ね」

「結局……私は寝返るタイミングを逸《いっ》してしまった」

「だったら、私の下につきなさい。依頼を引き受けてくれるのなら、今後は私があなたの身の安全を保証してあげましょう」

目の前にいるのは、国内最大級窃盗グループのリーダーだ。

その傘下に入れば、これまで以上に安定した地位が手に入ることだろう。私にとって、これ以上望むべくもないほどの提案だった。

「……桂さんが死を望む相手は?」

「明石よ」

ある意味で、意外性のない答えだった。

佐東に近づき、道家を裏切らせた張本人……。明石はとにかく評判の悪い人物だ。

彼はフィクサーとして複数の犯罪組織を取りまとめていた。だが、ここ半年ほどは道家とも桂のグループとも確執を深め、方々から恨みを買っていた。

桂は目を閉じ、黒手袋をはめた人差し指でこめかみを叩く。

「三か月前、私たちが盗品を保管していた倉庫が襲撃されたの。もちろん、明石の仕業よ。……私は十億円を超える損害をこうむったけど、金銭的な被害だけならどれほどよかったか」

すっと開かれた桂の鳶色《とびいろ》の目に、怒りが燃え上がった。

「あの金の亡者は、倉庫にいた私の部下十二人を皆殺しにした。武器すら持たせていなかった事務員も交ざっていたというのに……飲み物に毒を混ぜるという、卑劣極まりない手を使って！」

私は思わず顔を歪めた。

騙《だま》し騙され、奪い奪われるのが当たり前の世界とはいえ、明石の犯罪はエスカレートして見境がないものになりつつあった。

道家も人的な被害こそなかったものの、金銭的被害は少なからず受けていた。

いや、人的な被害がなかったのは、それが未遂に終わったからだった。明石も道家の命を狙って三人ほど殺し屋を送り込んできたのだが、それは私が全て返り討ちにしてやった。

……それだけでは留《とど》まらず、明石はここ一か月は自棄《やけ》になったのかと思うくらい、他の犯罪グループを襲撃しては荒っぽい稼ぎ方を繰り返していた。

桂は歯を食いしばるように言う。

「こんなことが続けば……犯罪業界そのものが崩壊しかねません」

生前の道家も、全く同じ危惧を抱いていた。

死者の遺志が桂を通じて現れたような錯覚に襲われ、私は黙り込む。その間にも桂は更に言葉を続けていた。

「私も殺し屋を雇って明石の暗殺を何度も試みました。でも、ことごとく失敗してしまった」

「ある意味……あの男は究極の引きこもりだからな」

明石は半年前、自宅に核シェルターを改造した部屋を完成させ、それ以来ずっとそこに籠《こも》っている。仕事はリモートで指示を出し、自宅の外に出ることはほとんどなくなっていた。

自宅の警備はホワイトハウス級、戦車でも持ってこない限り正面突破は不可能だ。また、身の回りの世話をさせる人間も極限まで数を絞っていて、そこに外部からのスパイを紛《まぎ》れ込ませるのも至難の業だった。

「そんな明石も、今日の授賞式にだけは出席する。そうなんだろ?」

私がそう問い返すと、桂は頷《うなず》いた。

「ええ、あの男も選考委員の一人だから」

クライム・オブ・ザ・イヤーの選考委員は、ここ五年ほど道家と桂と明石の三名が務めていた。その間、明石がこの授賞式を欠席したことはなかったし、当人が生存している以上は代理出席が認められることもない。

私はちらっと部屋の時計に視線をやった。

「とすると、明石もそろそろ到着している頃か」

「部下から控え室に入ったという報告が上がっている。……叶《かな》うなら、この手であの男を絞め殺してやりたいくらいだわ」

憎悪と殺意を込めて指を引きつらせる桂を見て、私はため息をついた。

「何やら盛り上がっているところ悪いけど……依頼を受けたとしても、今すぐに殺せる訳じゃない。今、私たちがいるのはアミュレット・ホテルだ。知っての通り、このホテル内での殺しはご法度だからね」

　このホテルは犯罪者にとっての安全地帯だった。

　アミュレット・ホテル別館は中でも特殊な場所で、会員資格を有する犯罪者しか宿泊はおろか立ち入りも認められていない。そして、会員資格のある者はそれに見合う対価さえ支払えば、ホテルからほとんどどんなサービスでも受けることができた。

　……このホテルを利用する上で、私たちに課されるルールは二つだけ。


　一．ホテルに損害を与えない。

　二．ホテルの敷地内で傷害・殺人事件を起こさない。


　いつもは核シェルターに籠っている明石が授賞式に出てきたのも、このホテルがルールに守られた特殊な場所だからに違いなかった。

　道家でさえ、アミュレット・ホテルを敵に回すことは恐れており、私にも『ホテル内で絶対に仕事をするな』と何度も釘を刺していたくらいだ。その禁を破る気は、今の私にもなかった。

　私の言葉を受け、意外にも桂は満足そうに微笑んだ。

「あなたからその言葉が聞けて嬉しいわ。……もちろん、このホテルのルールは厳守してもらわないと」

「それから、仕事には下調べが必要になってくるし、それなりに時間もかかる」

「安心して、実行のタイミングは桐生さんに任せるから」

桂は何もかも、道家とは真逆だった。

あの爺は『限界は破るためにある』と考えていた。だから、道家は難しい依頼であればあるほど、仕事にバカ短い期限を設けてくる。そうやって、ニコニコしながら私を窮地に追い込もうとするのだ。

「へえ……随分、物分かりがいいんだね？」

「だって、明石殺しの依頼をこなせるのは、エレボス以外にはいないから」

「……どうだろうな？　見ての通り、私は小柄で体格の面でも不利だし、戦闘面でも秀《ひい》でているほうではない」

桂は鳶色の目を細めて笑いはじめた。

「その代わり、あなたには『道家仕込みの洞察力と推理力』があるから」

「推理力、ねぇ」

「桐生さんの強みは、ターゲットの性格や癖を見抜いて、次にどんな行動をとるか論理的に推測できること。そうやってターゲット自身の行動を利用して死地に導く……それがあなたの殺し方なんでしょう？」

そう、それこそ道家が私に幼い頃から仕込んできたことだった。

相手に短所があれば、いかに致命的なものに変えるか考える。長所があれば、それをどうやって弱点へと逆転させるか模索する。

「ふふ、こんな殺し方をするのは、業界広しといえども桐生さんの他にいませんよ」

そう言いながら、桂は五センチほどの高さのプラスチック製の薬瓶……バイアルを取り出して放り投げた。ねじ口式のキャップがついた、スクリューバイアルと呼ばれるタイプのものだ。

それを右手の指先で受け止め、私はラベルを読み上げる。

「アコニチン改?」

アコニチンはトリカブトの毒の成分として有名だ。トリカブトは古くは狩猟の際に矢毒として使われていたもので、今でも毒草の代名詞だった。

この毒はそのアコニチンを改良したもので、毒性は本家と同レベル……致死量は十ミリグラム以下、解毒剤も存在しない強烈なものだった。犯罪業界ではよく使われるポピュラーな毒でもあった。

桂は小さく頷く。

「ルームサービスで取り寄せたばかりのものよ。ちなみに、明石は私の部下をこの毒で殺したの」

……電話一本で、銃火器から毒物まで部屋に届けてもらえるのは、犯罪者御用達のアミュレット・ホテルならではのことだった。

白い粉が入ったバイアルを見つめ、私は目をすがめた。

「これで明石を殺せと?」

「ええ」

犯罪業界では、毒殺の方法が日々研究されている。

私の知り合いにも、あらゆるものを偽造するのが芸術的なまでに得意な人間がいた。その人間の協力を得て、未開封に見せかけた毒入りの飲料を用意すれば……比較的簡単に明石を暗殺することができるかもしれない。

でも次の瞬間には、私は毒薬のバイアルを投げ返していた。

桂はそれを手袋をはめた両手でキャッチする。

「気に入らなかった？　なら、別の薬を持ってこさせましょう。本日のおすすめは確か、アコニチンと同じく矢毒で有名なツボクラリンを……」

私はソファから立ち上がりながら、首を横に振った。

「あいにく、私は仕事で毒を使うのは好まない。殺しの方法もこちらで選ばせてもらうから、そのつもりで」

＊

それから二時間半後……突然、明石が口から血を吐いて倒れた。

アミュレット・ホテルの宴会場は騒然となる。

当たり前だ。クライム・オブ・ザ・イヤーの授賞式のまっ最中に、選考委員の一人が悶《もだ》え苦しみだしたのだから。

明石が手にしていた角杯《かくはい》は彼から前方に一メートルほど離れた場所に落ちており、中に入っていた赤紫がかった黒い液体が撒《ま》き散らされていた。

困惑のあまり、私は席から立ち上がる。

……まだ、私は何もやっていない。急病？　あるいは別の誰かが毒を盛った？

明石は犯罪業界で誰より恨みを買っている男だ。私以外の殺し屋にも暗殺の指示が下っていてもおかしくはない。そんな殺し屋の一人が暴走してアミュレット・ホテルのルールを破ったのか、それとも……。

この時、明石と一緒に壇上にいたのは三人だけだった。

私と選考委員の桂が壇上の左側に、壇上の右側には受賞者である覆面詐欺師ウーティスが座っていた。

招待客を含め、会場にいたほとんどの人間が動けずにいたが、そんな中、真っ先に動いたのはウーティスだった。

覆面詐欺師の名の通り、ウーティスは人前では鳥のくちばしの形をしたペストマスクを被り、灰色のマントを羽織っていた。そして一言も発さず、おどけたジェスチャーとスケッチブックを駆使して会話をする。……ある意味、犯罪業界における『ゆるキャラ』的存在だった。

名前の由来はオデュッセウスがキュクロプスの島で名乗った『ウーティス（誰でもない）』。本名も性別も素顔も何もかも謎に包まれた人物だった。

ウーティスはこの夏、廃村にＵＦＯが墜落した設定で、オカルト好きの大富豪を引っかける前代未聞の詐欺を行った。

内容はハチャメチャだったが……詐欺としての新規性や、宇宙人の生態まで作りこんだ計画の緻密《ちみつ》さ、ターゲットから十億円以上を巻き上げた手腕はクライム・オブ・ザ・イヤーの受賞に相応《ふさわ》しいものだった。

ウーティスは椅子から立ち上がって壇上を横断すると、口から血を流して痙攣《けいれん》を続ける明石に近づこうとした。その瞬間、鋭い制止の声がかかる。

「いけません、明石さまのお身体には触れないように！　すぐに当ホテルの専属医が参りますので」

声の主はフロント係の水田だった。

ウーティスはジェスチャーで何か返そうとしたが、すぐに諦めた様子で首を横に振りながら、壇上の右側に設けられた席へと戻っていく。

それと入れ替わるように、水田がタキシード姿の男性を伴って壇上に上がってきた。

「お願いします、先生」

先生と呼ばれた男は医療用のニトリル手袋を取り出した。

年齢は五十歳くらい。頭はまだらに金髪に染められ、大きな黒縁の眼鏡をかけていて、マッドサイエンティストめいた雰囲気があった。

「また急患か……今日は多いな」

ホテル専属医が手袋をつけながら、低い声で呟《つぶや》くのが聞こえた。

そういえば……授賞式の本番がはじまる前、私は息抜きに宴会場の外を覗《のぞ》きに行ったことがあった。

そして、廊下でホテルの制服を着た女性が同僚たちの肩を借りて裏口に向かうところに出くわした。

女性スタッフの顔色は大量に失血したのかと思うほど真っ青だったが、左手の指に白い包帯を巻いている以外には、特に怪我《けが》はない様子だった。あれはきっと、急な体調不良に見舞われて病院に運ばれていく最中だったのだろう。

顔を真っ赤にして痙攣する明石を一目見るなり、ホテル医は事態の深刻さを理解した様子だった。

「マズい、すぐにうちの病院へ救急車の要請を！　あと、医務室から救急救命用のセットも持ってくるように伝えて」

そう指示を飛ばしながら、彼は血だらけの明石の口の中に手を挿し込んだ。そうやって吐物《とぶつ》や血の塊が詰まっていないことを確認して気道も確保する。続いて、彼は血だらけになってしまったニトリル手袋を脱ぎ捨て、すぐさま心臓マッサージに取りかかった。

それと並行して、ホテルのオーナーが自らマイクを手に招待客を誘導するアナウンスをはじめる。

……この宴会場には、百五十人以上もの招待客がいた。

そのほとんどがタキシード姿あるいはドレス姿だ。その恰好《かっこう》だけ見れば、権威ある学術賞や文学賞の贈呈式が開かれているように見えないこともないだろう。だが、ここにいるのは大物犯罪者ばかりだった。

オーナーの諸岡は一癖も二癖もある人間の扱いには慣れっこなようで、驚くほどスムーズに彼らを隣のパーティ会場へと誘導していった。

「一体……何が起きたの？」

桂がそう呟きながら、崩れるように自分の椅子に腰を落とした。

それから、彼女は椅子の背側に置いていたコンパクトなパーティバッグを震える手でつかみ上げると、ハンカチを取り出して口元を押さえる。

その間も、ホテル医の応急処置を嘲笑《あざわら》うかのように……明石の容体は刻一刻と悪化していった。今では明石は断続的に痙攣し、顔は呼吸困難によるチアノーゼが起きはじめていた。

「くそッ、救急車はまだ来ないのか！」

ホテル医の絶望に満ちた声が響き渡る。

やがて、ホテルスタッフが医務室から本格的な人工呼吸が可能なバッグバルブマスクなどを運んできたが……その時には、何もかも手遅れだった。

既に、明石は息絶えていた。

明石に異変が起きるまで授賞式は順調に進んでいた。

式典の締めくくりに行われたのは、毎年恒例となっている『儀式』だった。

便宜上、儀式と呼ばれているが……別に、大したことをやる訳ではない。犯罪業界のますますの発展を祈って、選考委員と受賞者が獅子のレリーフつきの角杯を回し飲みし、最後に受賞者が空《から》になった杯を持ち帰るというだけだ。

この角杯はクライム・オブ・ザ・イヤーの副賞の一部という扱いになっていた。そのため、純金製のもので、下部には豪奢《ごうしゃ》な翼の生《は》えた獅子のレリーフが施《ほどこ》されていた。

……回し飲みは、選考委員の中でも席順が左端だった桂からスタートした。

彼女は角杯を受け取って、両手で支えながら山ブドウのワインを飲む。いつもの貴婦人めいた仕草で、口をつけた部分を純白のハンカチで拭《ぬぐ》う。もう何年も選考委員をやっているので、その仕草は慣れたものだった。

桂は祝いの言葉をひとしきり述べた後で、私に獅子の角杯を渡した。

純金製の角杯はかなりの重さがあった。とはいえ……私は殺しのためにいつも鍛《きた》えているので、このくらいは何てことない。

山ブドウのワインは野性的な味で、想像していた三倍くらいは濃厚だった。酸味も苦みも普通のワインに比べて強く、舌に絡みつくような鋭さがある。

私は道家が書き遺していた祝辞を述べ……獅子の角杯を明石に手渡した。

明石は五十代半ばの男だった。

目は糸のように細く、口元から顎《あご》にかけて針金のようなごわごわした鬚《ひげ》に覆われている。最近は引きこもって生活していて日に当たる機会がないからだろう、吸血鬼かと思うほどに青白い顔をしていた。

その後、明石は山ブドウのワインを飲んで、長ったらしい祝いの言葉を述べている最中に倒れた。

……突然、口から血の飛沫《しぶき》を撒き散らし、角杯を前に投げ出すようにしてその場に崩れ落ちたのだ。

私は床の上で痙攣しだした明石を、呆気に取られつつ見つめることしかできなかった。

……やがて、ホテル医が明石の死亡を宣告した。

これまで数えきれないほどの死に立ち会ってきた私だ。近づかずとも、医師の宣告に間違いはなく、明石の呼吸や鼓動が完全に停止しているのが感じ取れた。

私は悪夢でも見ているような気分になりながら、自分の席に腰を下ろした。

椅子に置いてあったパーティバッグが背中に当たって痛かった。ただ、その鋭さを帯びた痛みが、私にこれが夢ではないことを物語っていた。

宴会場はすっかり静まり返っている。

招待客の誘導はとうに終了しており、今もこの場所に留まっているのは、桂と私とウーティス……それから、ホテル医と水田とオーナーの諸岡の六人だけだった。少し前まで付近をうろうろしていた他のホテルスタッフたちの姿もかき消えている。

ペストマスクを被ったウーティスが両腕を大きく振り回し、スケッチブックを掲《かか》げる。

そこには丸文字でこう記されていた。

『死因は何？』

　スケッチブックにちらっと目をやってから、ホテル医は新しいニトリル手袋をつけた。それから、遺体の目や口の中を調べはじめる。

「まず、舌の奥にまで紫色の色素が沈着しているね。これは毒の影響というより……山ブドウのポリフェノールかな？」

　彼は皆に見えるように明石の口を大きく開いた。血にまみれた舌が覗く。彼の言う通り、舌は紫色に染まっていた。

　水田が私と桂を交互に見つめながら口を開く。

「舌の色からして、明石さまが山ブドウのワインをお飲みになったのは間違いないようです。……失礼ですが、桂さまと桐生さまも口の中を見せて頂けますか？」

　私と桂は言われた通り、舌を出した。

　自分の舌は確認できなかったが、桂の舌は紫色になっていた。私も山ブドウのワインを飲み下していたので、同じように紫色の色素が付着しているはずだ。

　ホテル医は小さく頷きながら、続けた。

「うん、桂さんも桐生さんも山ブドウのワインを飲んだのは確かですな。……一方で、明石さんの舌には大きな傷跡も残っている」

　彼の言う通り、明石の舌には歯型が残っており、そこから出血が見られた。それを見た諸岡が目を丸くした。

「それじゃあ、吐血《とけつ》したように見えたのは？」

「舌を傷つけた際の出血が外に漏れたものである可能性が高そうだ。恐らく、痙攣した時に舌を嚙《か》んでしまったんだろう。とすると……明石さんを襲った主な症状は、痙攣と少し遅れてやってきた呼吸困難か」

ホテル医は空中でそろばんでも弾《はじ》いているような動きを見せながら更に続けた。

「アコニチン改による毒殺の疑いが濃厚だね。とはいえ、血液を調べてみないとハッキリしたことは分からない」

かつて、明石は桂の配下を殺すためにこの毒を用い、桂も私に同じ毒で明石を殺すように求めてきた。犯罪業界ではよく使われる毒だとはいえ、明石がそのアコニチン改で命を落としたのは……因果応報と言えなくもなかった。

水田が苦い顔になって呟くのが聞こえた。

「……また、殺人ですか」

いずれにせよ、アミュレット・ホテル内で起きた事件が警察に通報されることはない。

犯罪業界の内輪で発生した事件は、その痕跡も何もかもを秘密裏に処分するのが、決まりだからだ。これから、ホテル主導で毒殺事件の調査が行われることになるだろう。そして、それが終わり次第、明石の遺体もこの事件に関する証拠も、跡形も残らないほどの超高温で焼却されるのだ。……文字通り、この事件があったという痕跡はこの世から抹消され、後には何一つ残らない。

諸岡も声に怒りを滲《にじ》ませて、唸《うな》るように言う。

「私のホテルで人を殺《あや》めるなど、許されることじゃない。最悪の禁忌《きんき》を犯した犯人には、早急に対応せねば……」

再び、ウーティスがスケッチブックを振り回しはじめた。

『毒はどこに入っていたのかな？』

相変わらずの丸文字に、スケッチブックを掲げる仕草は奇矯《ききょう》そのものだ。しかしながら、指摘内容はいたって真っ当なものだった。

これには水田が淡々と答えはじめた。

「授賞式がはじまる前に明石さまが口になさったものに、毒が含まれていた可能性もゼロではありません。ですが、タイミング的にやはり、直前に召し上がった山ブドウのワインが怪しいかと」

諸岡も小さく頷いた。

「だろうね。乾杯用に用意していた黒ビールは未開封だし」

その言葉につられて、私は乾杯用の飲料が置かれていたテーブルに目をやった。

テーブルにはシャンパンの入ったグラスが二つと、黒ビールの瓶が一つ載っていた。前者は私と桂の分で、後者が明石のものだ。

……黒ビール？

私は違和感に眉をひそめた。

乾杯用の飲み物として、ホテル側はシャンパン、赤ワイン、生ビール、ウーロン茶の四種類を用意していた。招待客はその四つから好みのものを選べる訳だ。

ところが、明石に用意されていたのは、ホテル側の選択肢にない飲み物だった。

思い返してみると、去年も一昨年も明石は乾杯の時に、一人だけ瓶を手にしていた気がする。……ということは、本人が希望してホテル側に黒ビールの瓶を用意させていたということか。

用意されていた黒ビールは人気の銘柄で、私もアミュレット・ホテルのバーで飲んだことがあった。正直、私の好みではなかったし、そこまでこだわるほど美味《おい》しいとは思わなかったのだが。

この時、ホテル医が間延びした声で言葉を挟んできた。

「とりあえず、簡易的に毒性試験を行ってみる？」

何をするのかと思って見ていると、彼は水田に宴会場の隅に並べられていた手のひらサイズの金魚鉢を壇上に運ばせた。中にはメダカが三匹入っている。

会場の装飾のように見えないこともなかったが、メダカの入った金魚鉢の近くにカナリアの鳥かごがあったことからして……単なる観賞用ではない。恐らく、毒ガスが散布された時に、いち早く察知できるようにするためのものだ。

問題の角杯は明石の遺体から前方に一メートルほど離れた場所にあった。中身のワインは更にその前方に飛び散っていたので、遺体には一滴もかからずにすんでいる。

ホテル医が角杯に手を伸ばした水田に声をかけた。

「まだ毒物も特定できている訳じゃないし、念の為にワインには触れないようにしたほうが安全だろうね」

水田は慎重に獅子の角杯を拾い上げ、中に残っていたワインを金魚鉢に垂らした。

……メダカはあっという間に全滅し、水面に浮かび上がる。

それを見たホテル医は何度か小さく頷いてから報告した。

「うん、毒が入っていたのは、やはり山ブドウのワインで確定だ」

私は胃がすうっと冷たくなるのを感じていた。

おかしい、あのワインは私が口をつけた段階では無毒だった。でなければ、私が今もピンピンしている説明がつかない。

私は確かに……無毒の状態で明石にワインを手渡した。

それから明石がワインを飲むまで、私と同じく壇上にいた桂やウーティスでさえ、獅子の角杯に触れるチャンスなどなかった。

……ということは、つまり？

気づくと、水田が私の傍に立っていた。

「これでハッキリしましたね。獅子の角杯に毒を入れることができたのは、その直前まで杯を手になさっていた桐生さまだけです」

口調は相変わらず丁寧だったが、水田の手にはベレッタM92Fが握られていた。そして、その銃口はさりげなく私の鳩尾に向けられている。

私は慌てて口ごもった。

「違う、私は……」

「なら、これは何だろうね？」

容赦《ようしゃ》のない声に振り返ると、諸岡が私の席の背後に立っていた。彼は白い手袋をはめた手を、椅子の上に置かれたパーティバッグへと伸ばしている。

その様子を私は茫然《ぼうぜん》として見つめるしかなかった。

アミュレット・ホテルは二つのルールの厳守を求める代わりに、犯罪者たちのプライバシーは手厚く保護する……それが大原則だ。だから、無断で客の荷物を調べることなど、本来ならあり得ないことだった。

ホテル側がこれほど強硬な手段に出たということは、私はもう客とは見なされておらず、明石の毒殺犯として断罪すべき対象に変わっているということだ。

……いや、慌てるにはまだ早い。

私はバッグに化粧ポーチやスマホなど、ごく限られたものしか入れていなかった。危険物といえば、護身用の小型ナイフが底に隠してあるくらいだ。

別に、意図があって荷物を絞った訳ではない。

単に女性もののパーティバッグにありがちなことで……サイズ的に必要最低限のものしか入らなかっただけだ。どうしても、中身は厳選しなければならなかった。

だからこそ、私にはあのバッグに諸岡に見咎《みとが》められるようなものは入っていないという確信があった。

意外にも……諸岡の手は私のパーティバッグを素通りした。

訳が分からない私の目の前で、諸岡はバッグと椅子の背もたれの間に手を挿し込んで、何か小さなものを摘《つま》み上げた。ねじ口タイプの五センチほどのバイアルだ。

……アコニチン改。

パッケージを見た瞬間、私ははめられたのだと知った。

そのバイアルはつい二時間半ほど前、桂が私に投げて寄こしたものだった。私はそれをすぐに桂に返したのだが、最悪のタイミングで私の椅子の上から出現した。

私は必死で記憶をたどる。

……授賞式のリハーサル後の小休憩で、私は息抜きに宴会場の外を覗きにいった。その時はパーティバッグを持って行ったし、戻ってきた時点では椅子の上にはバイアルなどなかった。

それ以降、私は基本的にバッグを椅子の後ろ側に置いて、それを身体と背もたれで挟むようにして座っていた。殺し屋という職業柄、人の気配には敏感だったので……さすがに、私が椅子に座っている間にバイアルが置かれたとは考えにくい。

怪しいとすれば、本番直前に壇上の隅でスタッフと立ち話した時と、明石が倒れたのに戸惑って立ち上がった時だろうか？

どちらの時にも、桂は私の隣の席にいた。

彼女は駆け出しの頃、スリを得意としていたらしい。それなら……例えば、明石が倒れて会場が混乱している隙をつけば、誰にも気づかれずに私のバッグと背もたれの間にバイアルを落とすことも難しくなかったはずだ。

いずれにせよ、『やられた』としか言いようがなかった。

バイアルを受け取ったホテル医が唸るように言う。

「やはりアコニチン改だったか。アコニチンの毒性をそのまま受けついでいるから解毒剤も存在せず、改良されたことで水やアルコールにも溶けやすくなった厄介なものだね」

バイアルを覗き込んだ水田も顔色を変えた。

「しかも、これは当ホテルがルームサービスでご用意したもののうちの一本ですね」

……恐らく、この話が出るのを待ちかねていたのだろう。桂は時が満ちたと言わんばかりの顔をして、口を開いていた。

「でしょうねぇ？　これは私がルームサービスで取り寄せて、桐生さんに渡したものだもの」

諸岡は戸惑ったようにカーネル・サンダースめいた髭に手をやる。

「ん？　どうして桂さんが桐生さんに毒なんて渡す必要が？　彼女はあなたの部下でもないのに」

桂は諸岡の耳に向かって囁《ささや》くように、それでいて全員に聞こえるくらいの絶妙なボリュームの声で答えた。

「それは私が桐生さんに仕事を依頼したからですよ。……だって、桐生さんは殺し屋エレボスだから」

この爆弾発言に全員が息を呑んだ。いつもは何があっても喋らないウーティスでさえ、小さく悲鳴を上げたほどだ。

……私はエレボスじゃない！

すぐさま、そう否定すべきだったのかもしれない。

でも、私にはこの状況で下手《へた》な嘘をつくのも危険に思えて、黙り込んだ。桂は私がエレボスだという動かぬ証拠を持っているかもしれない。その場合、いくら否定したところで証拠を突きつけられれば、私に対する諸岡たちの心証が悪くなるだけだった。

その間も桂は私を指さして続けていた。

「私は明石を暗殺するために、わざわざエレボスに依頼したのよ。それなのに、この女は私を裏切った！　アミュレット・ホテルで仕事はしないと確約しておきながら、よりによって授賞式の最中に明石を殺すなんて！」

……おいおい、どの口が言うんだよ？

もはや怒りよりも呆《あき》れのほうが強くなりつつも、私は桂を睨みつけた。

「桂さんから明石暗殺の依頼を受けたことは、私も否定しない。でも、私は毒殺などしていないし、そもそもアコニチン改のバイアルはすぐに返却したじゃないか」

桂は鳶色の目をすがめる。

「嘘ばっかり」

「それはこっちの台詞《せりふ》だ。私に毒薬のバイアルを渡した時も、桂さんは黒手袋をつけていたな？　こっちには素手でバイアルを触らせておいて、私の指紋だけがついたバイアルを手に入れるのが目的だった訳か」

「よく、そんな言いがかりが言えたものねぇ」

「お前は自らの手で明石を毒殺しておきながら、私の指紋つきのバイアルを有効活用することで……私をそのスケープゴートに仕立てようとしたんだ」

道家という後ろ盾を失って孤立している私なら、罪を擦《なす》りつけようと何をしようと、どこの派閥の恨みも買わずにすむ。使い捨てにする上では、私ほど使い勝手のいい存在もなかったことだろう。

桂は軽蔑しきった表情を浮かべ、小さく鼻を鳴らした。

「私が明石を殺した？　どんな方法で？」

私は言葉を詰まらせた。桂は高笑いとともに続ける。

「獅子の角杯を飲んだ順番から、明石を毒殺できたのは桐生さんだけだと既に分かっているのよ？　この前提を覆さない限り、なぁんにも状況は変わりやしない」

……そう、これはこれまでの『殺し』の仕事とは違う。明石の死の真相を解明しない限り、私に勝ち目などなかった。

諸岡が私と桂を天秤《てんびん》にかけるように、じっと見つめている。

状況は私に圧倒的に不利だった。でも、諸岡はまだ桂の話をそのまま受け入れていいものか、迷っているらしい。この迷いが続いているうちに、何とかしなければ……。

突然、ウーティスがスケッチブックを真上に突き上げた。

『異議あり！』

ウーティスはサインペンで何やら続けようとしたが、途中で止めてスケッチブックを床に叩きつけていた。

「ああ、もう！　面倒臭い」

全員がポカンとする中、ウーティスは被っていたペストマスクを脱ぎ捨てた。その下から現れた顔を見て、私は思わず息を呑む。このホストっぽさのある金髪の男は……。

私と桂はほとんど同時に叫んでいた。

「弁護士の薬師寺?」

やはり間違いない、道家の遺言を預かり私のマンションの前で待ち伏せをしていたあの弁護士だ。

私の混乱に追い打ちをかけるように、諸岡とホテル医が呟いていた。

「えっ、この人は……ブスジマ医院の毒島《ぶすじま》先生じゃ?」

二通りの名前で呼ばれ、ウーティスは苦笑いを浮かべた。彼はごわごわした灰色のマントを脱いで、タキシード姿になりながら言う。

「ちなみに、俺は詐欺師だけど資格だけは本物ですから。というか……詐欺師が名前や職業をたくさん持っていたとしても、驚くほどのことじゃないですよね？　俺、とっても有能なので」

場の空気が白《しら》けたのを感じたのか、ウーティスは咳ばらいをした。

「俺のことは薬師寺でも毒島でもウーティス（誰でもない）でも、好きに呼んで下さい。……それはそうと、桐生さんを毒殺犯だと断定するのは早計じゃないですか？」

「理由を聞かせて、薬師寺」

こう言ったのは桂だった。彼女はウーティスのことを弁護士の薬師寺と呼ぶことに決めたらしい。

薬師寺あるいは毒島あるいはウーティスは再び口を開く。

「桂さんから獅子の角杯を受け取ってから明石さんに手渡すまで、桐生さんは手に何も持っていなかったように見えました。それなのに、彼女はどうやって山ブドウのワインの中に毒を混入したんでしょう？」

桂は小さく肩をすくめた。

「そんなのどうとでもなるわよ。パーティバッグにでも毒入りカプセルを忍ばせておいて、獅子の角杯を受け取る直前に手に移しておけばいい」

犯罪業界では、いかにターゲットに気づかれず毒を盛るか研究が進んでいた。

実際、指先で軽く触れた程度では溶けず、水やアルコールに入れた時にだけ即溶《そくよう》するように工夫されたカプセルも出回っている。

ウーティスは桂の言葉に驚く様子もなく、飄々《ひょうひょう》として頷いた。

「その可能性はありますすね。小さなカプセルなら、明石さんに手渡す直前に角杯に放り込んだとしても、誰も気づかなかったかも」

私はウーティスをまじまじと見つめた。

この男のクライム・オブ・ザ・イヤー受賞が決まったのは、桂が選考委員として強く推したからだった。だとすれば、この二人がグルである可能性も否定できない。

……まさか、ウーティスが道家の弁護士になっていたのも、桂の指示によるものだった？ 今も、ホテル側の対応に疑義を唱えるフリをしながら、私の容疑を更に強固なものに変え、桂の望む結末へと誘導しようとしているのだろうか？

ウーティスの言葉が影響を与えたのかは分からなかったが、諸岡は心を決めた様子で水田に何やら目で合図を送った。

次の瞬間、私の背中に冷たいものが押し当てられる。

視線をやると、水田がベレッタM92Fの銃口を押し当てていた。この眼鏡のフロント係は危険だ……と私の直感が激しく警鐘を鳴らす。

諸岡の冷徹な声が室内に響いた。

「アミュレット・ホテルは犯罪者のために存在している特別な場所だ。私のホテルを利用する上で、守らなければならないルールは二つだけ……」

彼が喋り続けている間、私は明石の遺体を見下ろしていた。

その傍では、ホテル医が床に落ちていたニトリル手袋をビニール袋に収めながら、暗く非難に満ちた目で私を見てくる。

「違う、私が殺したんじゃない。……はめられたんだ」

ああ、何と無意味な言葉だろう？

案の定、諸岡が指先を首の辺りで小さく振った。その不吉なジェスチャーを受け、水田が私ににっこりと微笑みかける。

「細かいお話は別室でうかがいましょう。私がご案内いたします」

白々しい嘘を……このままでは私は明石を毒殺した罪を、この命で償わされる。

水田がさっさと歩けと言わんばかりに、銃口で私を小突く。宴会場から連れ出されてしまう前に何とかしなければ……私を待っているのは『破滅』だった。

＊

次の瞬間、私は吹き出していた。

「何だ……そういうことだったのか」

私が笑い出したのに驚いたのか、水田が半歩ほど下がったのが気配で分かる。突きつけられていた銃口の感覚が消えて、深く息をつけるようになった。

私は諸岡に向かって言った。

「とりあえず、私以外にも明石の毒殺が可能だったことを示せばいいね？」

再び銃を突きつけようとする水田に対し、諸岡は下がるように指示を送る。

……どうやら、時間稼ぎには成功したらしい。

余裕しゃくしゃくの様子を崩さない桂が口を開く。

「可能性を示すだけじゃ不十分よねぇ。私が毒を盛ったというのなら、そのことをきっちりと証明しなくちゃ」

私は彼女に苦笑いを向ける。

「言いがかりをつけてしまったことについては謝る。……桂さんは明石殺しの犯人じゃなかった」

桂はかえってギョッとしたのか、警戒心のにじんだ顔になる。

「どういう風の吹きまわし？」

「正直な話、ついさっきまで桂さん自身が毒を盛った……あるいは、配下の誰かに指示を出してアコニチン改を明石に飲ませたんだと思い込んでいた。その上で、私に全ての罪を擦りつけようとしているのだとね？　でもよく考えてみると、桂さんの行動と明石の毒殺犯の行動にはズレがあった」

「ズレですって？」

「悪いけど、ここからは『私の椅子に毒薬のバイアルを置いたのは、桂さんだ』という仮定で話をさせてもらうよ」

私がそう前置きをしても、桂は反発も拒否もしなかった。彼女の気が変わらないうちに、話を続けることにする。

「授賞式のリハーサル後の小休憩の時、私は息抜きに宴会場の外へ行った。ちなみに、そこから戻ってきた時にはまだ、椅子の上にはバイアルなんてなかった。その後、バイアルを設置するチャンスがあったとすれば……私が本番直前に壇上の隅でスタッフと立ち話をした時と、明石が倒れたのに驚いて立ち上がった時の二回だ」

桂は忌々《いまいま》しそうに唇を歪めた。

「なるほど？　あなたの隣の席にいた私なら、本番直前のざわつきや、明石が倒れた時の混乱に乗じて、バイアルを椅子の背もたれとバッグの間に設置できたと考えているのね」

途端に、ウーティスが不満そうな唸り声を立てた。

「本番前だろうと混乱が生じていようと、壇上で不審な行動に及べば誰かに見咎められる可能性は高いですよね？　正直、毒薬のバイアルを桐生さんの椅子に設置するという行為に、それだけのリスクを冒す価値はないと思いますが」

諸岡も彼に加勢するように頷く。

「毒島さんの言う通りだ。実際に角杯に毒を入れる時には、毒入りのカプセルを使ったんだろうし……別に、犯人としても現場に毒薬のバイアルを持ってくる必要なんてなかった訳だからね」

「そもそも、角杯を回し飲みした順番だけでも『桐生さん以外に毒殺できた人はいない』という結論にたどりつくんですよ？　バイアルを設置するなんて、完全に『蛇足』じゃないですか！」

ウーティスの主張は正しかった。

確かに、犯罪組織のリーダーともあろう桂が、『蛇足』にすぎないことのために、リスクまで冒して自ら手を下したとは考えにくい。

私は桂に視線を戻して、一言一言区切るように言った。

「なあ、明石が倒れた時点では……あなたも何に毒が入っていたのか知らなかったんだろう？　山ブドウのワインが原因か、もっと前に明石が口にしたものが原因か……。それが分かっていなかったからこそ、容疑者が私一人に絞り込まれる状況になっていることにも気づけなかった」

桂は固く口を閉ざしたまま何も言わない。代わりに諸岡が口を開いていた。

「つまり、言いかえれば……桂さんは今回の毒殺には無関係だったということだね？」

私は桂のコンパクトなパーティバッグに目をやって頷いた。

「そういうことだ。事件に無関係だったからこそ、桂さんは毒薬のバイアルをうっかりパーティバッグに入れたまま会場に来てしまった。そして、明石が血を吐いて倒れたのを目の当たりにして、私がアミュレット・ホテルのルールを破って明石に毒を盛ったと思い込んでしまったんだ」

はじめて桂の目に深い動揺が走り、彼女は呟く。

「じゃあ、あれは本当に……あなたの仕業じゃなかったの？」

私は苦笑いを浮かべて頷いた。

「もちろん違う。でも、桂さんは私に裏切られたと思って怒り狂った。だから、私が悶え苦しむ明石に気を取られている間に、持っていたアコニチン改のバイアルを私の椅子の上に落とした」

「失礼ですが、桂さまは何のためにそんなことを？」

そう訝《いぶか》しげに問うてきたのは水田だった。

「私を毒殺犯として告発する際、証拠として使うために決まっている。あるいは、事件関係者として身体検査を受ける時に、自分のパーティバッグから毒薬のバイアルが見つかっては困るのもあったんだろう。……バイアルを私に押しつければ、自分にあらぬ疑いが降りかかってくるのも防げて一石二鳥だからね？」

そう言って、私はじっと桂を見つめた。

このまま彼女がバイアルを移動させたと認めてくれるのではないかと期待して。でも、桂は床を見つめたまま口を開かない。

残念……それについては一旦諦めることにして、私は説明を再開した。

「桂さんが今回の毒殺とは無関係だと分かったところで、改めて『誰が明石に毒を盛ったのか？』を考え直してみよう」

私は金魚鉢の横に置かれていた、獅子の角杯の傍に移動して更に続ける。

「もともと、この角杯は遺体から前方に一メートルほど離れた場所に落下していて、山ブドウのワインはその更に前方に飛び散っていた」

ウーティスが何を今更という顔をして言う。

「それが何か？　桐生さんだって明石さんが角杯を前方に投げ出すようにして倒れたのは見たでしょうに」

「問題は……これがクライム・オブ・ザ・イヤーの副賞の一つで、純金製だということ。おまけに、下部に翼の生えた獅子のレリーフまでついていることだ」

それを聞いたウーティスは少し怯《ひる》んだ様子に変わる。

「確かに、見た目以上に重量はありそうですね」

「そんなものを一メートルも前に投げ飛ばそうとしたら、かなり力を込めないと無理だろう？　つまり、明石は倒れ込みながら、意図的に角杯を離れた場所に飛ばそうとしていたんだ」

先ほどから腕組みをして話を聞いていた諸岡が口を開いた。

「……どうして、そんなことを？」

私は床にこぼれたワインの跡と遺体を示す。

「見ての通り、角杯を投げたおかげで、明石の身体にはワインが一滴もかからずにすんでいる。つまり、明石は自分の身体にワインがつくのを防ごうとしたんだよ」

　今度は水田が言葉を挟んできた。

「明石さまは急激な体調不良に襲われて、ワインに毒が混ぜられていたと確信したのでしょう。それなら、毒入りワインを遠ざけようとしたのも不思議ではありません。何せ、毒には触れることさえ危険なものもございますから」

　これには私が説明を加えるまでもなく、諸岡が首を横に振っていた。

「いや、その考え方には無理がある。……明石さんが毒ワインを飲んでしまったと知ったのなら、まず周囲にその旨《むね》を伝え、医者か救急車を呼んでくれと訴えるはずだろ？」

　私は薄く笑いながら続けた。

「そう。明石が本当に毒ワインを飲んでいたのだとしたら、助けを求めることもせずに、悠長に角杯に残ったワインのことを考えて動くなんて、するはずがない」

　今ではすっかり青ざめていた桂が呟く。

「ということは、まさか……」

「そのまさかだよ。倒れた時点で明石はまだ毒を飲んでいなかったし、本人にもそれが分かっていたから、誰にも助けは求めなかった。それでいて、自分が手にしている獅子の角杯に毒が入っているのは知っていたから、毒ワインが自分の身体に付着する事態は避けようとした」

　私の言葉に、諸岡は頭を抱えていた。

「でも、明石さんの舌は紫色に染まっていた。だから、毒入りのワインを飲んだのは確実なのに」

「矛盾などございませんよ、オーナー」

そう言ったのは水田だった。彼は拳銃を下ろして安全装置をかけながら続ける。

「明石さまは手元に回ってきた山ブドウのワインを召し上がり、その後で自ら獅子の角杯に毒入りのカプセルを放り込んだのです。……そう考えれば、全てに説明がつきます」

銃の脅威から逃れられた解放感を味わいつつ、私は頷いた。

「明石がワインを口にした時、角杯にはまだ毒は入っていなかった。血を吐いたのも倒れて痙攣しはじめたのも、全ては明石の演技だったってことだよ」

吐き出すような声になって桂が言う。

「じゃあ、あの男の舌に傷が残っていたのも……？」

「もちろん、痙攣した時に噛んだものじゃない。毒の中毒症状で吐血した風に見せかけようとして、敢《あ》えて傷つけたんだろう」

諸岡は慌ただしく床に横たわる明石に駆け寄った。そして、明石の首筋に指先を触れ、戸惑ったような顔になって私を見上げる。

「違う、やっぱり演技なんかではない。……現実にこうして、明石さんは死んでいるんだから」

そのあまりに真っ直《ま》ぐ《す》な目を見て、私は思わず笑ってしまった。

「この事件の真相は単純なものだったんだよ。明石は自らの死を偽装するために協力者を雇い、その人物に裏切られて殺された……それだけの話だ」

次の瞬間、全員の視線が一人の人物に集まっていた。

明石が自らの死を偽装しようとしたと判明した時点で、協力者としての役割を果たせる人物も一人に限定されるからだった。

私はホテル医に向かって告げる。

「ドクターが明石の協力者であり、彼を裏切って命を奪った毒殺犯なんだろう？」

＊

「私が……一体、どうやって明石さんに毒を盛ったと言うんだ！」

ホテル医がものすごい権幕で怒鳴るので、私は小さく肩をすくめた。

「まず協力者だったドクターは、明石に毒で苦しむ演技の指導を行った。そして、舌を噛んで吐血したフリをするように指示をしたんだ。恐らく、明石にはアコニチン改以外の毒で死亡したように見せかけると説明していたんだろう」

「デタラメだ！」

無意味な反論に付き合っている暇もないので、私は淡々と続けた。

「指示通りに明石が舌を嚙んで倒れた後、ドクターは医療用ニトリル手袋をつけて、明石の口の中を調べたね？」

諸岡が小さく息を吞むのが聞こえた。

「……まさか！」

「そう、あの手袋の指先には大量のアコニチン改が塗りつけてあったんだ。そして、気道を吐物や血の塊が塞《ふさ》いでいないか確認する動作をしながら、ドクターは指先で明石の舌の傷をえぐった」

「そんなことやってない！　わ、私は医者だぞ」

……犯罪業界にどっぷり足を踏み入れておきながら、よく言うよ。

私は薄く笑いながら続けた。

「古来、トリカブトは矢毒としても使われていたらしい。その毒の性質をそのまま受け継ぐアコニチン改を傷口に大量に擦《す》り込まれたら、一体どうなると思う？」

ウーティスが腕組みをしながら答えていた。

「傷口からアコニチン改が直接血液に入るので、飲み込んだ時より速やかに毒性を発揮すると考えられます。使用された量にもよりますが……恐らく、ごく短時間で明石さんは行動不能に陥って、数分以内に命を落としたことでしょう」

意外なことに、ウーティスの知識は正確だった。

先ほど、当人も『詐欺師だけど資格だけは本物』と言っていたが……彼が弁護士であり医師であると言うのは、あながち嘘ではないのかもしれない。

ホテル医が駄々っ子のように首をぶんぶん振り回しながら言う。

「しょ、証拠がない！」

口調はしどろもどろ、パニック状態。どう見ても、この男は殺しに向いていなかった。

とはいえ……ホテル医は自らの犯行が暴《あば》かれるまでは、事件には無関係という顔を保ち、平然と落ち着き払っていた。今になって彼を動揺させ不安がらせはじめた原因が、罪悪感でないことだけは確かだ。

私は小さくため息をつく。

……罪悪感を覚えないことは、殺し屋にとって必須の条件ではない。

殺し屋に必要なのは、常に今やるべきことだけを考え、それにひたすら集中する精神力だ。ただし、その先に待ち受ける結果には……何一つ期待してはならない。期待したことが起きなければ、心に落胆が生まれる。落胆や後悔といった精神の乱れは、死地に陥った時には容易に命取りになるからだ。

これらは全て、道家が私に教え込んだことだった。まあ、その全てを実践できているかと言えば、怪しい部分もあったが。

私はホテル医を冷ややかに見下ろして、続けた。

「ドクターは明石の口に突っ込んだ手袋をすぐに外し、少し遅れてビニール袋に入れて処分していたな？　幸い、そのビニール袋はまだ宴会場から持ち出されていない。……問題の手袋を検査すれば、大量のアコニチン改が付着していた跡くらいは残っているだろう」

突然、ホテル医が件《くだん》のビニール袋を拾い上げた。

何をするのかと思ったら、彼は一目散に宴会場の扉に向かって走り出した。結局……彼は自白するよりも雄弁に、自らの罪を認めてしまったのだ。

やはり、この男は殺しに向いていない。

ホテル医が足をもつれさせながら扉にたどりつくよりも早く、水田がインカムに向かって告げるのが聞こえた。

「緊急連絡。……を別館から逃さないで下さい。もちろん、手段は問いません」

ホテル医の名前は私には聞き取れなかった。ナではじまる苗字だった気もするが、まあ、改めて聞き返すほどのことでもないか。

どうせ……あの男とは、もう二度と会うこともないのだから。

　ホテル医が姿を消した扉から視線を戻すと、諸岡がまじまじと私のことを見つめていた。

「あの、まだよく分かっていないんだが……そもそも明石さんはうちのホテルで何をしようとしていたんだ？」

　私が答えるより早く、ウーティスが口を開いていた。

「アミュレット・ホテルが色んな意味で特別な場所だということを考えれば、その答えはおのずと分かってきますよ。……何せ、ここで殺人事件が起きても、ホテル主導のゆるーい調査が行われるだけですからね？」

　諸岡と水田に恨めしそうな目で睨まれても、ウーティスはそれを意に介す様子もなく続ける。

「でも、それが事実ですよね？　このホテルには調査のプロは一人もいない。それなのに……内輪の調査が終わるなり、被害者の遺体も証拠も何もかも超高温で焼いて処分してしまうんですよ？　その脆弱性《ぜいじゃく》を突こうとする犯罪者が現れても、おかしくないと思いますが」

　正論だったこともあり、諸岡も諦めたように頷いた。

「このホテルのシステムが不完全なのは理解しているよ」

　私は苦笑いを浮かべて口を開いた。

「中でも一番の問題は、ホテル医に権限を集中させすぎたことだね。被害者の死を確認するのもホテル医なら、その死因を特定する役割もホテル医が担っていた。……この感じだと、遺体の焼却処分を行う責任者もホテル医だったんだろう？」

　諸岡は無念さを隠す様子もなく、再び頷いた。

「ああ、桐生さんの言う通りだよ。恐らく、明石さんはアミュレット・ホテルの脆弱性に目をつけて、金に物を言わせてホテル専属医を買収したんだろう」

道家の爺の数多い欠点の一つは、金払いの悪いところだった。かつて佐東が彼を裏切って明石につこうとしたのも、それが原因に決まっている。

それに対し、明石は目的のためなら金に糸目をつけなかった。

私は大きく息を吐き出してから、説明をはじめる。

「ホテル医を買収しておいて、明石はアミュレット・ホテル内で自作自演の毒殺事件を起こした。クライム・オブ・ザ・イヤーの授賞式が舞台になったのは、そうすれば最大限に『自分の死』を喧伝《けんでん》できると思ったからだろう」

桂は芋虫でも見るように明石の遺体を見下ろして言った。

「どこまでも卑怯《ひきょう》な男！　ホテル医さえ買収してしまえば、自分が毒殺されたように見せかけるのも簡単だもの」

私は再び苦笑いを浮かべる。

「……ちなみに、明石の計画した毒殺事件も、やはり私一人に容疑がかかるように仕向けられていた。道家という後ろ盾を失った私なら、スケープゴートにするにも使い勝手がいいと思ったからなんだろう」

あるいは、明石も私がエレボスだと知っていたのかもしれない。

私は道家の爺を守るために、明石が送り込んだ殺し屋を三人ほど返り討ちにしたことがあった。それを知った明石が私の破滅を望むようになったのだとしても、まあ不思議はないだろう。殺し屋をやっていたら、こんなことは日常茶飯事だ。

桂は明石の遺体を足蹴にしかねない様子で、壇上をうろうろしながら続けた。

「明石の計画では、毒で瀕死《ひんし》の状態になっている演技をしばらく続け、医務室に運ばれたところでホテル医から死の宣告を受けるつもりだったんでしょうね？　あとは適当なタイミングで明石本人はホテルの外へと脱出し、医務室には代わりに別人の遺体でも置いておけばいい。……多少の粗《あら》があったって、ホテル側の調査はホテル医が攪乱《かくらん》してくれるんだから、どうとでもなる」

ウーティスも肩をすくめながら言う。

「そして、明石さん本人はさっさと海外にでも逃げ出し、そこで別人として新しい人生をはじめるつもりだったんでしょう」

何のために、明石は自らの死を偽装しようとしたのか？

その理由を問う者は最後まで現れなかった。この場にいる者にとっては、自明のことだったからだろう。

……明石ほど、多くの犯罪者から恨みを買っていた人間もいなかった。

桂など十億円以上もの金品を強奪され、配下の人間を十二人殺された。道家の爺でさえ、金銭的な被害を受けるのは避けられなかったほどだ。今回の授賞式の招待客にも、明石に殺意を抱いていた者は数えきれないほどいたはずだ。

そんな状況の中、明石は自宅の核シェルターに引きこもることで、どうにか自衛を果たしていた。

だが、そんな生活は長く続けられるものではない。

私はため息を一つついてから続けた。

「ここ一か月、明石は他の犯罪組織を見境なく襲っていた。最後に荒稼ぎして、海外へ逃亡する準備をしていたのかもしれないな」

諸岡は怒りより憐れみを強く宿した目をして、明石の遺体を見つめた。

「私のホテルを利用して死を偽装しようとしたことは、許されることじゃない。……でも、そんな明石さんの計画は、完全に乗っ取られてしまった訳だね？」

「そう、ホテル医は分不相応なほどの欲にとり憑《つ》かれてしまった。……報酬として僅かばかりの分け前を受け取るだけでは満足できなくなり、明石が海外への逃亡資金として集めていた金をごっそり奪おうとしてしまったんだから」

ホテル医も明石から誘いを受けるまでは、今の生活に満足していたのかもしれない。

でも、手を伸ばせばすぐに届く場所に……何十億もの、下手をすると百億以上の金が転がっていると知ってしまった時の誘惑は強烈だ。人は容易に欲に狂うし、それに勝てる犯罪者は滅多にいない。

「……これで、この事件も解決ね」

振り返ると、桂がパーティバッグを片手に壇上から去ろうとしていた。

私は慌てて彼女を呼び止める。

「いや、まだ教えてもらっていないことがある。私の椅子にアコニチン改のバイアルを置いたのは……やっぱり、あなただったんだよね？」

桂は腕組みをする。

「おお、怖い。認めさせておいて、後で私に報復するつもりかしら」

私は大きく首を横に振った。

「そんなことはやらない。あれは誤解が招いたものだということは理解しているし、桂さんが今回の毒殺事件に無関係だということも分かっている。……ただ、私は自分の推理が正しかったのか、それが知りたいんだ」

「ふふ、まるで警察か探偵みたいなことを言うのねぇ？」

私は顔がかっと赤くなるのを感じた。そんな私の反応を面白がるように、桂は続けた。

「そうよ、私があなたの椅子にバイアルを置いた」

……やっと認めてくれたか。私は満面の笑みを浮かべて言った。

「その言葉が聞きたかった」

途端に、桂の目尻が痙攣する。

「どういう意味？」

私は桂の持っているバッグを指さす。

「あなたのパーティバッグはコンパクトなものだ。その小ささ故に、中に入れられるものは限られてくる。当然、授賞式に何を持って行くか厳選したはず。それなのに、どうしてそんなところに毒薬のバイアルが紛れ込んだ？」

それを聞いたウーティスは目を見開いた。

「確かに、うっかりバイアルを会場に持って来てしまうとは考えられないですね。……まさか？」

私は大きく頷いた。

「そう、明石やホテル医とは別に、桂さんもこの授賞式で明石を毒殺する計画を立てていたんだ。私の指紋つきの毒薬のバイアルを会場に持ち込んでいたのも、その罪を私に擦りつけるためだったんだろう」

　ホテル医と違って、桂は何をぶつけられても動じなかった。

「詭弁《きべん》よ、そんなの」

　ただ、そう言ってせせら笑っただけだ。諸岡と水田が成り行きを見守っているのを肌で感じながら、私は糾弾を続ける。

「結果的に、明石とホテル医が起こした事件が邪魔をして、桂さんが計画していた犯行は未遂に終わった。……だから、あなたの計画の全容は私にも摑めていない」

　桂の計画でも、例のバイアルは私の椅子から発見される予定だったのだろうか？　それとも全く別の場所に設置するはずが……ホテル医たちが起こした事件に先を越され、苦し紛れに私の椅子に置く羽目になった？

　それすら、私には特定のしようがなかった。

　桂は呆れたように息を吐き出す。

「全容が摑めないのは当たり前よ。そもそも、そんな計画は存在していないんだから」

「だったら……ちょっと、その黒ビールを飲んでみてくれないか？」

　私は壇上の隅にあったテーブルを指さした。

　テーブルにはシャンパンが入ったグラスが二つと黒ビールの瓶が一つ載っていた。いずれも、授賞式後の乾杯で使われる予定だったものだ。

　桂の顔がかつてないほど強くこわばる。私は一気に畳みかけるように続けた。

「授賞式で、明石が確実に口にする飲み物は二種類あった。一つは獅子の角杯に入っていた山ブドウのワイン、もう一つは明石の乾杯用に用意されていた黒ビールだ」

そう言いながら、私は黒ビールの瓶をハンカチ越しに取り上げる。

乾杯用の飲み物として、本来ホテル側が用意していたのはシャンパン、赤ワイン、生ビール、ウーロン茶の四種類だけだった。乾杯の時にこの黒ビールを飲むのは、恐らくこの会場でも明石くらいのものだろう。

「明石が口にした山ブドウのワインに毒が入っていなかったのは、先ほどの推理でも分かっている。……となると、消去法で桂さんはこの黒ビールに毒を混ぜたことにならないか？」

犯罪業界には変わった技能を持つ人間が多い。

私も桂から毒薬のバイアルを渡された時……あらゆるものを偽造するのが芸術的なまでに得意な知人を思い出した。恐らく、桂も同じことを考えたのだろう。そして、その人物の協力を得て、未開封に見せかけた毒入り黒ビールを用意したのだ。

私は黒ビールの瓶を、桂に向かって突き出した。

「桂さんはホテルのスタッフを買収し、明石さんの乾杯用に手配された黒ビールの瓶を毒入りのものとすり替えた。ほら、私の推理がデタラメだと言うのなら……この黒ビールを飲んで証明してみせろ！」

私が桂の手に瓶を握らそうとしても、彼女は頑《かたく》なにそれを拒否した。ただ、燃え上がるような目で私のことを睨みつけるばかりだ。……結局、彼女も自白するより雄弁に自らの罪を認めてしまったらしい。

私は諸岡にこの黒ビールの成分分析を依頼しようと口を開きかけたが、それよりも早く水田が喋りはじめていた。

「どうぞご安心を、桂さま。そこにはアコニチン改など入っておりませんから」

想定外の言葉に、私は硬直した。……まさか、桂が買収したホテルスタッフは水田だったのか？

全く同じことを考えているのだろう、諸岡とウーティスも珍しく、おろおろした様子を見せていた。

ただ一つ解《げ》せないのは……桂が私たちと同じくらい、あるいはそれ以上に驚愕《きょうがく》に顔を引きつらせていたことだった。

水田は再びベレッタM92Fを取り出し、それを誰に向けるでもなく静かな口調で語りはじめた。

「実は、授賞式がはじまる少し前……乾杯用の飲み物を準備していた当ホテルのスタッフが粗相をいたしました。明石さまのためにご用意していた黒ビールの瓶を、落として割ってしまったのです」

これは私も初耳だった。

なおも水田は真意を読み取らせない目をしたまま続ける。

「乾杯の際に、黒ビールをご指定なさったお客さまは明石さまだけでしたが……その黒ビールはもともと人気のある銘柄です。当ホテルでも、バーなどで提供するためにそれなりの数のストックをご用意していました。……壇上のテーブルに置かれていたのは、割れてしまったものの代わりに、ストックの中から私が無作為に選んでお持ちしたものです。ですから、そこに毒が混入しているとは考えにくいかと」

私は手にしていた黒ビールの瓶を見つめた。

簡易の毒性検査をすれば、この場で黒ビールに毒が入っているかはすぐに確認ができる。水田としても嘘をつくメリットは薄い状況だ。それなのに、彼はこの瓶の中に毒は入っていないと断言した。

……ということは、本当に水田の言ったような不慮の事故があったのか？

考え込む私をよそに、桂は唇を舐《な》めながら問うた。

「その、割れてしまった黒ビールの瓶はどうなったの」

「そこまでは、私にも分かりかねます。床にこぼれたものについては既に清掃も終わり、使われたバケツやモップも洗われてしまったことでしょう。残ったガラスの破片は……もしかすると、誰かが外に持ち出してしまっているかもしれません」

「どうして、そんな風に思うのかしら？」

「桐生さまの推理した通り、当ホテルのスタッフに桂さまが買収した人間が交ざっているのだとすれば……その人物は、自分に不利になる『黒ビールに毒が入っていた証拠』を何とかして消し去ろうとしたことでしょう。となると、毒が入っていた証拠はもうホテルの中には存在していない可能性も高いのではないかと思いまして」

水田の言葉に、桂は唇をにぃと吊《つ》り上げた。

「念の為に言っておくけど、私は誰も買収なんてしていません。妙な言いがかりをつけるにしても……せめて、割れた黒ビールの瓶に毒が入っていた証拠を摑んでからにして欲しいわね」

それを聞いた私は思わず笑い出した。

「桂さん、何やら勘違いしているみたいだな。水田さんはそういう意味で言ったんじゃない」

「……え？」

勝ち誇った足取りで壇上から去ろうとしていた桂が立ち止まった。その後ろに水田が回り込んで、彼女の背中にピタリと銃口を当てながら言う。

「私はアコニチン改が入っていた証拠がもう、ホテル、の中、には、存在していない可能性が高い、と申し上げただけですよ？」

訳が分からないという表情になる桂に対し、私はとどめを刺すように続けた。

「明石が倒れた時に、ホテル医は『また急患か』と言っていた。……あれは授賞式がはじまる前、指先に怪我をした女性スタッフが急な体調不良で病院に運ばれたことを言っていたんだろう」

それを聞いた瞬間、ウーティスの顔が青ざめた。医師という肩書を持つ彼もまた真相にたどりついたのだろう。

一方で、水田は穏やかに頷いていた。

「ええ。彼女こそ、問題の黒ビールの瓶を割ってしまった張本人でした。慌てて割れた瓶を片付けようとした時に……可哀《かわい》そうに、ガラスで指先を傷つけてしまったのです」

その時の様子を想像して、私は顔を歪めた。

女性スタッフは突然の出血に驚き、とっさに毒入りビールで濡《ぬ》れた傷口を舐めてしまったのだろう。あるいは、傷口そのものを黒ビールに浸してしまい、明石と同じように矢毒の原理で毒の影響を受けてしまった可能性もあった。

……いずれにせよ、彼女はアコニチン改による中毒症状を引き起こし、猛烈な体調不良に見舞われることになったのだ。

桂は今や完全に狼狽《ろうばい》していた。

「違う、私はホテルのスタッフを狙うつも……じゃ」

言ってしまってから、自分がとんでもない失言をしたことに気づいたのだろう。桂は慌てて両手で口を押さえたが、もう遅い。

水田は桂に銃口を押しつけて、にっこりと彼女に微笑みかけた。

「細かいお話は別室でうかがいましょう。私がご案内いたします」

*

水田が桂を連れて宴会場から消え、残ったのは諸岡とウーティスと私の三人だけになった。

先ほどから、ウーティスはスマホで通話中だった。

毒入り黒ビールで中毒を起こした女性スタッフが運ばれた病院……例のホテル医の病院だったらしいが、そこに連絡をするためだ。

彼は原因がアコニチン改であることを先方の医師に伝え、その中毒症状の処置についてアドバイスを行ってから通話を終了させた。

「……犯罪業界での経験がある医師でないと、こういった特殊な毒物の対応は難しいですからね？命に別状はないそうだから、対症療法ですぐに回復すると思います」

ウーティスの言葉に諸岡は心底ほっとした様子を見せた。

「ありがとう。助かったよ、毒島先生」

「どういたしまして」

彼は床に落ちていたペストマスクと、灰色のごわごわしたマントを拾い上げた。それを再び身に着けるか考え込んでいるウーティスに、私は問いかけた。

「結局、あなたは桂とグルだった……訳じゃないんだよね？」

その言葉に驚いた様子を見せ、彼は困ったように笑いはじめた。

「俺は依頼を受ければどんな仕事でもしますが、基本的にどこの派閥にも肩入れをしないフリーなんです。ちなみに、道家さんも俺がウーティスだということまで承知の上で弁護士として雇い入れていましたよ」

……そんなことだろうと思った。

「なあ、二人とも。ちょっと話があるんだが」

そう呼びかけてきたのは、諸岡だった。彼は悩み言葉を選ぶように続ける。

「知っての通り、アミュレット・ホテルのシステムは不完全だ。……今回のことに限らず、ホテル内で事件を起こして我々の調査を出し抜こうとする犯罪者が後を絶たないんだよ。中には、不可能犯罪としか思えないものも交ざるから、私たちも頭を抱えている」

私は椅子の上からパーティバッグを拾い上げながら笑った。

「とりあえず、新しいホテル専属医を探したほうがよさそうだね」

すると、ウーティスがすました顔をして言う。

「アミュレット・ホテルの専属医なら、引き受けないでもないですよ？　俺の医院はここからも近いし……専門は形成外科ですが、有能なので法医学にも詳しいし」

前に聞いた時より、少しだけ彼の『有能』という言葉の説得力が増した気もした。諸岡は彼に右手を差し出す。

「ありがとう。毒島、いやウー……何と呼べばいいのかな？」

「どれも本名じゃないので、好きなように」

五秒ほど悩んでから、諸岡は心を決めたように頷いた。

「だったら、ドクと呼ぶことにしようか。……さすがに毒島《ブスジマ》の略でブスとは呼べないからね」

「あはは、医者らしく見せかけておいて、実はそうでもない名前ですね」

交渉成立と言わんばかりに、握手を交わす二人を放置して、私はそっと壇上から立ち去ろうとした。

でも、それを目ざとく見つけた諸岡に呼び止められる。

「実は、前々から犯罪調査の専門家を雇いたいと思っていたんだ。アミュレット・ホテルで起きる事件の謎を解き明かし、ルールを破った不届きものを突き止め……事件の一切の処理を任せられるような、そんなホテル探偵を」

何の話がはじまったのかと呆気に取られる私に、諸岡はすっと右手を差し出した。

「桐生さんの洞察力と推理力を見込んでお願いしたい。どうだろう、引き受けてもらえるかな？」

……おかしな話の成り行きになってきたので、私は心の底から困ってしまった。

生前、道家の爺は殺し屋としての私に奇妙な依頼をした。

自分の代わりにクライム・オブ・ザ・イヤーの授賞式に出席しろだなんて、どう考えてもエレボスに対して行う依頼じゃない。

そもそも、エレボスに『殺し』以外の依頼をするなんて初めてだった。……まさか、道家の爺にはこうなる未来が分かっていたんだろうか？　私に新しい居場所が見つかると知っていたからこそ、こんな指示を出した？

いや、さすがにそれはないか。

私は諸岡が差し出した右手をまじまじと見つめた。この手を取れば、彼の提案を受け入れたことになるだろう。

短い逡巡《しゅんじゅん》の末、私は諸岡の手を握り返していた。

……どうやら、これまでになく騒々《そうぞう》しい日々がはじまりそうだ。

Episode 2

一見さんお断り

指先にアリアの震えが伝わってくる。

小学生の頃、アリアはよくこうして僕の手を握りしめてきた。ある時は凍《い》てついた河のほとりで寒さに震えて……養父から振るわれる暴力に怯《おび》えきって。

あの時の僕は無力だった。

アリアより二学年も上だったのに彼女より背が低くて。何より、僕らが不幸なのはどうしようもないことだから、受け入れる以外に道がないのだと信じ切っていた。

……でも、今は違う。

暗い路地裏で僕はアリアの手を放しながら言った。

「心配すんなって、騙し取られたものを取り返すだけなんだから」

昔から彼女は春先にはトレンチコートを着るのが好きだったな。そんなアリアも今や大学二年生で、あと二週間で二十歳の誕生日を迎える。

アリアは子供の頃と変わっていなかった。

すらりと背が高いところも、丸顔で優しい目をしていることも同じ。超のつくお人よしで、すぐ人に騙《だま》されてしまうところまで何も変わっていなかった。

「ごめん。……こんなことに博貴《ひろき》を巻き込んで」

アリアは今にも泣き出しそうだ。僕は自分がつけている黒髪のカツラに手をやって笑った。

「むしろ、相談してくれて嬉《うれ》しかったけど」

昔と変わらないと言えば、僕もそうか。

相変わらず背はアリアより低いし、童顔なのでコンビニで酒類を買おうとすると必ず年齢確認を求められる。その後、店員に「これで成人？」という顔をされるところまでがテンプレートだ。

ちなみに、アリアと僕、瀬戸《せと》博貴に血縁関係はない。

共通点といったら、家が隣同士だったことと、どうしようもなく家族に恵まれなかったことの二つだけ。

未婚の母だったアリアの親は彼女がまだ赤ん坊の頃に今の養父と結婚し、三年後に病気で亡くなってしまった。その後も養父がアリアを引き取ることになったのだが……この男はやがて虐待の常習者の本性を露《あら》わにした。

一方、僕はネグレクトで酒乱の母と暮らしていたから、アリアも僕も家に帰ったところで地獄しか待っていなかったのだ。だから、僕らは実の兄妹のように寄り添うことで生き延びてきた。

あの頃は……常にお腹《なか》を空《す》かせていた。

小学四年生の秋、僕は道行く大人から小銭をせしめることを覚えた。

方法は簡単、バス代がなくて困っていると訴えるだけ。それで手に入った二百円でたい焼きを買って、アリアと一緒に空腹を満たすのだけが楽しみだった。

一年後には、僕は見よう見まねでスリをはじめていた。

後悔はない。どちらかが犯罪にでも手を染めなければ、誰にも助けを求められなかった僕らが生き延びる術《すべ》などなかったからだ。

あんまりアリアが苦しそうな顔をするので、僕はおどけたように言う。

「大丈夫、こっちはスリで月に百五十万円も稼いでるんだから」

大嘘《おおうそ》だ。

いや、八年ほど前に窃盗グループ『ケルベロス』の一員となって、今もそこでスリを働いているところまでは事実だった。ただ、度胸がないから、月に十五万円も稼げたらいいところ。そこから更に上前をはねられた後に残るのは、考えるだけで惨《みじ》めな額だ。

僕は自分に言い聞かせる意味も込めて続けた。

「木庭《きば》はアリアを騙したクソだ。そんな奴《やつ》に何をしようと罪悪感なんて覚える必要ない」

あと二週間で、アリアは自由になって幸せをつかむことができる。

それを……あんな男に邪魔させてたまるか。

僕らが共通点を失ったのは、中学三年生の夏のことだった。

河原《かわら》の木陰でうだる暑さをしのいでいたところに、男が現れた。そいつは弁護士の南出《みなみで》と名乗り、アリアが先日、亡くなった不動産王・及川充《おいかわみつる》の子供だと告げた。

僕はもちろん、アリアにも寝耳に水の話だった。

南出は説明しにくそうにしていたが、要はアリアが及川充の隠し子だったということらしい。及川充は独身で他に子供はおらず、自身の両親も既《すで》に他界していた。そんな事情もあって、アリアの見も知らぬ実父は彼女に遺言書を残していた。それにより……アリアは二十億円を超える遺産の唯一の相続人になったのだ。

ただし、この相続には条件があった。

『二十歳になるまで、学費や生活費として支給されるもの以外、相続財産には一切手をつけてはならない』というものだ。

彼女が相続した財産は全てリスト化されて、それらの売却は厳禁とされた。この条件を破れば、アリアは相続権を失うことになる。だから、彼女は今も生活費として支給される小遣いの範囲内で生活していた。

普通なら……こんな条件に反しようと、遺留分は請求できそうなものだ。

ところが、人のいいアリアは親戚連中の口車に乗せられ、『遺言書の条件を破った場合、一切の相続を放棄する』という宣誓をしていた。最初から、彼女の周囲にはどす黒い悪意がうず巻いていたということなのだろう。

あの年の夏は、嵐のように過ぎていった。

アリアはDNA鑑定を受けさせられ、その結果が出るなり……成城《せいじょう》にある及川邸へと引き取られた。名前も父方の姓である及川アリアに変わり、その一週間後には中高一貫の名門校への転校が決まっていた。

気づけば、僕の隣の家は空き家になっていた。アリアの養父が日常的に虐待していたことがバレて捕まったからだ。

こうして僕とアリアの共通点は失われた。

なのに……アリアは今も僕を兄のように慕《した》っている。スリである僕との縁などさっさと切るべきだと口酸っぱく言っても、週に一度は電話がかかってくるし、コーヒーショップで会って話をするのもしょっちゅうだ。

距離を置ききれなかった僕も悪かったのだと思う。まあ、そのおかげで……木庭に一矢報《いっしむく》いられるんだから、悪いことばかりでもないか。

腕時計を見下ろすと、午後一時前になろうとしていた。

「そんな顔しない、五分もすれば全てが終わってるからさ」

僕がそう言うと、ほんの少しアリアの表情が緩《ゆる》んだ気がした。でも、その直後にはもっと鮮烈な怯えに覆《おお》いつくされてしまう。

「……来た」

アリアの視線を追って、僕は路地裏の外を覗《のぞ》いた。

大通りの反対側で男が信号待ちしていた。髪はきっちりと七三に分けられ、髭《ひげ》はきれいに剃られている。体格は中肉中背、黒い安物のスーツに紺色のネクタイを締めていた。時代遅れのセカンドバッグといい、冴《さ》えない中年サラリーマンにしか見えない。

この男は木庭有麻《きばゆうま》だ。

アリアを騙した張本人で、『有麻』という名を地で行くように高級住宅地をターゲットに麻薬を売りさばいているという噂《うわさ》の……どこまでもふざけたゲス野郎だった。

木庭は車のキーを右手で弄《もてあそ》んでいた。

おかげで遠目にもその車のキーに、交通安全らしき布製の青いお守りと、古ぼけた本革のキーホルダーがついているのが確認できた。

……僕らの狙いは、あのキーホルダー。

計画はシンプルだ。信号が変わり次第、横断歩道で木庭とすれ違いざまにキーホルダーをスリ盗るというもの。ただ、それが木庭の車のキーにつけられていたのは想定外だった。

僕は唇を嚙《か》んでアリアに問いかけた。

「……あのキーホルダーは二重リングで留めるタイプだっけ？」

「うん」

「だとすると、すれ違う一瞬で二重リングを外してスリ盗るってのは、僕のスキルでは無理だな。気づかれるリスクは上がるけど、車のキーごと盗るしかないか」

車道側の信号が黄色に変わった。木庭は欠伸《あくび》を嚙み殺して、車のキー一式をスーツのポケットに放り込む。

路地裏にアリアを残し、僕は横断歩道の前まで移動した。ガチガチに緊張していたので、それを表に出さないよう取り繕《つくろ》うだけで大変だった。

大丈夫、問題ない。

僕は地毛を明るい茶色に染めているのだが、悪目立ちしてはいけないので今日は黒髪のカツラを被《かぶ》ってきた。もともと特徴のない顔だから、この姿なら満員電車の車両内でも一番といっていいほど地味なはずだ。

やがて、歩行者側の信号が青になった。横断歩道を挟んで、僕と木庭は同時に歩き出す。

木庭が最初にアリアに近づいたのは、文芸サークル『パンテオン』のコンパだった。サークルの先輩から装幀《そうてい》画家だと紹介され、お人よしなアリアは疑うこともなくそれを信じてしまったのだという。

*

一か月後、アリアは『パンテオン』の仲間と木庭を及川邸に招待した。

そこで開かれた読書会の課題本は、ダシール・ハメットの『ガラスの鍵』。お手伝いさんが作ったマフィンやマカロンが振る舞われ、読書会はいつになく盛り上がったのだという。

その帰り際、木庭は応接間の引き出しから出てきたものに興味を示した。

……古ぼけた本革のキーホルダー。

ウロボロスと番号が刻印されている以外には何の特徴もないものだ。及川邸に住んでいるアリア自身、こんなところにキーホルダーがあったことにすら気づいていなかった。

木庭はそのデザインをいたく気に入り、

「次の装幀画のモチーフにしたいから貸してもらえないかな？　ほんの二日か三日でいい」と、お願いしてきたのだという。

サークルの先輩もそう勧めるので、アリアはウロボロスが刻まれたキーホルダーを木庭に渡してしまった。読書会への招待に応じてくれたのが嬉しくて、そのお礼がしたかったのだという。

子供の頃に辛《つら》い経験をした反動なのか、アリアは人の喜ぶ顔を見るのが何よりも好きだった。もちろん、このこと自体は彼女の長所に違いない。ただ……誰かに喜んでもらえそうだと思うと、時としてブレーキがかからなくなるのは大問題だった。

　これまでもアリアは行きすぎた親切心やお節介が原因で、人間関係に大きなヒビを入れてしまったり、要らぬトラブルを引き寄せたりしたことが何度もあった。

　この時も彼女の親切心に報いるように……その日のうちに、アリアの口座に五千円が振り込まれた。身に覚えのない送金に彼女は首をひねったが、その意味は脅迫がはじまってやっと分かった。

　このキーホルダーは、アリアが相続した財産の一つだったのだ。

　持ち主に幸運をもたらすというジンクスがあるもので、相続財産リスト上の価値はたったの千円。木庭はあえてリストの中で最も価値がないものを選ぶことで、アリアを油断させ陥《おとしい》れることに成功した。

　また、キーホルダーが限定版でシリアル番号まで刻印されていたのが災いした。世界に一つしかないから、替えを用意することもできなかったのだ。……こうして、幸運をもたらすはずのキーホルダーは、アリアにとてつもない不幸をもたらした。

　木庭はキーホルダーはアリアから購入したもので、その対価としてちゃんと五千円を支払ったと主張した。

　白々《しらじら》しい嘘だったが……状況はアリアに不利だった。

　読書会に参加していた『パンテオン』の先輩がなんと、木庭に買収されていたのだ。アリアの口座情報を横流ししたのも恐らく彼だった。

　この卑怯者《ひきょうもの》の先輩が木庭と口をそろえて「アリアが相続財産リストにある品を売却した」と主張

すれば、及川の親戚連中はそれを一も二もなく信じることだろう。そうなれば……アリアは相続権を失ってしまう。

木庭は沈黙を約束する代わりに、三日以内に五百万円を用意しろと要求してきた。

及川家の人間なら簡単に用意できる額だと思ったのだろう。でも、アリアに生活費として支給される金額は多くない。三日で五百万円も用意するのは不可能だった。

彼女から相談を受けた僕は……お金を渡すと嘘をついて木庭を呼び出し、ウロボロスのキーホルダーをスリ盗る計画を立てた。

キーホルダーさえ取り戻せば、あとは木庭がどんな主張をしようとデタラメだと言い返せると思ったからだ。


木庭が横断歩道を進んでくる。

もちろん、アリアが待ち合わせ場所に指定したコーヒーショップに向かうためだ。すぐにも五百万が手に入ると信じているからだろう、今にも鼻歌を歌い出しそうな馬鹿面《づら》だった。こちらも右手の筋肉を緩めてスリの臨戦態勢に入る。

すれ違うまで三メートル、二メートル……。

その時、けたたましいブレーキ音とともに、灰色のバンが横断歩道に突っ込んできた。周囲は悲鳴に包まれて、車は鈍《にぶ》い衝突音を立て急停車する。

バンにぶつけられ、木庭は右足を押さえてのたうちまわっていた。骨折したのか、足首はあらぬ方向に曲がっている。

僕は……呆《ほう》けて動くことができなかった。

このタイミングで事故？　いや、これは逆にチャンスだ。救助するフリをして近づけば、より簡単にスリ盗れるじゃないか。

僕がそれに気づくのとほぼ同時に……バンの右側のスライド・ドアが開く音がして、車の内側から四本の腕が伸びてきた。

黒手袋をつけた手が、次々と木庭の肩や胸倉を摑《つか》む。

わななく木庭の口は乱暴に塞《ふさ》がれ、彼の身体《からだ》は引きずられるようにバンへと連れ込まれていく。車内の様子も何人乗っているのかもよく分からなかった。バンの中は暗く、サイドと後部のウィンドウには黒いカーテンが引かれていたからだ。

直後、バンが急発進した。

バンのスライド・ドアからは、まだ木庭の右半身がはみ出したままだ。

彼は顔面を蒼白《そうはく》にして腕を振り回していたが……その抵抗も空《むな》しく、骨折で捻《ねじ》れ曲がった足首までもが車内へ吸い込まれ消えていく。直後、バンは勢いよくスライド・ドアを閉めて、交差点を左折していった。

僅《わず》か、三十秒ほどの出来事だった。

その場にいた誰もが茫然《ぼうぜん》とし、警察に通報するという当たり前のことすら、まだ頭にも浮かばないらしい。

一足早く我に返った僕は走り出していた。車が向かった道路が混んでいたので、例のバンもスピードを出せずにいる様子だ。このチャンスを逃す手はなかった。

視界の隅に、路地裏から出てきたアリアの不安そうな顔が見えた気がした。

「後で、電話するから！」

それだけ言い残し、僕は歩道を全力で走りはじめた。身軽さにだけは自信があったから、邪魔な車止めは飛び越えて駆け抜けていく。

……これは計画的な誘拐だ。

例のバンのウィンドウにはカーテンが引かれていたし、横断歩道でも明らかに木庭を狙って突っ込んできた。彼を車内に引きずり込んだ時の、無造作なまでの手際のよさは誘拐犯が素人ではない証拠だ。

なら、車のナンバーを記憶しても無駄だ。どうせ、ダミーのナンバープレートを使っているのに決まっている。

左わき腹にズキンと痛みが走った。

当たり前か、走って追いかけるなんて無茶だ。バンとの距離はもう百メートル近く離れてしまっていた。でも……ここで諦めたら、あのキーホルダーを取り戻すチャンスは永遠に失われてしまう。

頭が熱くて堪《たま》らなかった。

犯罪業界では『汗と変装は相性が悪い』というのは有名な話だ。黒髪のカツラは汗でべしゃべしゃだったし、初春の直射日光で蒸されるようだ。地味に体力を削られる。

息も絶え絶えになってきた頃、バンがスピードを落として車道の左端に寄りはじめた。場所は……アミュレット・ホテル前だ。

最後の力を振り絞って、僕はバンとの距離を一気に縮めた。

ホテル本館のメインエントランスに横づけするのかと思いきや、車はその隣の別館まで進んで止まった。やがて、バンのドアが開いて誰かが降りてくる。

街路樹の傍《そば》で荒い息をつきながら、僕は目を細めた。

……一体、何者だ？

それは頰髭《ほおひげ》を伸ばした男だった。茶色の髪は癖毛でしかも広がっているので、丸っこいヘルメットでも被っているように見える。何より目を惹《ひ》くのは、アロハシャツの上に羽織った真っ赤なライダースジャケットだった。そこにちょっと笑ってしまうくらい破けたダメージジーンズと履《は》き潰《つぶ》した下駄を合わせている。

当人がそれらを平然と着ているものだから、見ているほうもダサいんだか、究極のお洒落《しゃれ》なんだか分からなくなってくる。歩くファ、ッ、ショ、ン、突、然、変、異、体とでも呼びたくなる男だ。

ただ……でかい黒縁眼鏡の奥の目は恐ろしく鋭かった。

この男には見覚えがあった。

僕が属する窃盗グループ『ケルベロス』は末端の組織にすぎない。その上には、詐欺や窃盗を専門にする『エキドナ』という親グループが存在していた。

僕は一度だけ『エキドナ』主催のパーティに出席したことがあり、そこでファ、ッ、ショ、ン、突、然、変、異、体を見たことがあった。

その男の名は……山吹《やまぶき》。

『エキドナ』の参謀で、傀儡《かいらい》化されたボスを操っている組織の陰の支配者だ。

本人は車の窃盗で名をあげ、生まれてはじめて盗んだクラシックカーにターボエンジンを搭載するなど魔改造を施《ほどこ》し、今でも愛用しているという。真偽のほどは定かではないが……敵対組織がその愛車に時限爆弾を仕掛けた時には自ら爆弾を解除し、大怪我《おおけが》を負いながらも車だけは守りぬいたという噂だ。

そんなクレイジーな男が、どうしてこんなところに?

僕は冷や汗だらけになっていた。

相手は犯罪業界の大物だ。末端の末端でスリをやっている僕とは天と地ほども違う。うっかり危害を加えようものなら、僕は今晩中にも消されてしまうかもしれない。

手ぶらの山吹を降ろすと、灰色のバンは猛スピードで走り去っていった。

もう、木庭のことなどどうでもいい。僕の目は山吹がライダースジャケットから取り出したものに釘づけになっていた。

……車のキー。

あれは木庭が持っていたものだ。青い布製のお守りには見覚えがあったし、例のウロボロスのキーホルダーもついているから、間違えようがない。

山吹は手元を見下ろして、にやにやと笑っていた。

最初、僕は車のキーを見つめているのだと思った。誘拐ついでに木庭から車も強奪して、自らのコレクションに加えようとほくそ笑んでいるんだと。でも……違った。彼の視線は車のキーではなくキーホルダーのほうを向いていた。

僕はギョッとして目を見開く。

「まさか……山吹が木庭を襲ったのは、あのキーホルダーが目当て？」

アリアに目をつけていたのは木庭だけではなかったらしい。

山吹は木庭を誘拐して彼の計画を乗っ取り、自らが新たな脅迫者になるつもりに違いなかった。今や、ウロボロスのキーホルダーは新たな『犯罪界の大物』の手に落ちてしまった。アリアの身に迫る危険も、それだけ増したということだ。

下駄の音を軽やかに響かせ、山吹は日本庭園を抜けてアミュレット・ホテル別館へ直進する。振り返る様子もないところを見ると、僕の存在には気づいていないようだ。

慌てて僕は山吹を追いかけた。

乱れていた呼吸を整えて、できる限り気配を消す。仕事のために靴裏にラバー加工を施したシューズを選んでいたので、速足《はやあし》で移動しても足音は立たなかった。

きっと、大丈夫。

自分で言うのも悲しいが、僕は『ケルベロス』でも小物だ。親グループの幹部がそんな僕の顔を覚えているとは思えなかったし……覚えていたとしても、今日の僕は黒髪のカツラをつけている。印象がかなり違うから、スリの瀬戸だと気づかれはしないだろう。

エントランスの自動ドアを抜ける頃には、僕らの距離は一メートルまで縮まっていた。

今も山吹はキーホルダーを右手で弄んでいる。気づかれないようにスリ盗るのは無理だ。荒っぽい方法になるけど、車のキーごと引ったくるしかない。

キーホルダーに手を伸ばそうとした瞬間、

「……お客さま？」

そう呼びかけられて僕は飛び上がった。

人が近づいてきた気配などなかったのに、息がかかりそうなくらいの距離にホテルスタッフが立っていた。髪型から制服のネクタイに至るまで乱れ一つない痩身《そうしん》の男で、彼は銀縁の眼鏡を光らせて微笑《ほほえ》む。

「恐れ入りますが、アミュレット・ホテル別館は会員専用でございます。お客さまは会員証をお持ちでしょうか?」

「えっ? ああ、会員証ね」

そんなもの持っている訳がない。僕がここに来るのは初めてなんだから。

僕は財布やポケットを探しまわるフリをしながら、山吹の様子をうかがった。彼の傍では女性スタッフが愛らしくお辞儀をしている。

「会員証のご提示ありがとうございます、山吹さま」

その後、彼はフロントでチェックインの手続きをはじめた。さらさらペンを走らせる傍には、わざとらしいくらい無防備に例の車のキー一式が投げ出されている。

どこまでも、人を喰《く》ったことをする奴だ。

女性スタッフは恭《うやうや》しくルームキーとアメニティグッズを山吹に手渡した。このホテルのルームキーはカードキーではなく昔ながらの物理キーだったので、運よく1209というルームナンバーが読み取れた。

……奴は十二階の部屋に泊まるらしい。

気づくと、僕は三人の男に取り囲まれていた。

うち二人はホテルの制服を着ているものの、ジェイソン・ステイサムの弟分みたいに筋骨隆々《りゅうりゅう》としていた。最初に話しかけてきた銀縁眼鏡のスタッフ……名札によると『水田《みずた》』が口を開く。

「あいにく、当施設のご利用は会員資格のあるお客さまに限定させて頂いておりまして」

相変わらず口調は丁重だったが、僕が会員証を持っていないことには最初から気づいていたらしい。じゃないと、こんな氷のような殺気を帯びた目をしている説明がつかないじゃないか。

屈強な二人が僕の両脇を摑んだ。

「ちょっと！」

大声で抗議をしたのに、ロビーにいる宿泊客は誰一人こちらを見もしなかった。ある者は新聞を読みふけり、ある者は談笑しながらブランデーグラスを揺らしている。

僕はといえばアメリカ軍に確保されたチビ宇宙人みたいに抵抗もままならないまま、自動ドアの外へ連れ出されていった。

背後から水田の笑いを含んだ声が聞こえてくる。

「ご宿泊でしたら、当ホテルの本館へどうぞ」

＊

「どうなってんだよ、このホテルは！」

日本庭園の石畳から起き上がりながら、僕は独《ひと》り言《ご》ちた。

屈強な男たちは僕を放り出すなり、さっさと別館へと戻ってしまっていた。今はエントランス付近に留《とど》まって、こちらをじっと監視している。

……ひとまず引くしかないか。あまり怪しまれて警察を呼ばれても困るし。

幸い、山吹はチェックインをすませたばかりだ。

手荷物は持っていなかったから、荷物を置いて身軽になるためにチェックインした訳じゃない。部屋でゆっくりするつもりか、ホテル内で用事があるのか。……いずれにせよ、今すぐ外に出てくることはなさそうだった。

「よし、長期戦覚悟で待ち伏せするか」

山吹が何泊する気かは知らないが、外食や仕事のために外に出てくる可能性もあったし、いつかは必ずチェックアウトして建物の外に出てくるはずだ。

僕は諦めたフリをして、エントランスとは反対方向に歩きはじめた。

そのまま建物の周囲をぐるりと一周する。もちろん、別館の出入口がどこにあるか把握する作戦だ。

……南側には、エントランスと地下駐車場の出入口があった。

エントランスの警備の堅さはもう分かったからいいとして、地下駐車場出入口にも警備員が配置されていたのには閉口した。遠目にはよく見えなかったが、警備員は入ってくる車両にも会員証の提示を求めている様子だ。

入口には『別館専用。本館地下駐車場とはつながっていませんのでご注意下さい』と書かれていた。

どうやら本館と別館には、それぞれ独立した駐車場があるらしい。

建物の東側には従業員用の出入口があった。

扉のサイズは人がせいぜい二人通れるくらい。僕が見ている間にも、スタッフがビニール袋を持って出てきて、隣のゴミ置き場に捨てて戻っていった。ここには警備員はいなかったが、扉を開くには従業員用のカードキーが必要だ。

そして、別館の西側は噴水が流れる英国風庭園になっていた。その庭園を挟んで、隣にはアミュレット・ホテル本館が建っている。

建物を一周したところで、僕は考え込んだ。

……引っかかったことが、三つ。

一つ目は、別館の地下駐車場の出入口がコンパクトに設計されていたことだ。

特に車高制限は一五五センチとかなりのシビアさだった。これだと、夜陰《やいん》に乗じて会員の乗用車の天井にしがみついて侵入するのも難しいだろう。

二つ目もやはり、地下駐車場に関することだった。

別館の地下駐車場には車専用の出入口しかなく、歩行者向けの屋外階段はどこにもなかった。歩行者が駐車場から出ようと思った場合、一度別館の中を経由しなければ出られない構造になっているということらしい。

それに対し、本館の地下駐車場にはちゃんと屋外階段が設けられていて、僕が周辺を調べている間にも二つほど階段を見かけた。理由は分からないが、会員制の別館のほうが利便性の低い設計になっているらしい。

三つ目は……別館に利用客用の裏口がなかったことだ。

一応、北側に小さな非常口があるにはあったものの、そこは厳重に封じられて使えないようになっていた。ここは緊急時のみ開放される仕様らしい。

僕は深くため息をついた。

「何となく……建築基準法とか何かの法律に触れてそうな建物だよなぁ」

山吹を待ち伏せする上では、見張るべき出入口がエントランス一つというのはありがたかった。でも、この建物は何かが変だ。

改めて、僕はホテル別館を見上げた。

造りは王宮のようで豪奢《ごうしゃ》だ。でも、明るい色の本館に比べると、一回り以上小さくて陰に沈んだような暗さがあった。この建物には賢君ではなく暴君がよく似合う。

そこまで考えた時、僕はふと犯罪者御用達ホテルの噂を思い出した。

僕のような下っ端はそのホテルの名前も場所も知らない。利用資格があるのは、犯罪業界でも地位のある人間だけだからだ。そして、そのホテルには絶対に破ってはならない二つのルールがあるという。


一．ホテルに損害を与えない。

二．ホテルの敷地内で傷害・殺人事件を起こさない。


これらのルールを厳守し、それ相応の対価を支払えば……会員はほとんどどんなサービスでも受けられるという話だ。

遺体だろうと跡形も残らないほどの超高温で処理してもらえる焼却炉があるとか、フロントに電話を入れるだけで偽造マイナンバーカードでも、マシンガン内蔵のリムジンでも、何でも用意してもらえるとか。

……決して、司直の手が及ぶことのないホテル。

僕は指先が震えだすのを感じた。

「いやいや、まだこのホテル別館がそのヤバい場所だと決まった訳じゃないし」

そう呟《つぶや》いてみたものの、犯罪業界の大物が常連感を出しながら宿泊している時点でどうなんだろうという気がする。

『エキドナ』の活動拠点は東京だから、その幹部である山吹も都心に自宅か別宅を構えているはずだ。その山吹がわざわざ都心のホテルに宿泊するのは……もしかして、ここが特別な場所だから？　思えば、ホテルマン水田の目つきも普通じゃなかったし、僕がロビーから摘《つま》み出された時の荒っぽさも常軌《じょうき》を逸《いっ》していた。

僕は別館のエントランスを見つめた。

出入りしているのは一癖も二癖もありそうな人間ばかり。誰も彼もが高級そうな服に身を固め、金の臭いをぷんぷん漂わせている。上品そうに振る舞いながらも、ハイエナのような凶暴さが透《す》けて見えるようだ。

これは……つまり、そういうこと？

その時、スマホに着信が入った。電話すると約束してうっかり忘れていたことに気づき、僕は慌ててアリアからの電話に出る。

「ごめん、ちょっとマズいことが起きて、キーホルダーはまだ取り戻せてな……」

『どうしよう』

電話の向こうでアリアは泣いていた。僕もつられて震え声になる。

「何か、あったのか」

『さっき弁護士の南出さんから電話があって、今晩にも抜き打ち監査を行うって』

「監査？」

『相続財産リストにある品物が全て揃《そろ》っているか、売却されたものがないか……チェックされるの』

そこまで聞いて初めて、僕の中で全てがつながった気がした。

……これも木庭の動きを察知した、山吹の仕業か。

あの男は及川の親戚連中がアリアの遺産相続に不満を覚えているのを嗅《か》ぎつけたのだろう。そして、木庭を襲撃してウロボロスのキーホルダーを奪い、親戚連中に抜き打ち監査をするよう耳打ちしたのに違いない。

これによりアリアは相続権を全て失い、山吹はその仕事の対価として、親戚連中から数億の報酬でも受け取ることになっているのだろう。くそ……何が幸運をもたらすキーホルダーだ。トラブルばかり呼び込むじゃないか！

いずれにせよ、もう悠長なことは言っていられなかった。

「監査は……何時からはじまる？」

『午後七時』

僕は腕時計を見下ろした。今は午後一時半だ。

及川邸はここから地下鉄で何駅かの距離にある。近いとはいえ、午後六時までにキーホルダーを取り返さなければ監査には間に合わないだろう。

……あと四時間半か。

僕は下唇を嚙んで呟いた。

「となると、奴がホテルから出てくるのを待ってられないな」

『ホテルって何？』

「細かいことは後で説明するからさ、アリアは大船に乗った気で待っててよ」

『博貴……何か、無茶をしてるん……』

最後まで聞かずに僕は通話を終了させた。

僕はこれからアミュレット・ホテル別館へと侵入を試みるつもりだ。そして、山吹の泊まっている十二階まで潜り込み、彼からキーホルダーを奪い返す。

今回は犯罪業界の大物が相手だし……ここが本当に特別なホテルだとしたら、このことがバレれば僕はきっと無事ではすまない。

こんなことに、アリアを深入りさせたくなかった。


僕はまず、従業員出入口に向かった。

別館の中に入るのは、正直そんなに難しいことじゃない。僕はにやにやしながら、パーカーのポケットを探った。

指先が硬質のカードに触れる。

これはエントランスにいた警備スタッフからスリ盗ったものだ。ステイサムの弟分みたいな風貌をしていたくせに彼らは間抜けぞろいで、僕が摘み出されながら一人から従業員用のカードキーを、もう一人から文庫本をスり盗ったのに気づかなかった。

もちろん、全てが計画通り……な訳はない。僕にそんな先見の明があるはずもなく、荒っぽい扱いをされてカッときて手が動いただけだ。まあ、運も実力のうちということで、第一関門をさっさと突破してしまおう。

意気揚々《いきようよう》と従業員出入口に近づき、カードキーを押し当てようとしたところ……突然、扉が内側から開いたので僕は飛び上がりそうになった。

中から出てきたのは、華奢《きゃしゃ》な女性だった。

僕はほっとしていた。水田と違ってこのスタッフからは犯罪業界の人間特有の凄《すご》みを感じなかったからだ。名札の名前は『桐生《きりゅう》』……目鼻立ちは整っているのだけど、制服のネクタイが少し歪《ゆが》んでいるところなんかは親近感が持てる。

桐生は穴の開くほど僕のことを見つめていた。

やばい、ホテルの従業員じゃないと気づかれる前に建物内に逃げ込まなくちゃ。僕は会釈《えしゃく》をして、彼女の脇をすり抜けて別館に入ろうとした。

「待て」

僕は息を呑《の》む。

桐生は僕の進行方向を塞ぐように壁に左手をついていた。その掌底《しょうてい》の威力が尋常でないのは、壁から返ってきた鈍く重い音からもよく分かった。

「……返してもらおうか」

低い声でそう言って、桐生は右手を差し出してきた。

「か、返すって何を」

「エントランスでうちの警備担当者からカードキーをスリ盗っただろう？」

くそ、気づかれていたか。

このまま身体検査をされるとまずい。僕はよろめいたフリをして、隠し持っていたカードキーを桐生の制服のポケットに忍び込ませた。もう一つ盗んだ文庫本はどうとでも言い逃れできそうなので、ズボンの尻ポケットに突っ込んだままにしておく。

僕はこれまでに同じ方法で身体検査を切り抜けたことがあった。……警官だろうと警備員だろうと、盗まれたものが自分のポケットに移動しているとは考えもしないからだ。

あとは、身体検査が終わった頃に彼女のポケットからまたスリ盗ればいい。

「そんな……雑なやり方で誤魔化せると？　舐《な》められたもんだな」

桐生は苦笑いを浮かべながら、自分のポケットに手を突っ込んでカードキーを取り出した。もちろん、さっき僕が忍び込ませたものだ。

僕はカツラのてっぺんから足の指先まで冷や汗だらけになった。

さっきまで余裕ぶっていた自分が情けない。……この男みたいな喋《しゃべ》り方をする女は何者だ？　どう考えても、普通のホテルスタッフじゃない。

彼女は警備担当者のカードキーに視線を落としたまま続けた。

「選《よ》りによって、うちの別館でスリを働くなんてね。従業員用のカードキーを手に入れて何をするつもりだった？　狙いは宿泊客の誰かか」

僕は両手で顔を覆った。

これから僕はどうなるんだろう？　目的を吐くまで拷問《ごうもん》されるのか、それとも有無を言わさず消されるのか。

震える指の間から、僕は桐生を見つめた。

単身で姿を見せたのは一人でも僕を取り押さえられるという自信の表れか。実際、周囲に他のスタッフの気配はない。でも……僕は逃げ足には自信があった。この辺りには多少の土地鑑もあるし、タイミングさえ合えば追っ手を振り切って逃げ切ることもできそうだ。

僕は顔を上げながら問いかける。

「桐生さんは、このホテルの警備担当者なんですか」

時間稼ぎのための質問だったのに、彼女はなぜか片頬に苦笑いを刻《きざ》んだ。

「まあね。肩書上はホテル探偵ということになっているけど」

ホテル探偵？

犯罪者御用達ホテルには何とも不似合いな言葉だった。それとも、犯罪者ばかりが集まる場所だからこそ、こんな肩書の人が必要になるんだろうか？

僕は低い声で呟いた。

「……し物」

桐生の目に警戒の色がにじむ。

「何？」

「落とし物……探偵なら、持ち主に届けてあげて下さいね」

そんなことを口走りながら、僕はステイサムの弟分からスリ盗っていた文庫本を桐生に投げつけ、死に物狂いで逃げ出していた。

これは戦略的撤退だ、計画的な退却だ。

自分にそう言い聞かせながら、三ブロックほど疾走《しっそう》した。やがて足がもつれ、僕は何もないところで転んだ。

灰色のバンを追いかけた時に既に二キロ近く全力疾走していたから、その時の疲労が蓄積していたらしい。脚は鉛《なまり》のように重くて、たっぷり乳酸が溜まっているのを感じる。

歩道に寝転がる僕を見て、通行人が振り返った。

お前らはどうでもいいんだ。僕にはアミュレット・ホテルからの追っ手が……意外なことに、誰も追いかけてくる気配はなかった。

僕は拍子抜けして、よろよろ裏道に移動した。

カードキーが戻ったことに満足して追跡を止《や》めた？　いや、そんな生あたたかい対応をしてもらえるのは子供の万引きくらいだ。

追って来ないのは、僕を泳がして更なる情報を引き出すために違いなかった。そうすることで、僕の目的が何か、誰の依頼で動いているのかを探り出すつもりなのだろう。

コンビニの裏側にあるフェンスにもたれかかって、僕はパーカーと黒髪のカツラを脱ぎ捨てた。

自慢じゃないが、僕は平凡な顔をしている。

本来の姿である明るめの茶髪に変わっただけでも、遠目には同一人物だと分からなくなるはずだ。ものすごく単純な変装だったが、これでもホテル側の目を欺《あざむ》くことはできるだろう。

僕は呼吸を整えて、もと来た方向へ歩みはじめた。

泳がすなんて選択肢は、僕のことを舐めきっていないと出てこないものだ。ホテル側はいつでも僕のことを捕まえられると思っているからそんなことを考えたのに違いない。

……その慢心、必ず後悔させてやる。

＊

別館には出入口が四つあった。

南側にエントランスと地下駐車場の出入口、東側に従業員出入口……それから、北側の非常口だ。

ホテルなら、毎日大量のリネン類の運び込みと運び出しが行われているはずだ。消費される食料品や酒類の量もかなりのものになるし、必要に応じて大型家電や家具を運び込むこともあるだろう。

……こういった荷物の搬入は、四つのうちどこで行われている？

まず、ホテルの顔であるエントランスではやらないだろうし、従業員出入口と非常口はどちらも扉が小さすぎた。大量の荷物を捌《さば》くには明らかに不向きだ。

となると、地下駐車場出入口か。

別館の地下駐車場まで業者のバンやトラックに乗り入れてもらい、地下にある搬入口から荷物を運び込んでいるんだろうか？

いや、これも答えじゃない。

別館の地下駐車場の車高制限は一五五センチだ。

一般の乗用車ならこの高さでも問題なく入れる車種も多いだろう。ところが、荷物の運搬に使われるバンやトラックはそうはいかない。もっと背丈があるものが多いからだ。

犯罪者御用達ホテルなら、『バンやトラックが入れない地下駐車場』を荷物の搬入口にするような間抜けなことはしないだろう。

……恐らく、この不便さは故意に作られたものだ。

アミュレット・ホテル別館を利用するのは犯罪者ばかり。中にはホテルの襲撃を目論《もくろ》む連中が交ざることもあるだろう。

地下駐車場へ招き入れるのを小型の乗用車に絞ってしまえば、ホテル側のリスクは抑えられることになる。そういった車であれば、中に潜《ひそ》める人数も隠せる物の量もたかが知れているからだ。

一方で、バンやトラックはどうだろう？　戦闘員や大量の武器を車内に隠した状態で地下駐車場に乗り込まれれば、ホテルにとっても致命的な脅威となりかねない。どんなに強固な要塞でも、内部から破壊工作を行われれば一たまりもないからだ。

セキュリティを重視するなら、別館の搬入口はその外側に作るべきだろう。

でも、どこに？

……僕はアミュレット・ホテル本館を見上げた。

建物の外観は別館と似ている。ただ、魑魅魍魎《ちみもうりょう》が跋扈《ばっこ》していそうな別館に比べると、本館の何と穏やかなことだろう。利用客が違うと、ここまで雰囲気も変わるものか。

陰と陽を体現した二つの建物は、噴水のある英国風の庭園を挟んで並び建っていた。

この本館にも地下駐車場があった。

こちらの出入口にも『本館専用、ここから別館地下駐車場へは移動できないのでご注意下さい』と書かれている。

別館との違いは……本館の地下駐車場の出入口は大きく、車高三・二メートルの車まで利用できることだった。これならバンでも小型のトラックでも、そのまま駐車場に入ることができるだろう。

全てが想像した通りだったので、僕はにやにや笑いが止まらなくなる。

「間違いない。本館と別館は独立した建物に見えているけど……実際は、地下に二つの建物をつなぐ搬入路が存在しているんだ」

それこそが、別館への第五の侵入口だった。


本館のセキュリティは甘々だった。

こっちは会員制でも何でもなく一般客に開放されている関係だろう。僕はあっさりエントランスから本館内に入ることができた。

ロビーラウンジにはラグジュアリー感あふれるソファが並べられ、併設されているカフェ『平穏無事』ではフルーツが鬼盛りされたパンケーキを食べる人の姿が目立った。

ふざけた名前のカフェを素通りし、僕はエレベーターで地下駐車場へ向かう。

今回はツイていた。

地下駐車場に到着するなり、リネン業者のトラックが入ってくるところに出くわしたからだ。しかも、外に向かう車が多いせいで、トラックはスピードを出せずにいた。

僕は慌てて駐車場の東側……別館のある方角に目をやった。

カーブして一般客から見えにくくなっている場所に、一段床が高くなったスペースがあった。その奥には巨大なシャッターがあって、傍には警備員が二人立っていた。

あれが搬入口に違いない。

駐車場より一段高くなっているのは、搬入口をトラック荷台の高さと一緒にすることで、よりスムーズに荷下ろしするためだろう。

あのシャッターの向こうには……別館へ続く地下搬入路が続いている。


リネン業者が対向車待ちをしている間に、僕はトラック背後のリアドアに摑まった。不用心なことに、ドアには閂《かんぬき》が掛けられていただけで錠は下りていなかった。これ幸いとリアドアを開いて中に身体を滑り込ませる。

ふわりと柔軟剤の香りに包まれた。

ドアを閉めると中は真っ暗になってしまったが、スマホのライトが役に立った。

トラック内には背の高いカートが並べられて固定されていた。カートは檻《おり》みたいな格子状になっていて、中には大きな青い袋が乱雑に積み上げられている。袋の中にはシーツやタオル類がみっしりと詰まっているらしい。

それぞれのカートには目的地が書かれていた。

病院や別のホテル名が書かれていたものに交ざって、『アミュレット・ホテル別館』と書かれたカートもある。

その隣には見覚えのあるホテルの制服が吊《つ》るされていた。色違いのものが二種類。……青系統で統一され紺色のネクタイとセットになっているのが別館の制服、赤系統でえんじ色のネクタイとセットになっているのが本館のものだ。

僕は別館の制服を抜き取ると、手早くTシャツやジーンズの上から着込んだ。服を脱いでいる時間も惜しかった。とにかく、今は急がなければ。

この時、トラックがバックしはじめた。搬入口の傍まで到着した証拠だ。

「やばい、やばい！」

僕は慌てふためき、空《から》の予備の青い袋の中で一番大きそうなものを拾い上げた。それから、『アミュレット・ホテル別館』行きのカートに飛びついて、積み上げられたリネン類の袋を適当に間引く。取り除いた分はトラック奥の死角になりそうな所に放り投げておいた。

最後に……僕は予備の青い袋を被ってカートに頭から潜り込んだ。

その時、誰かが運転席から降りてくる気配があった。今、運転手がトラックのリアドアを開いたら、カートから僕の足が生《は》えているのを見つけることになるだろう。

詰んだか？

いや、運転手がすぐにドアを開けるとは限らない。ホテルの警備員に挨拶したり、先に搬入に関する書類をやり取りしたりするかもしれないじゃないか。

……結局、リアドアが開いたのは一分ほど経《た》ってからだった。

その頃には、僕はリネン類の詰まった袋の間に隠れることに成功していた。予備の青い袋でどうにか全身を覆えたのは……自分の小柄さに感謝するほかない。

やがて、誰かがカートを押して動かしはじめた。

その振動にガクガク揺さぶられながら、僕は内心でガッツポーズを取っていた。これでやっと別館に入れる。

さっきスマホのライトを使った時点で、時刻は午後二時五十分だった。……何としても午後六時までに山吹を見つけ出し、キーホルダーを取り戻さなければ。


カートを押しながら、男女二人がヒソヒソ話すのが聞こえてくる。

「先輩、東大路《ひがしおおじ》さんの火葬……そろそろはじまる頃ですかねぇ」

「ああ、もうそんな時刻だね」

僕は顔を顰《しか》めた。

事情はよく分からないが、このホテルでは葬儀やら火葬まで執《と》り行っているのだろうか？　まあ、犯罪者御用達ホテルならあり得るか。

ここが従業員しか入れない搬入路だからだろう、先輩と後輩の二人は完全に油断している様子だった。その証拠に、喋り声も大きく遠慮のないものに変わってくる。

「しかし、病院での積極的な治療を拒否して、うちのホテルで誰にも知られず穏やかな最期《さいご》を迎えたいと希望するなんてね？　うちの火葬は遺灰も何も残らない特殊なものだっていうのに……本当に、変わったことを考える御仁だった」

「それだけアミュレット・ホテルを愛して下さっていたんですよ」

「本音を言っちゃうと、東大路さんの男好きはものすごくて、高層フロア担当の男性スタッフは戦々《せんせん》恐々《きょうきょう》としていたというか、隙あらばからかわれて大変だったんだけど」

「あはは、そうだったんですか」

「笑い事じゃないって！　今朝早く、東大路さんは十階の自室で倒れただろう？　その後も、最期に隣室のイケメンに助けてもらえたのがいい思い出になったって言ってたし」

「隣って西尾《にしお》さんでしたっけ？」

「そう。抱きつかれて面と向かってそう言われた西尾さんは困惑してたけどね。……でも、部屋で亡くなるまで東大路さんは幸せそうな顔を崩さなかった。どこまでも……あの御仁らしい最期だったよ」

しばらく沈黙が続いた。

この辺りで先輩は話題と気持ちを切り替えようと思ったらしい。わざとらしく聞こえるくらい、さばさばした口調になって言った。

「よし、ちゃちゃっと検査を終わらせてしまおうか」

検査だって？

不吉な言葉に、僕の胃の辺りにざわつきが走る。

「まずは放射性物質の検査をして、と。……この数値だと問題ナシだね」

「私は検査業務には不慣れなんですけど……ここまで調べる必要あります？」

「何でも、海外では……汚い爆弾《ダーティ・ボム》をリネン類に紛れ込ませて、ホテル壊滅を狙った奴らが実際にいたんだって。用心するに越したことないから」

僕は腰がぞわぞわするのを感じていた。

ダーティ・ボムって放射性物質による汚染を目的として作られた最悪の爆弾のことだよな？　こい

つら、二人してなんちゅう会話をしてるんだ。

「次はX線検査だ。そのでかい装置に載せれば、あとはベルトコンベアーが勝手に運んでくれる。不審物が紛れていないか、侵入者が潜んでいないか、一気に調べられるよ」

ホテルのくせに、なんでX線検査をするんだよ！

このまま検査で無様に炙《あぶ》り出されるよりは……と、僕はカートを蹴り飛ばしながら外に跳び出した。先輩と後輩は倒れてきたカートに驚いて腰を抜かしている。とりあえず、二人には僕が被っていた青い袋を投げつけておいた。

カートが運び込まれていたのは、二十畳くらいの大きさの部屋だった。

傍には空港にあるX線手荷物検査装置を何倍も何倍も大きくした装置があった。もう少しで、ここに通されるところだったのかと思うとゾッとする。

検査室の右奥に目をやると、『別館』という表示のある大きな引き戸があった。

ここさえ抜ければ……と思ったのに、引き戸は固くロックされていて微動だにしなかった。必要な検査が終わって安全が確認されるまで開かない仕様なんだろうか。

……せっかくここまで来たのに！

何にせよ、ここで捕まっては何もかもお終《しま》いだ。

僕は歯がみしながら、反対側にあった搬入口のシャッターを持ち上げた。その隙間から地下駐車場へと転がり出す。

外では警備員が無線で連絡を受けているところだった。……僕が別館スタッフの制服を着ていたことが幸いしたのだろう。彼らが事態を把握するよりも早く、僕は地下駐車場の出口を求めて走り出していた。

どうしよう、どうすれば逃げ切れる?

本館の地上フロアに戻るのは得策ではない。本館スタッフにもすぐに連絡が行くだろうし、僕の着ている制服は別館のものだ。紛れ込もうにも本館とは色違いだから、かえって目立つ気がする。

ふと、僕は地上に向かう細い階段があるのを見つけた。

地上と地下駐車場をつなぐ、歩行者専用の階段の一つだ。ここなら警備が手薄かもしれない。……僕は一縷《いちる》の望みをかけて階段を駆け上がった。

外には日本庭園が広がっていた。走り回っているうちに方向感覚を失っていたが、僕が使ったのは別館エントランスにほど近い階段だったらしい。そして、大きな石灯籠《いしどうろう》の傍に人影があった。

それが誰かを知り、僕は凍りついた。

ホテル探偵の桐生だ。彼女は待ちくたびれた顔になって言う。

「遅かったね」

階段の下からも足音が迫ってきていた。逃げ場はないと覚悟を決め、僕は肩で息をしながら問うた。

「どうして、僕がここに……来ると?」

「アミュレット・ホテル別館に侵入を試みる連中は、どういう訳か皆が同じルートをたどるんだよ。はじまりがエントランスだった場合、次は従業員出入口を目指す。そこも無理だと分かったところで……今度は荷物搬入口の存在に気づいて、意気揚々として本館の地下駐車場にまわる訳だ」

僕は茫然としていた。

これまで精一杯の機転を利かせてきたつもりだったのに、僕は『その他大勢』と同じことをやっていただけだったのだ。だったら、ホテル別館に侵入できる可能性なんて、最初からゼロだったってことじゃないか！

悔しくて情けなくて涙がにじみそうになる。もう逃げ出す気力も湧かず、僕はその場に立ちつくした。

桐生は憐《あわ》れみを込めて言葉を続ける。

「最終的に、侵入者は必ずX線検査で炙り出される。そのほとんどが搬入口付近で捕まるが、君はすばしっこそうだからこの階段まで逃げてくるんじゃないかと思った」

もう、僕は彼女の話を聞いていなかった。

桐生の背後、八十メートル先に……真っ赤なライダースジャケット姿の男が見えたからだ。何ということだろう、ちょうど山吹が別館から出てこようとしている！

僕は叫びながら走り出していた。

「待て、山吹ぃ！」

駆け寄ってくる僕に気づいて、山吹は黒縁眼鏡の奥の目を驚愕《きようがく》に歪めた。

彼は慌てふためき、踵《きびす》を返して別館の奥へと逃げ出してしまう。その頃には僕も誰かに羽交《はが》い締《じ》めにされていたが、それでもエントランスの自動ドアの外にへばりついて叫び続けた。

「逃げるな、この卑怯者が！」

山吹は僕のほうを振り返ることなく、エレベーターホールへ逃げ出した。そして近くにあった低層フロアと書かれたエレベーターに乗り込みかけるも思いとどまり、傍にいたスタッフと言葉を交わしてから、高層フロア直通と書かれた別のエレベーターに乗った。

「山吹、戻ってこ……」

すさまじい衝撃が後頭部に走る。

殴られた？　目の前が黒くなり、僕の意識はそこで途切れた。

＊

目を開くと、僕は見知らぬ部屋にいた。事務室だろうか？

頭を少し動かしただけで頭痛に襲われた。全身がギシギシ音を立てて思うように動かせない。僕は木製の椅子に手足を縛りつけられていた。

……とうとう、捕まってしまったのか。

壁掛け時計は午後四時半を示していた。僕は一時間以上も気を失っていたらしい。

あの時、山吹に向かって叫んだりしたのは大失敗だった。今頃、山吹は別館をチェックアウトして逃げてしまっただろう。ウロボロスのキーホルダーも行方知れずになってしまった。

どこかで誰かが話し合っている。声を潜めているので何を言っているか分からなかったが……その声が次第に近づいてくるので、僕はガタガタと震え出した。

姿を現したのは桐生だった。

「彼は本当に……犯罪業界に属する内輪の人間なんですよね、オーナー？」

オーナーと呼ばれたのは年配の男性だった。彼はホテルの制服を着ておらず、大物映画プロデューサーっぽいラフな恰好《かっこう》をしていた。アミュレット・ホテルのオーナーなのだろうか？　そのカーネル・サンダースに似た顔をどこかで見たことがある気もしたけど、脳震盪《のうしんとう》を起こした頭では何も分からない。

オーナーは僕を見て何度も頷《うなず》いた。

「間違いない。彼とは新宿の闇カジノで行われていた『エキドナ』主催のパーティで会ったことがある。確か、こけてシャンパンタワーを倒し大目玉を喰らっていた……『ケルベロス』のスリの子だ」

ものすごく嫌な覚え方をされていたが、事実なので反論ができない。

「名前は？」

そうオーナーに問われ、僕は観念して答えた。

「……瀬戸です」

桐生は僕の顔を正面から見つめて口を開いた。

「瀬戸さんは山吹とどういう関係だ？　何の目的があって彼を執拗《しつよう》に追い回していた？」

下手なことを言えば、アリアに害が及ぶかもしれない。死んでも口を開くものか、と僕は桐生を睨《にら》み返した。

「なるほど、喋る気はないか。だったら、別の件について話を聞かせてもらおう」

「別の件？」

「別館の高層フロア……一部のＶＩＰしか入ることのできない特殊なフロアで、殺人事件が発生した」

僕はぽかんとした。

別の件と言っても、カードキーを盗んだことや、リネン類のカートをめちゃくちゃにしたことを追及されると思っていたのに……どうして、殺人の話が出てくるんだ？

「あの、犯罪者御用達ホテルには破ってはならないルールがあるんじゃ」

恐る恐るそう聞いてみると、オーナーにじっとりと睨みつけられた。

「君に言われるまでもない。……何者かが私のホテルで殺人を犯すという、最低最悪の禁忌《きんき》を犯したんだよ。この代償は必ず払ってもらう」

僕は全身から血の気が引くのを感じた。この話の流れ、どう考えても疑われているのは僕じゃないか。

「ち、違います、僕は何もやってない！　そんな殺人事件とは無関係ですよ」

「だったら、どうして君は山吹を追って別館に侵入しようとしていたのかな？」

オーナーの言葉を聞いて、僕はハッとした。

「まさか……山吹が殺されたんですか！」

山吹が被害者なら、僕が疑われるのも無理はない。別館へ侵入しようとしていたのも、彼の殺害を目的としたことだと誤解されているのだろう。

意外にも、桐生は首を横に振った。

「いや、殺されたのは土井《どい》さんだ」

「……土井さんって『エキドナ』の？」

いよいよ訳が分からなくなってきた。

土井は窃盗グループ『エキドナ』のボスだ。その右腕だった山吹の傀儡と化しつつあるものの、部下からの信頼は今でも厚かった。僕などからすれば、雲の上の存在だ。

そんな人がどうして？

桐生が僕の縛りつけられている椅子に右手をかけた。大して力を加えたとも思えなかったのに、椅子は一本の脚を軸に一八〇度回転する。

強制的に真後ろを向かされた僕の目の前には長椅子があった。木製の細長い直方体に薄っぺらい座面をつけただけの貧相なものだ。それがキャスターつきの台に載せられていた。

「この長椅子が何か……うえ、わぁっ！」

僕は悲鳴をあげて、椅子ごとひっくり返りそうになった。

桐生が長椅子の座面を持ち上げると、中に遺体が横たわっていたからだ。その首はねじ曲がり、顔は紫色に変色していたが……それは間違いなく『エキドナ』の土井だった。

「およそ一時間半前、十四階のサウナ施設で土井さんの遺体が見つかった。死因は首の骨を折られたことによる窒息死。外気浴をしていたところを襲われたらしい」

土井は今も全裸で腹から下にバスタオルをかけただけの姿だった。

でも……今の説明には長椅子は一度も出てこなかったじゃないか。どうして、彼の遺体は猟奇的に椅子に詰められているんだ？

今にも吐きそうになっている僕を見つめて、桐生が苦笑いを浮かべた。

「驚かせて悪かった、これは試作品の棺だよ」

「ひ、棺？」

「ドクの検視が終わったら、こうして棺に移すのが決まりでね。ちなみに、ドクとはこのホテルの専属医のことだ」

「でも、なんで長椅子……」

「ホテル内で遺体を運搬する際は、他の客に気づかれないようカモフラージュしたほうが都合がいいんだ。我々としても死者が出たことは喧伝《けんでん》したくないからね。……このデザインは今朝届いたばかりの試作品で、ホテルスタッフの間でも不評だが」

そんな説明を続けながらも、桐生は僕から視線を外さない。遺体を突きつけることでどんな反応を見せるか、探りを入れようとしているのかもしれなかった。

……最近の土井は、仕事よりサウナに熱をあげているので有名だった。

それどころか、本人が積極的に布教した訳でもないのに、その人柄から『エキドナ』と『ケルベロス』で前代未聞のサウナブームが起きているくらいだ。きっと、犯人は誰でも無防備にならざるを得ないサウナ中を狙ったのだろう。

僕は顔を上げて、再び桐生を睨み返した。

「時間の無駄ですよ、僕を取り調べたって」

「……土井さんを殺したのが、山吹《やまぶき》だとしても？」

この爆弾発言に、僕は喉を詰まらせた。

嘘だろ？　ちょっと目を離した隙に、あの男は選りによってアミュレット・ホテルで殺人に及んだというのか！

「そ、それで……山吹は捕まったんですか」

僕が息せき切って問い返すと、桐生は苦みの強い笑いを浮かべた。

「身柄は確保できていないが、奴がまだ別館の中にいるのは確かだ。何せ……山吹は別館からの脱出に既に一度失敗しているからね？　他ならぬ、瀬戸さんに邪魔されて」

僕に邪魔されて？

そういえば、僕は後頭部を殴られる直前、山吹を追いかけて別館のエントランスに突撃した。あの時、山吹は慌てたように高層フロア行きの直通エレベーターに逆戻りした。結果的に、あれが山吹の逃走を防いだ形になったらしい。

「あれは午後三時すぎのことでしたよね。……あの時点でもう、土井さんは殺されていたんですか？」

桐生は小さく頷く。

「まず、午後二時三十五分に土井さんが他に客のいなかったサウナ施設に入った。それから七分遅れて山吹が続き……午後二時五十七分に、何食わぬ様子の山吹がサウナ施設から出てきてエレベーターに乗り込んだ」

ホテル側はサウナ施設への出入りを分単位で把握しているようだった。僕はそれを不思議に思ったが、すぐにその理由に思い当たる。

「もしかして、サウナ施設には監視カメラが設置されていたんですか」

僕がそう問い返すと、桐生は何故《なぜ》か悩むような顔になった。

「受付のところに一台ある。……うーん、どこまで瀬戸さんに話すべきか、判断が難しいな。まあ、会員に秘密にしていることではないから構わないか」

桐生は僕の隣にパイプ椅子を引っ張って来ると、そこに腰を据えて説明を再開する。

「うちの会員証には、偽造防止と本人確認のためのICチップが内蔵されていてね。ホテル別館に入館する客には、漏れなく会員証の提示を求める決まりだ。その際にICチップの読み込みも行うことで、誰がいつ館内に入ったか正確に把握できる仕組みな訳だね」

僕からしても、そのくらいの対策はあって当然だと思えた。あれだけ徹底的に部外者の侵入を拒んでいる建物なのだから。

「……それ以外にも、VIP専用である高層フロア行きの直通エレベーターに乗る前と、高層フロア内のサウナ施設を利用する時に、VIP会員証の提示を求め、ICチップの読み込みを行う決まりになっている」

ふと、山吹が高層フロアへ逃げていった時のことを思い出した。

直通エレベーターに乗る前、山吹は傍にいたホテルスタッフと何やら話をしていた。手元は身体に隠れて見えなかったが、あの時にVIP会員証の提示が行われたということだろう。

VIP会員以外の侵入を防ぐため、直通エレベーターに乗る者に会員証を提示させるのは分かる。でも、サウナ利用時にまで確認を行うのは意外だった。サウナでは誰だって無防備になるから、それだけ高いセキュリティが必要ということか。

「ちなみに、直通エレベーターの中に監視カメラはなかったんですか？」

僕がそう問いかけると、桐生は首を横に振った。

「あいにく当ホテルの運営方針は特殊でね。客側からの強い要望もあって、利用客である犯罪者のプライバシーはできる限り保護せねばならないことになっている。だから、例えば客用エレベーターの内部や客室前の廊下には監視カメラを設置していなかった」

「……なるほど」

再び、桐生は事件について話しはじめる。

「午後二時五十七分に山吹がサウナ施設を出た後、三時八分にまた別の宿泊客がやってきた。これが第一発見者な訳だが……この人のことは、瀬戸さんも知っているかもしれないな。土井とも交友があった北野《きたの》だ」

「知らない人ですね」

一般的な企業でたとえれば、土井は僕が勤めている会社の親会社の社長にあたる。そんな人物の細かな交友関係まで僕が知るはずもなかった。

「一応補足しておくと、北野はフリーランスの情報屋だ。彼はサウナ初心者だったので、サウナ専属スタッフの案内で施設に入り……二人して土井さんの遺体を発見した」

土井の遺体は外気浴スペースのカウチで見つかったらしい。

彼は襲われた時に抵抗したらしく周囲のテーブルは乱れ、壁に掛かっていた電波時計も落下して二時五十六分で止まっていた。恐らく、これが犯行時刻なのだろう。

なおも桐生は説明を続けた。

「北野とサウナ専属スタッフがサウナ内に入った時刻は、ＶＩＰ会員証の利用記録と受付にあった監視カメラの両面から裏づけが取れている。それから、サウナ専属スタッフは二時三十五分から三時八分まで一度も受付を離れていない。それも監視カメラで確認済みだ」

「……なるほど。他に誰もいなかったサウナ施設に土井さんと山吹の二人が入っていって、山吹だけが出てきた訳ですか。確かに、山吹が殺したとしか考えられませんね」

エントランスで泡を喰って逃げ出した山吹の態度から考えても、その点は間違いがないように思われた。

　ここで僕はぐっと眉をひそめる。

「でも、どうして山吹は僕を見るなり別館の中に引き返したりしたんでしょう？」

　あの時の僕は、桐生や警備担当者に取り押さえられようとしていた。本当なら、山吹はその隙に外に逃げられたはずなのに。

「それは瀬戸さんの服装のせいだな」

　笑いながら放たれた桐生の言葉に気づかされた。僕は今も別館スタッフの制服を着こんだままだということを。

「あ、そっか。山吹は僕のことをホテルのスタッフだと勘違いしたのか」

「制服姿の瀬戸さんが迫ってくるのを見て、山吹は自分の犯行が露呈して、別館のエントランスが封鎖されたと早合点したんだろう。だから、外に逃げるのは諦めてエレベーターで高層フロアに戻ることを選んだ」

　……本当に、それだけが理由だろうか？

　あの時、エントランスにいたのが僕だけなら、山吹ももう少し冷静な判断ができたんじゃないかと思う。ところが実際は、僕の背後にはホテル探偵もいた。山吹は桐生が自分を捕まえるために乗り出してきたと思ってパニックになったのに違いない。

　僕は小さく息を吐き出しながら言った。

「きっと……突発的な犯行だったんでしょうね」

山吹はウロボロスのキーホルダーを手に入れたばかりだった。もう少し待つだけで、彼は及川の親戚連中から莫大《ばくだい》な報酬を得られるところだったのだ。このタイミングで、自ら進んでアミュレット・ホテルの禁忌を破るとは考えにくかった。

腕組みをしていたオーナーが頷いた。

「山吹と土井さんは『エキドナ』内で実権者と傀儡の関係だったからね。互いに色々と思うところもあったはずだ。それが噴出する形で激しい口論となって、かっとした山吹が凶行に及んだんだろう」

僕はすがるようにオーナーを見つめた。

「……だったら、山吹が捕まるのは時間の問題ですよね？」

突発的な犯行なら、山吹も行き当たりばったりな行動を繰り返さざるを得ず、すぐにでも捕まるに違いない。キーホルダーも一緒に桐生たちに回収されてしまうのは厄介だったが、それでも山吹がキーホルダーごと行方をくらますよりよっぽどマシだった。

ところが、オーナーは桐生と顔を見合わせて浮かない表情になる。

「実は、ちょっと困ったことになっていてね。一時間以上も別館内の捜索を続けているのに、どうしても山吹が見つからない」

僕は思わず目をむいた。

「はあ？　ちゃんと調べたんですか！」

「当たり前だ。総力をあげて、レストランなどの施設はもちろん、客室から従業員用の区画にいたるまで全てを調べあげた結果だ。……山吹はこの建物から忽然と姿を消してしまった」

「何か見落としがあるんですよ」

「それはない」

　こう鋭く言葉を挟んだのは桐生だった。彼女は厳しい表情のまま続ける。

「目視だけではなく、壁や天井越しでも体温を感知できる赤外線感知装置まで使って確認を行ったんだ。見落としなどあり得ない」

　僕は自棄《やけ》を起こして笑いながら言った。

「だったら、最悪のパターンしか残ってないじゃないですか！　山吹は監視の目をかいくぐって別館の外に逃げてしまったんだ」

　どう考えてもそれしか答えはないのに、桐生は頑《かたく》なに否定する。

「いいや、奴はまだ別館内にいる。……遺体発見の報を受けてすぐに、私は別館の出入口を厳重に封鎖したからね。しかも、それは山吹が直通エレベーターで高層フロアに逃げて十分後のことだった」

　この言葉に僕はたじろいだ。でも、すぐに言い返す。

「逆に言うと、建物の封鎖が完了するまで十分あったんですよね？　その間に山吹が外に逃げ出したんじゃないですか」

「高層フロアはＶＩＰ会員しか利用できないのは、さっき言った通りだ」

「ええ」

「加えて……ＶＩＰ会員以外の立ち入りを制限する目的もあって、高層フロアには階段で上がることができない。それから、利用客向け直通エレベーターも高層フロアである十階以上とロビー階にしか止まらない設計になっている。従業員用の直通エレベーターも同様で、どのカゴも高層フロアとロビー階にしか止まらない仕様だ」

僕は少し考えてから言った。

「つまり、高層フロアから出るには一度ロビー階に降りないといけないんですね」

「その通り。……建物を封鎖するまでの十分間、利用客向けと従業員用の直通エレベーターでロビー階に降りたのは五名だけだ。そこに山吹は含まれていなかった」

「山吹はとても目立つ服を着ていました。例えば、真っ赤なライダースジャケットとアロハシャツを脱いで、別人のフリをした可能性は？」

「ない。ちなみに問題の五名のうち三人は利用客で、彼らは館内が封鎖されるまでロビーラウンジに留まっていた。その様子は監視カメラにも映っている。残る従業員二人も他のスタッフとすぐに合流したから、別館の外には出ていない」

桐生の言葉に僕も認めざるを得なくなった。

「なるほど。建物が封鎖された時、山吹がまだ高層フロアにいたのは確実ですね」

「その後、山吹は厳重に封鎖された建物から忽然《こつぜん》と姿を消した。……奴が消失した謎を解き明かさない限り、我々に勝ち目はない」

それは僕も同じだ。アリアのためにも何とかしてこの謎を解き明かし、ウロボロスのキーホルダーを取り戻さなければ！

その時、誰かが事務室の扉をノックした。

ノック自体は几帳面《きちょうめん》で控えめなものだ。ただ、神経を張りつめさせていた僕の耳にはとてつもなく大きな音に聞こえた。

直後に、するりと事務室に入ってきたのは銀縁眼鏡の男だった。

最初、僕はそれが水田だと分からなかった。初めて会った時とは別人のように、髪が乱れ、顔にも隠し切れない疲れがにじんでいたからだ。

水田はオーナーに小声で報告する。

「別館が封鎖されて、既に一時間半以上が経ちます。はじめは協力的だったお客さまも苛立《いらだ》ちを募《つの》らせていらっしゃって……スタッフによる対応もそろそろ限界かと。もう、いつ大規模な衝突が起きてもおかしくありません」

僕は目を白黒させた。

考えてみれば、このホテルの利用客は凶悪な犯罪者ばかりだ。それを一方的に建物の封鎖なんてしようものなら、どんな激しい反発が返ってくるか分かったものじゃない。

事実、水田は防弾チョッキを着用し、しれっとサブマシンガンを手にしていた。……このくらいの銃でないと牽制の役割すら果たさないのだろう。

オーナーは眉をひそめて問い返した。

「あとどのくらい持ちそうかな？」

「三十、いえ四十分、といったところでしょうか」

その間にも微《かす》かに言い合いをする声が聞こえてくる。既に何人かがホテルスタッフともめているようだ。水田は左手で乱れていた髪を直すと、オーナーに微笑みかけた。

「では……引き続き、お客さまとの話し合いを続けて参ります」

そう言って水田はサブマシンガンとともに廊下へ消えていった。

いつしか時刻は五時近くになろうとしていた。壁掛け時計を見つめていたオーナーが呟く。

「あと四十分……。山吹は私のホテルで殺人という禁忌を犯した。その大罪人を逃す訳にいかない。そんなことをすれば、アミュレット・ホテルの信用は地に堕《お》ちてしまうからね。……桐生くんも、分かっているだろう？」

それまで温和さを保っていたオーナーの声が低くなり、犯罪者御用達ホテルの主《あるじ》にふさわしい凄みを帯びた。一方、扉を見つめていた桐生はくるりと振り返る。

「四十分もあれば、何とかなるでしょう」

ハッタリなのか本当に自信があるのか、傍《はた》で見ている僕にもさっぱり分からないポーカーフェイスだ。彼女は再びパイプ椅子に腰を下ろすと、僕に向き直って口を開いた。

「前置きが長くなってしまったね。でも、これで少なくとも……我々と瀬戸さんの利害が一致していることは理解してもらえたはずだ。私たちが望むのは、一刻も早く山吹の身柄を確保すること。それだけだ」

この言葉に嘘はない、僕はそう直感していた。

それに、ウロボロスのキーホルダーを取り戻そうと思ったら、もうこのホテル探偵を信じて調査に協力する以外に方法がないことも分かっていた。でも……。

「協力したいのは山々なんですが、僕も山吹がどこにいるか本当に知らなくて。役に立ちそうな情報を持ってる訳でもないし」

力のない声になった僕に対し、桐生はひどく曖昧な微笑みを浮かべた。

「山吹の行方について考えがない訳じゃないが、どうも細かなところで推理がかみ合わない。……まるで、ピースの足りないジグソーパズルに挑んでいるみたいでね」

その言葉に、僕はごくりと唾を呑み込んだ。

「僕の話を聞けば、足りないピースが埋まるかもしれない、と?」

「その可能性はあると思う」

……決断するなら、今しかなかった。

僕は胸いっぱいに息を吸い込むと、全てを話すことに決めた。ただし、アリアの名前だけは伏せて。

「僕の目的は本革のキーホルダーを奪い返すことです。山吹はそれを……」

*

僕は息つぐ間も惜しむ勢いで喋りまくった。

木庭が襲撃されて車のキーやお守りと一緒にウロボロスのキーホルダーが奪われたことも、そのキーホルダーを取り戻すために別館への侵入を試みていたことも、何もかも。

不安でたまらなかったのは……話を聞いている桐生の表情が少しずつ沈んでいくように見えたことだった。でも、僕にはその理由を聞く勇気もないまま、ただ話し続けることしかできなかった。

リネン類のトラックに忍び入ったところにまで話が及んだところで、誰かが事務室の扉をノックした。

水田ではない。彼のノックはもっと控えめだったのに対し、今部屋の外にいる人物はもっと無遠慮で大胆な叩《たた》き方をした。……まさか、宿泊客の誰かが押しかけてきた?

身構えた僕の前に姿を現したのは、どこか飄々《ひょうひょう》とした金髪の男性だった。

「検査が終わったよ」

そう報告する男は服装も雰囲気もホストっぽく見えた。いや、白衣を羽織っているから研究者か医師か。もしかすると、前に桐生が言っていたホテルの専属医かもしれない。

「ドク、結果は？」

桐生は浮かぬ顔のまま白衣の男に呼びかけた。ドクはそれに応《こた》えて小さなチャックつきのビニール袋を掲《かか》げる。中には微量の黒い粉が入っていた。

「桐生さんの推測通り、焼却炉からＶＩＰ会員証の残滓《ざんし》が発見された」

「……やっぱり」

はじめ、僕には二人が何を言っているのか分からなかった。オーナーもまだ報告を受けていなかったのか訝《いぶか》しそうな顔をしている。

焼却炉？　そういえば、犯罪者御用達ホテルには遺体でも跡形なく焼き尽くせる超高温の焼却炉があるという噂があったな。

そこまで思い出したところで、僕は身震いとともに叫んでいた。

「まさか、あの火葬って……そういう意味だったのか！」

気づくと桐生に険しい目で睨みつけられていた。

「瀬戸さん、どこで火葬の話を聞いた？」

「いえ、あの、リネン類に隠れていた時、搬入スタッフが話していたのを聞いたんです。今日、東大路という人が亡くなったという話を……。この別館で誰にも知られず穏やかな最期を迎えることを希望していた人ですよね？」

普通だったらスタッフたちも、宿泊客のプライバシーに関する話題をみだりに持ち出したりはしないのだろう。でも、場所が従業員専用の搬入路だったために、気が緩んでこんな話をしたのに違いなかった。

「その時、スタッフが『うちの火葬は遺灰も何も残らない特殊なものだ』と言っていたのを聞いて。東大路さんは……噂に聞く、超高温の焼却炉で火葬されたんですね？」

僕がそう続けると、ドクが面白がるような顔になる。

「どうして侵入者の君がそんなことを気にしているのか分からないけど……ま、いいや。東大路さんは別館が封鎖される直前に茶毘《だび》に付された。VIP会員証の残滓は、その火葬後に出てきたものだよ」

ドクは黒い粉が入ったビニール袋を見下ろして更に言葉を継ぐ。

「うちの焼却炉は高性能だけど、さすがに会員証のICチップに含まれる金属の一部は残っちゃうからね。残留物をきちんと分析すれば、焼かれたのが通常の会員証なのかVIP会員証なのかまで分かるんだよ」

僕は俯《うつむ》いて唇を噛んだ。

何が起きたのか、僕にもおぼろげに分かりはじめていた。でも同時に、僕は自分の推理が間違っていて欲しいと心から願うようになっていた。この無情な推理を否定して欲しくて、僕はすがるように桐生に問いかけた。

「焼けたのは、東大路さんの会員証なんですよね？」

「違う、東大路さんの会員証は私が回収してここに持っているからね。それどころか、建物内にいる

ＶＩＰ会員が全員ちゃんと自分の会員証を持っていることまで確認済みだ。焼けたのは……山吹のＶＩＰ会員証だよ」

やっぱり、真相はこれしかないのか。

「つまり……こういうことですね？　部屋で亡くなった東大路さんの遺体は棺に入れられた状態で一時的に廊下に置かれていたことがあった。そして、その棺はここにあるのと同じで、見た目では棺と分からないものだった」

僕は視線で土井の遺体が収められた棺を示した。その長椅子にしか見えないものを。

桐生も辛そうに頷いた。

「その通りだ。東大路さんの遺体を運ぶ作業にはスタッフが二名で当たっていた。ところが、棺を十階の客室の外に運び出したところで、二人は喧嘩《けんか》の仲裁のために十三階のバーに向かわねばならなくなった。その業務にかかったのは五分ほどだったらしいが、棺はその間ずっと廊下に置かれたままになっていたんだ」

スタッフたちの弁によれば、長椅子にしか見えない外観をしていたし、ごく短時間なら棺の傍を離れても問題ないと判断したのだという。

僕は沈んだ声になって、再び口を開いた。

「スタッフが目を離したその五分の間に、山吹が高層フロアへと逃げ戻ってきたんでしょうね。奴は藁《わら》にもすがる思いで身を隠せる場所を探し……廊下に置いてあった長椅子に目を留めた。山吹の専門は車泥棒だけど、長年の窃盗の経験で長椅子に隠しスペースがあることを見抜いたんだと思います。そして座面を持ち上げて、中に東大路さんの遺体が入っているのを発見した」

最初は山吹も驚いたはずだ。でも、すぐにこの状況は利用できると考え直したのに違いない。僕は唇を湿して更に言葉を継いだ。

「山吹はこの棺がいずれ建物の外に運び出されると考えた。あるいは……一時的に身を隠せれば充分と思ったのかもですね？　奴は遺体の上から長椅子に入って座面を閉じた」

死体と一緒に棺に入るなんて、考えただけでもゾッとする。でも、犯罪者には死体への恐怖心や忌避《きひ》感が麻痺している人も少なくない。山吹なら追い詰められれば、このくらい平気でやったはずだ。

ドクが眉根に憐れみを宿して言った。

「棺は一人用の大きさしかない。そんな狭いところに遺体と一緒に入って蓋《ふた》なんてしようものなら、棺内は二人分の身体で一杯になってしまっただろうね。もう、まともに空気が入る隙間もなかったんじゃないかな？」

「だと思います。山吹は棺の中で窒息して意識を失った。そして、そのまま棺ごとスタッフに運ばれていったんです」

目の前にある土井の棺は、キャスターつきの台に載せられていた。

東大路の棺も似たようなキャスターつきの台で運搬されたのだろう。それなら、スタッフたちが重量の増加に気がつかなかったとしてもおかしくない。

……さっき、桐生はこんなことを言っていた。

建物が封鎖される前、直通エレベーターでロビー階に降りた従業員が二名いたと。これは東大路の棺を運んだ二人のことだったに違いない。全てのピースが収まるべきところへ収まっていくような感覚が、僕には恐ろしく感じられて仕方がなかった。

最後にオーナーがぽつりと呟いた。

「そして、山吹は生きたまま焼却炉で火葬されてしまったのか」

猛烈な火力に、東大路と山吹の肉体や衣服は跡形も残らないほど燃え尽きたことだろう。山吹のVIP会員証も別館のルームキーも……あのウロボロスのキーホルダーも、何もかもが一緒に焼けてしまったに違いない。

僅かに残ったのは、黒い粉だけ。

……あまりにも皮肉で絶望的で、救いのない結末だった。


いつしか五時二十分になろうとしていた。

もう何時だろうと同じことだった。僕たちがウロボロスのキーホルダーを取り戻す機会は永遠に失われてしまったのだから。

オーナーが辛そうな表情になって僕を見つめる。

「キーホルダーまで焼けてしまったのは、本当に気の毒としか言いようがないね。……でも、これで山吹が姿を消した謎は解けた。早く、別館の封鎖を解かなければ」

どこかから苦い笑いを含んだ声が聞こえてきた。

「いや、山吹は火葬になどされていませんよ」

部屋にいる全員が声の主である桐生を見つめた。僕の口から皆の疑問を代弁する言葉がついて出る。

「……だったら、山吹はどこに？」

「瀬戸さんの話を聞いてハッキリした。山吹は別館内にはいない」

これまでの前提が全て覆《くつがえ》る言葉だった。僕は自分が縛られていることも忘れて身を乗り出す。

「じ、じゃあ……奴は外に逃げたんですか。キーホルダーも無事かもしれないってことですよね？」

椅子ごと倒れかけた僕を起こすと、桐生はどこかからナイフを取り出して、僕を縛っていたロープを切ってくれた。何故か、これまで以上に沈鬱《ちんうつ》な表情を浮かべながら。

「中途半端な希望ほど残酷なものはない。だから、私は現実をそのまま伝えよう。……キーホルダーの行方は分からないが、山吹のＶＩＰ会員証と一緒にキーホルダーも燃やされてしまった可能性は高い」

「そんな」

僕はロープで傷ついた手首の痛みも忘れてその場に崩れ落ちた。桐生はすっと無表情に戻ると、自分に言い聞かせるように続けた。

「全てをはっきりさせるためにも、今は推理を続けるしかない」

桐生は土井の遺体を見下ろす。彼は今も下腹部にタオルをかけたままの姿だった。

「外気浴スペースで見つかった電波時計は二時五十六分を示して止まっていた。これが犯行時刻だと仮定すると……土井さんは二時三十五分にサウナ施設に入り、五十六分の時点で外気浴をしていたことになる」

「それは何も不自然じゃない気が」

僕は反射的にそう言い返していた。

別にサウナに詳しい訳じゃない。それでも、『ケルベロス』内のサウナブームには巻き込まれていたので、サウナ室→水風呂→外気浴の順が基本だということくらいは知っていた。最初に服を脱いだり身体を洗ったりしたと考えれば、時間的におかしなところはない。

桐生はぎゅっと目を細める。

「不自然なのは山吹の行動のほうだ。犯行時刻が二時五十六分で、奴がサウナ施設から何食わぬ様子で出てエレベーターに向かったのが二時五十七分。……たった一分間で人を殺した上に、服まできっちり着込んで出てこられると思うか？　山吹だって突発的に及んでしまった殺人に動揺していたはずなのに」

「た、確かに」

何を思ったのか、ドクがニヤリと笑う。

「山吹はサウナ施設でも服を脱がなかったんだよ。それなら服を着なおす時間が省けるし」

僕はドクが冗談を言ったのだと思った。ところが、桐生は真顔のまま頷く。

「そう、山吹は犯行後に一秒でも早く別館から脱出する必要があったから、サウナ施設で服を脱がないことを選んだ。……奴にはサウナを利用するつもりなど最初からなかったし、土井さんの殺害だけを目的としてサウナ施設に入ったということだ」

僕は思わず叫んでいた。

「いやいや、あの犯行は突発的なものですよ！　だって、監視カメラにも思いっきり映ってたらしいし、受付スタッフにも目撃されまくりだったんでしょう？　こんな杜撰《ずさん》な計画殺人はない」

「それも含めて、計画的な行動だったんだよ」

桐生はそう言うが、僕はどうしても納得がいかなかった。

「でも、土井さんの殺害だけが目的なら、山吹はサウナ施設に入ってすぐに土井さんを襲うはずでしょ？　奴は土井さんの七分後、二時四十二分にはサウナ施設に入っていたんだから。……それなのに、どうして犯行まで十五分近くも待ったんですか」

「奴がサウナ室と水風呂の高温や多湿を嫌ったからだよ。土井さんが涼しい外気浴スペースに移動するのを待っていたんだ」

「はあ？」

思わず目をむく僕を見て、桐生がちょっと気の毒がるような顔になる。

「ほら、瀬戸さんも黒髪のカツラを被って走り回っていたから、実際に体感したばかりなんじゃないかな。……『汗と変装は相性が悪い』というのは犯罪業界では有名だから」

次の瞬間、僕は後頭部を殴られた時よりも鋭い衝撃に揺さぶられていた。

「汗をかきたくないから高温と多湿を避けた？　まさか、土井さんを殺したのは……山吹に変装した何者かだったって言うんですか！」

桐生は当然のことと言わんばかりに頷く。

「本物の山吹は赤いライダースジャケットにアロハシャツという、面白いくらい個性的な恰好をしていた。これだけ特徴があれば、変装するのも簡単だっただろう」

黒縁眼鏡に頰髭、ヘルメット形の茶髪に履き潰した下駄……。僕は山吹のことをファッション突然変異体なんて呼んでいたが、それは服装にばかり目がいっていた証拠だ。

「でも、あの犯人はちゃんとＶＩＰ会員証を持っていたんですよね？　ＩＣチップをチェックした時に山吹本人のものだと確認もできていた訳で……」

僕は推理に綻《ほころ》びを見つけたつもりでそう言ったのに、桐生は可笑《おか》しそうに笑うばかりだった。

「ＶＩＰ会員証について教えてくれたのは、瀬戸さんじゃないか」

「へ？」

「本物の山吹はふざけているとしか思えない恰好をしていた。あれは本人が別人に変装しやすくするために、故意にやっていたことだ。そして、彼が仕事のためになりすます別人の一人に……木庭有麻がいた」

そんなバカな、木庭が本物の山吹だって？　声も出ない僕に対し、桐生は遠い目になって言った。

「まあ、山吹も本気では『木庭＝山吹』だと隠す気はなかったようだね。それは『ＫＩＢＡ　ＹＵＭＡ』が『ＹＡＭＡＢＵＫＩ』のアナグラムなのからも明らかだ」

いよいよ、ぐうの音も出なくなった。

二十億円の遺産に目をつけ、アリアからウロボロスのキーホルダーを騙し取ったのは、最初から山吹だったのだ。彼は目立たない外観の別人『木庭有麻』になりすましてアリアに近づいた。そして、小遣い稼ぎ感覚でアリアに五百万円を要求し、及川の親戚連中には監査を入れるように指示したのだろう。

僕はそれが山吹だと気づかずに、木庭という別の悪党がいるのだと思い込んでしまった。

桐生はため息まじりに続けた。

「結局のところ、偽山吹が『木庭＝本物の山吹』を誘拐したのはキーホルダーが目的じゃなかったんだよ。土井を殺害した真犯人の目的は……本物の山吹を襲ってＶＩＰ会員証を奪い、それを利用することで山吹、、、を殺人犯、、、に仕立て、、、つつ土井、、、を殺すこと、、、だった」

アミュレット・ホテルで殺人を犯せば、ホテル探偵が調査に乗り出してくる。確かに、その追及をかわして逃げ切ろうと思ったら、誰かを身代わりに仕立ててホテル側に追わせるしかない。

「……そういうこと、だったんですか」

僕の言葉に、桐生は重々しく頷いた。

「真犯人は山吹に変装してホテル別館にチェックインした。その特徴的な外見と本物のVIP会員証を持っていたことから、フロントも彼が偽物だと気づかなかった」

思い返してみると、偽山吹が別館に入った時……水田や警備担当者は闖入者《ちんにゅうしゃ》だった僕にばかり意識を集中させていた気がする。これも偽山吹がスムーズにチェックインできた一因なのかもしれない。

桐生は更に言葉を継ぐ。

「その後、真犯人は土井さんを追いかけるようにサウナ施設に入り、土井さんが外気浴スペースに出てくるのを待って殺害した。それから、奴は遺体が見つかる前に別館の外へ逃げ出そうと急いだんだろう」

全ては山吹に変装した姿で行われたことだ。ホテル側のVIP会員証や監視カメラの記録上は、山吹が土井を殺害したようにしか見えない。別館からの逃走にさえ成功していれば、真犯人には嫌疑がかかることすらなかっただろう。

ここで僕は苦笑いを浮かべた。

「ところが、僕が邪魔したせいで偽山吹は別館の中に戻るしかなくなった」

「そういうことだ。真犯人は想定より早く土井の遺体が発見され、ホテル側が山吹を捕えるべくエントランスを封鎖したのだと思い込んだ。……やむを得ず、奴は脱出を諦めて身を隠し、山吹の変装を解くことにした」

「本来の姿に戻って、ホテル側の追及をかわそうとしたんですね」

桐生は一呼吸置いて、鋭い目になってから続けた。

「スピード重視で逃げるなら、エレベーターに乗る前にＶＩＰ会員証を提示せねばならない高層フロアは不利だ。あそこは立ち入れる人間が限られる場所だから、何かあった時に絞り込まれやすいという問題もある。……本当なら、さっさと低層フロアに逃げるべきだった」

この言葉に、僕は驚いて目を見開いた。

「でも、真犯人は低層フロア専用のエレベーターに向かいかけて、思い直したように高層フロアに向かいましたよね？　何か考えがあって変えたように見えましたが」

オーナーが腕組みをして口を挟む。

「真犯人は山吹になりすまして十二階に宿泊していただろう？　その部屋である１２０９号室に逃げ込んで変装を解こうとしたんじゃないのかね」

この可能性も桐生はばっさり切り捨てた。

「真犯人は我々が山吹を確保すべく動き出していると勘違いしていました。山吹の部屋にも捜索の手が及んでいると考えたでしょうから……その部屋がある十二階と犯行現場のある十四階は、むしろ避けたかった場所のはず」

誰も彼もが困惑したように黙り込んでしまった。どうして真犯人がデメリットの多い高層フロアを選んだのか、その理由が分からなかったからだ。

やがて、桐生が人差し指を上げて言った。

「まず、真犯人がホテルスタッフだった場合、高層フロアに向かうメリットはあったか？　……スタッフは館内の空き部屋や人の出入りがないトイレ・倉庫などを熟知しているし、業務中は客室のマスターキーを預かっている者も多い。逃げ込める場所ならいくらでも思い当たっただろうから、デメリットの多い高層フロアを選ぶ理由はない」

「ということは……真犯人はスタッフではなく、ホテルの利用客ということですか？」

僕がそう返すと、桐生はふっと笑った。

「利用客の場合は、高層フロアを選ぶメリットが生まれる場合がある。例えば……真犯人があらかじめ自分自身の名前でも高層フロアに宿泊していた場合だ」

確かに真犯人が宿泊客なら、本来の自分が宿泊している部屋まで逃げて、そこで落ち着いて変装を解こうとするかもしれない。

ここまで考えたところで、僕はハッと息を呑んだ。

「……そういえば、東大路さんの棺は十階の廊下に置かれていたんですよね？」

VIP会員証の残滓が見つかったことからも、真犯人がこの棺に山吹の会員証を入れたことは間違いないはずだ。

桐生も小さく頷きながら答えた。

「あの時、真犯人は一刻も早く変装を解くために自分の部屋に急いでいた。他のフロアに立ち寄る余裕などなかったはずだから……奴は恐らく十階に宿泊している。エレベーターでまっすぐ十階にやってきて、廊下で東大路さんの棺を見つけたんだろう」

僕はその様子を想像して小さく身震いをした。

「これから変装を解くにしても、真犯人は山吹のＶＩＰ会員証や１２０９号室のルームキーを持ったままだった。変装用の真っ赤なライダースジャケットなども含め、内心でやり場に困っていたんでしょうね」

別館から逃げることに失敗した真犯人は、ホテル側が持ち物検査をすることを恐れたはずだ。

変装用のカツラくらいなら見つかっても言い逃れできそうだが、山吹の会員証やルームキーやライダースジャケットは別だ。これらは真犯人にとって致命的になりかねない。

ドクが黒い粉が入ったビニール袋をテーブルに置いた。彼は低い声で呟く。

「真犯人は東大路さんの棺を見つけ、諸々を処分してしまう絶好の機会だと思ったんだろうね？　この焼却炉で焼かれれば、何もかも跡形もなく消えると信じていたのかな」

桐生も焼け残りの粉を見つめて頷いた。

「恐らくね。運悪く、何かで火葬前に棺が開かれることがあったとしても、山吹本人が会員証や目立つ服などを捨てて逃げたと解釈されるだけ。……真犯人である自分にまで、嫌疑が及ぶことはないと踏んだんだろう」

ふっとドクは苦い笑いを浮かべる。

「結局、東大路さんの棺は二度と開かれることなく荼毘に付された。そして、ＶＩＰ会員証やルームキーなども全てが燃えてしまったんだね」

その言葉に僕は目を伏せた。

僕にも桐生が「山吹のＶＩＰ会員証と一緒にキーホルダーも燃やされてしまった可能性は高い」と

言った理由が分かったからだ。真犯人は山吹の持ち物を手放そうとしていた。なら、山吹から奪ったキーホルダーも棺に入れたに決まっているじゃないか。

桐生は推理の仕上げをするように説明を再開した。

「問題の棺は長椅子の形をしていた。普通なら廊下に運搬中の長椅子が置いてあったとしても、そんなものの前は素通りするだろう？　真犯人は一刻も早く自分の部屋に戻って変装を解こうとしていた訳だし、廊下でもたもたしていたら誰に目撃されるか分からなかったんだから」

確かに、藁にもすがる思いで身を隠す場所を探している人でもない限り、そんな得体の知れないものに手を出したりしないだろう。

ここでオーナーが戸惑ったような声を上げた。

「まさか、真犯人はその長椅子が棺だと知っていた人物だと？」

「それだけじゃありません。奴は目撃される危険を冒《おか》してまで廊下に留まり、棺にＶＩＰ会員証などを放り込んだ。……棺がこれから火葬されると知っていて、上手くいけば証拠を一気に消し去れるという確信でもない限り、やれないことだ」

桐生の答えにオーナーはぶんぶんと首を横に振りはじめた。

「あり得ない、このデザインの棺は今朝届いたばかりの試作品だぞ？　うちの利用客がこのデザインについて知っているはずがない」

桐生はそれには答えず、何かに耳を澄《す》ましている様子だった。オーナーはそのことには気づかずに言葉を続ける。

「それに、東大路さんは誰にも知られず穏やかな最期を迎えたいと希望していた。だから、我々も可能な限りその希望に沿ったサービスを提供した。東大路さんが亡くなったことは、うちの従業員以外は誰も知らないはず……」

その時、廊下から罵声が聞こえた。

どんどん近づいてくる怒号に、僕は身体を硬直させる。気づけば、水田が報告にきてから四十分が経過していた。もう……ホテルスタッフにも利用客を抑え込むことができなくなりつつあるのだろう。

こんな状況だというのに、桐生は立ち上がって満面の笑みを浮かべた。そして、彼女は扉から半身を出すと、廊下に向かって手招きをする。

「やあ、西尾さん。こんなところにまで、わざわざクレームを言いに？」

僕はハッとした。

西尾という名に聞き覚えがあったからだ。そうだ……リネン類のカートに隠れていた時、運搬スタッフが口にした名前じゃないか！

廊下がしんと静まり返った。そんな中、桐生の靴音と笑いを含んだ声だけが響き渡る。

「どうした、そんなに慌てて？　まるで、別館から急ぎで逃げ出さなければならない理由でもあるようじゃないか」

桐生が廊下へと出て行く瞬間、扉の隙間からまだ若い男の姿が見えた。その整った顔は怯えに歪んで青ざめきっていた。

……あれが西尾なんだろうか？

運搬スタッフの話では確か、今朝早くに自室で倒れた東大路を助けた人物だ。そして、東大路に「最期に隣室のイケメンに助けてもらえたのがいい思い出になった」と感謝された人物でもある。

東大路の隣室なのだから、西尾は十階の宿泊客に違いない。

それに東大路を助けて感謝を受けていた訳だから、ホテルスタッフも西尾にだけは色々と事情を説明していたんじゃないだろうか？　東大路が亡くなったということも、その遺体が棺に納められホテル内で火葬される予定だということも。

そう、真犯人の条件を……西尾は全て満たしていた。

＊

「すまないね、西尾の持ち物確認に手間取ってしまって」

桐生が事務室に戻ってきたのは、それから十分近く経った後のことだった。

……その間、廊下で何があったのかを僕は知らない。

僕が別館スタッフの制服を返却している間に、扉の向こうでは誰かが喚《わめ》きまわりながらどこかに連れていかれた気配があった気もする。でも、犯罪業界では深く考えず、すぐに忘れてしまったほうがいいことも多い。

もう、別館の出入口は開放されたようだ。

張りつめた空気は完全に消え去り、廊下からは安堵《あんど》まじりの雑談が漏れ聞こえていた。オーナーは諸々の後処理のためか、とっくの昔に事務室から消えていた。残っていたドクも桐生と入れ替わるように、土井の棺を廊下へと運び出していく。

今も事務室にいるのは僕と桐生の二人だけだ。

「それで……キーホルダーは？」

僕は一生分の願いを込めて桐生の手元を見つめた。

そこには車のキーと布製の赤いお守りと、あのウロボロスのキーホルダーが握られていた。僕はへなへなと椅子に崩れ落ちる。

「あぁぁ、よかった」

「ラッキーだったな、西尾は車のキーとキーホルダーを手元に残していた」

そう言いながら、桐生はキーホルダーを車のキーから外そうとしたが、なかなか上手くいかない。留まっている二重リングがかなり固いらしい。こういう姿を見ていると、このホテル探偵も普通の人間なんだという実感が湧いてきて親近感が持てた。……二度と敵には回したくないけど。

僕はちらっと壁掛け時計を見た。

現在の時刻は五時四十五分。これなら余裕で監査に間に合うだろう。一刻も早くアリアに連絡して、安心させてあげなくちゃ。

三十秒ほどもたもたした後、桐生はキーホルダーを外すのに成功した。彼女は車のキーだけを残して、それ以外を僕に差し出す。

「ほら、これは瀬戸さんのものだ」

「……ありがとうございます。本当に、何とお礼を言っていいか」

深く深く頭を下げて受け取って、手の中を見下ろした僕は戸惑った。そこにはキーホルダーだけでなく赤いお守りも載っていたからだ。

僕は思わぬ誤解があったことに気づいて慌てた。

「あ、説明が悪かったですよね。僕が取り戻したかったのは本革のキーホルダーだけで、このお守りは……あれ？」

そういえば、山吹の車のキーについていたのは青いお守りじゃなかったっけ？　ところが、僕が手にしているのは色違いの赤いお守りだった。

桐生はお守りを見て目を細める。

「それはアミュレット・ホテル別館の会員証だよ」

「へっ？」

会員証はカードに違いないと思い込んでいた僕は硬直した。その顔がよほど面白かったのか、桐生は可笑しそうに笑いはじめた。

「今回の事件は瀬戸さんからの情報なしでは解決が難しかった。だから、この会員証はオーナーと私からのお礼の気持ちだ。もちろん、使う使わないは瀬戸さんの自由だけど」

そう言いながら、桐生は僕を促して廊下へと向かった。

廊下を歩んでいく間も、僕はずっと手元を見つめていた。赤い袋には家内安全と書いてある。どこからどう見ても、普通のお守りにしか見えなかった。

「……どうして、会員証がお守りの形を？」

「うちのホテル名の『アミュレット』はお守りという意味だからだ。ほとんどオーナーの趣味みたいなものだけど、開業当時からお守りの形をしている。ちなみに、赤が一般の会員用で、青がＶＩＰ会員用だよ」

それを聞いた瞬間、僕は顔から血の気が引くのを感じた。

「……ということは、山吹の車のキーについていたあの青いお守り、あれがＶＩＰ会員証だったんですね？」

桐生はまっすぐ前を見据えたまま頷く。

「そうだよ。だからこそ、私は『ＶＩＰ会員証と一緒にキーホルダーも燃やされてしまった可能性は高い』と考えた。両方とも同じ車のキーにつけられていた訳だからね？　片方が焼かれてしまったのなら、もう片方も同じ運命をたどると思った」

僕は手の中のキーホルダーを見つめた。シリアル番号はアリアから聞いた通りだし、ちゃんとウロボロスのマークも入っている。間違いなく本物だ。

「不思議だ……どうして西尾はキーホルダーと車のキーだけ手元に残したんでしょう？」

さすがに桐生もこれには答えられないだろうと思ったのに、あっさり答えが返ってきた。

「恐らく、二つの要因が重なって生まれたことだね」

「二つの要因？」

「もともと西尾は山吹に変装したまま別館を脱出し、後で誘拐しておいた本物の山吹を自殺か事故に見せかけて殺すつもりだったんだろう。そうすれば、土井殺しの罪を全て山吹に擦《なす》りつけた上で口封じができるし、ホテル側も被疑者死亡ということで調査を諦めるしかなくなる」

僕は苦笑いを浮かべた。

「いかにも、ありそうな話ですね」

同士討ちが起きたように見せかけることで、西尾は自らの関与を疑わせることなく、『エキドナ』のボスとその陰の支配者を一気に亡き者にしようとした。……もしかすると、西尾は『エキドナ』を弱体化させることで大きな利益が得られる立場にいたのだろうか？　あるいは、そんな立場にいた別の人物から依頼を受けた、殺し屋だった？

　でも、僕は敢《あ》えて詳しく詮索《せんさく》するのは止めておいた。好奇心はしばしば身を滅ぼすし、知りすぎることは必ずしも得策とはいえない。

　そんな僕の心を知ってか知らずか、桐生は何度か頷きながら続けた。

「……ここからは想像になるが、西尾は本物の山吹を愛車の中で自殺させようと考えていたんじゃないかな？　筋書きとしては、『逃走中に足を骨折し、もう逃げ切れないと覚悟を決めて自ら命を絶った』とでもしておけばいい。山吹は自分の愛車に並々ならぬ思い入れを持っていたようだから、その中で自殺したように見せかければ真実味が出るとでも思ったんだろう」

　僕も山吹が愛車を爆弾から守ろうとして大怪我したことがあるという噂を聞いたことがあった。彼が死に場所として愛車を選んだと聞いたら、山吹らしい行動だと納得してしまったかもしれない。

　桐生は車のキーを振りながら続けた。

「これは恐らく山吹の愛車のキーだ。西尾は別館からの脱出には失敗したものの、建物の封鎖はいつまでも続かないと踏んだ。だから、封鎖が解かれた後で山吹を自殺に見せかける計画を実行する気で、その時に使う予定だった車のキーは手元に残したんだろう」

　ホテルから出る時に持ち物検査をされる危険はあったはずだが、車のキーだけを見て誰の車のものか判別することはできない。だから、西尾も簡単に検査をクリアできると考えたのに違いなかった。

「でも……キーホルダーまで手元に残す必要はなかったはずですよね？」

　僕が眉をひそめて問い返すと、桐生は目だけで笑った。

「それについては、キーホルダーに感謝すべきだな」

僕はウロボロスが刻印されたキーホルダーとにらめっこをした。

「これに感謝、ですか？」

「より正確に言うと、その二重リングに」

意味が分かって、僕は思わず笑ってしまった。

最初に木庭からキーホルダーをスリ盗ろうとした時にも、この二重リングは邪魔になった。ついさっき、桐生も車のキーからキーホルダーを外すのに苦心していた。彼女でも外すのに三十秒はかかったんだったか。

あの時、西尾は誰かに目撃されることを恐れて廊下に長居ができなかった。

時間のない中、彼は持ち物検査をされるリスクを考え……まず、車のキーから布製の青いお守り（山吹のＶＩＰ会員証）を紐《ひも》ごと引きちぎって棺に捨てた。ここまでは一瞬で行えたはずだが、ウロボロスのキーホルダーは手ごわかった。西尾も急いで車のキーからキーホルダーを外そうとするも、すぐには取れず断念するしかなかったのだろう。

確かに……この二重リングが運命を大きく変え、アリアを救ったようなものだった。

やっぱり、このキーホルダーには幸運をもたらす力もあるのかもしれない。

Episode 3

タイタンの殺人

「そう……私には、このホテルが全てだ」

マールボロの箱を握りしめ、諸岡《もろおか》はそう呟《つぶや》いた。それから、不意に顔をくしゃくしゃにして私を見つめる。

「すまない。桐生《きりゅう》くん、君には……苦労ばかりかけてしまったね」

ここは、アミュレット・ホテルの別館だ。

ホテル別館内に立ち入れるのは、会員資格を有する犯罪者だけ。警察の捜査が入ることのない特別な場所だった。そして、諸岡はこの特殊なホテルのオーナーであり、私の直属の上司であり……アミュレット・ホテルの生みの親でもあった。

「ご承知の通り、このホテルには絶対に破ってはならないルールがあります」

私がそう言うと、諸岡はふっと笑った。

「もちろん知っている。

一．ホテルに損害を与えない。

二．ホテルの敷地内で傷害・殺人事件を起こさない。

全て、オーナーである私が考えて決めたものだからね？　どちらもこの身の血肉と同じくらいに馴《な》染《じ》み深いものだ」

　これら二つのルールを厳守し相応の対価を用意しさえすれば、ホテル別館の利用客はほとんどどんなサービスでも受けることができた。例えば、フロントに電話をかけるだけで、精巧な偽札でも日本刀が仕込まれた杖《つえ》でも、特殊部隊上がりの用心棒の一個連隊でも、何でもお取り寄せ可能だ。

　……ここはルールによって守られた、犯罪者にとっての楽園だった。

　血を吐くような想いで、私は続ける。

「その絶対不可侵のルールが破られ殺人事件が発生した以上、私はホテル探偵として犯人をこの手で処理せねばなりません」

　いや、処理という言葉は生ぬるすぎる。

　私の仕事はホテル内で起きる事件を解明し、犯人にその対価を支払わせることだ。命を奪った者は、その命で、その犯行方法と同じ方法で……。

　諸岡は遠い目をして頷《うなず》いた。

「今、アミュレット・ホテルの危うい均衡と秩序を保っているのは、『絶対不可変の二つのルール』と『ホテル探偵の存在』だ。この二つがあるからこそ、隙あらば共喰いをはじめる犯罪者《われわれ》の暴走を喰い止められていたんだ。……そのどちらか一方が破綻しただけでも、このホテルは崩壊をはじめるだろう」

　そう語る諸岡はこの数時間で一気に老け込んだように見えた。それでも彼は決意に満ちた口調で続ける。

「君はいかなる例外も認めてはならないよ。たとえ……その殺人犯が私だったとしても」

私は目を閉じた。

——違う、オーナーは犯人じゃない。

だが、現場の状況が容赦《ようしゃ》なく『諸岡以外には犯行は不可能だった』と示していた。

私はオーナーの無実を信じている。だからこそ、全力を振り絞って調査に臨《のぞ》んできたのだ。だが……未《いま》だに、私はこの絶望的な状況を崩せずにいた。

全ては私の力不足のせいだ。

——本当にそうか？　無実なら、どうしてオーナーは全てを語ろうとしない？

心の奥底から、そんな疑念が湧き上がってきた。私の葛藤《かっとう》を見透《みす》かしたように、室内に響き渡る『諸岡の迅速な処理』を求める声も激しさを増してくる。

もう、一刻の猶予《ゆうよ》もなかった。

私は決めなければならない。絶対不変のルールとホテル探偵の職務に従って……アミュレット・ホテルの生みの親であり、このホテルそのものであり……私の恩人でもある諸岡を処刑するか否《いな》か、を。

*

その日は異例ずくめだった。

一つは……開かずの区画が開放されたことだ。

アミュレット・ホテル別館の十五階には、長いこと厳重に封鎖されていた場所があった。今朝早く、諸岡は自らの手でその……二部屋とトイレを含む区画を解き放ったのだ。

二つ目は、ホテル別館に『ザ・セヴン』が招かれて、勢ぞろいしたこと。

『ザ・セヴン』は犯罪業界のトップクラスの人間で構成されており、武器密輸王、賭博王、詐欺王、麻薬王、闇の会計士の五人が名を連ねている。七《セヴン》といいながら五名しかいないのは、発足してから二席が欠番になっているためだ。

かつて……そのうちの一席は、私の育ての親である道家《どうけ》が占めていた。

生前の道家は犯罪計画王と呼ばれ、不可能を可能に変える芸術的な犯罪計画の数々を生み出してきた。彼の占めていた席が今も欠番になっているのは、もともと道家が一匹狼《いっぴきおおかみ》で後継者を育てなかったせいと……そもそも、彼のやってきた仕事が誰にも真似《まね》できるようなものではなかったせいだった。

そして、そんな道家がただ一人拾って育てたのが私だった。

――育ての親とは名ばかりで、道家の爺《じじい》は殺し屋時代の私に無茶ぶりばかりしてきた張本人だけどな。

そんな道家も肺がんで鬼籍《きせき》に入《い》って久しい。五年ほど前に倒れて入院してからは体調が戻らなくなり、そのままほとんど寝たきりになって命を落としたのだった。

もう一つ欠番になっているのは……強盗王の座だった。

昔は、米本《よねもと》という犯罪業界の大物がその座についていたのだが、やはり彼も五年ほど前に病気で急逝《きゅうせい》したと聞いている。彼の組織は、詐欺王が吸収する形で引き継いだのだという。

……犯罪業界の平均寿命は五十年しかない。

『ザ・セヴン』に名を連ねるほどに成り上がれたとしても、よほど上手《うま》く立ち回らない限りは、敵対する組織の襲撃や身内の裏切りにより命を落とす。天寿をまっとうできる者などほとんどいない世界だった。

もちろん、開かずの区画が開放されたことと、ホテル別館に犯罪界の『王』たちが招かれ勢ぞろいしたことは無関係ではなかった。

私は欠伸《あくび》まじりに呟く。

「五年ぶりの……『出資者の会』か」

すかさず水田《みずた》が小声で返してきた。

「そういえば、桐生さんがこのタイタン会議に立ち会うのは初めてでしたね」

水田はホテル創業時からフロント係をしている古株のスタッフだ。諸岡からの信頼も厚く、今日は私と一緒にタイタン会議こと……アミュレット・ホテル『出資者の会』の警備にあたっていた。

「ちなみにタイタンあるいはティターンは、ギリシア神話に登場する古い巨人神族の名だったかな？」

プラスチック・フレームの眼鏡を押し上げながら水田は頷く。

「ええ、『ザ・セヴン』は犯罪業界で巨人の異名をとっています。そのメンバーが勢ぞろいして、オーナーとともにホテルの経営方針を決定する訳ですから……タイタン会議という名も決して大仰《おおぎょう》ではないでしょう」

このホテルの生みの親は、諸岡だ。

若き日の彼は犯罪実業家で、最盛期には国内のほぼ全ての密輸取引に関わっていたという。その頃に得た利益は莫大《ばくだい》なものだが、それでも諸岡一人で犯罪者御用達《ごようたし》ホテルを生み出すことはできなかったようだ。

　私はため息まじりになって続ける。

「何せ、『ザ・セヴン』はこのホテル最大の出資者であり……取引先であり協力者でもあるからね」

　アミュレット・ホテルは、犯罪者の楽園だ。

　ここではいかつい銃火器でも、ルーヴル美術館の警備情報でも、ほとんどどんなものでも手に入る。これは諸岡が元犯罪実業家として築いた人脈を生かし、『ザ・セヴン』の流通網と情報網をフル活用して初めて実現できたことだった。

　犯罪業界広しといえども、このホテルの経営に口出しができるのは『ザ・セヴン』以外にいない。

「……しかし、五年にわたって封鎖されていた場所が、タイタン会議のための会場だったとは思わなかったな」

　今、私たちは例の、開かずの区画の中にいる。

　この区画にある会議室は『タイタンの間』と呼ばれ、基本的にこの『出資者の会』でしか使用されることのないエグゼクティブ・ルームだ。その関係もあって、五年前に前回のタイタン会議で使われて以降、厳重に封じられていたのだという。

　私と水田は会場内の廊下にスタンバイし、出入口の警備を行っていた。タイタンの間の防音性は高いので、中で行われている話し合いの声は全く聞こえてこない。

　水田が腕時計を見下ろした。

「そろそろ……休憩も終わって、会議の後半がはじまる頃でしょうか」

　時刻は午後五時半になったところだった。

――『出資者の会』がはじまったのが午後三時で、終了は午後七時半の予定だから、やっと折り返し地点を過ぎたところか。

……今のところ、警備の任務は閑職《かんしょく》と言わざるを得ない。

本日は朝から、会場のあるフロアは関係者以外立ち入り禁止になっていた。エレベーターもこの階に止まらない設定に変えられている。私たちが監視している廊下も人っ子一人いない。

それなのに、水田はいつになく落ち着かない様子を見せていた。

「何か気になることでも？」

私が問いかけても、彼は曖昧《あいまい》な笑みを浮かべるばかりだ。

「いえ……前回のタイタン会議のことを思い出していただけです。五年前の会議の際は、休憩の時間帯も皆さまにケーキやお茶を給仕してなかなか忙しかったのですよ」

――多分、嘘《うそ》だ。

水田は並大抵の事態なら、髪型も服装も乱れ一つないままに対応してみせるような男だ。それがこんな風にそわそわしている時点で、ただ事ではない。

それから水田はほとんど独り言のように続けた。

「まあ、今回はケーキ皿などないほうがいいに決まってます。……要らぬ謎が増えるのは、ごめんですから」

あまりに意味深な言葉に私は戸惑った。アミュレット・ホテルでは直径二十センチ弱の、やや大きめの白い真っ平らな皿をケーキ皿として使っている。

――そのケーキ皿に何かあったのか？

私は詳しく話を聞こうとしたが、水田が先手を打って話を逸《そ》らすようにまた喋《しゃべ》りはじめていた。

「桐生さんもご承知かと思いますが、今回の『出資者の会』はホテル側の意向で開かれたものではありません」

「ああ、開催を強行したのは……笠居《かさい》さんらしいね」

笠居は『ザ・セヴン』の一員で、武器密輸王という異名を持っていた。

かつては諸岡の部下であり、諸岡が犯罪実業家を引退する際に、彼からその地盤をほとんど全て受け継いだ人物でもある。後継者として選ばれたくらいなのだから、昔は互いに信頼関係があったのだろう。だが、今となっては……。

水田は私に耳打ちするように更に続けた。

「それでは、笠居さまが会議の開催を強行した理由もご存じでしょうか」

「察しはついている。笠居さんはタイタン会議でアミュレット・ホテルの廃業を提案し、一気に議決まで持っていくつもりなんだろう？」

万一にでもこのホテルが閉鎖されれば、私や水田を含むホテルスタッフは犯罪業界におけるあらゆる庇護《ひご》を失って、路頭に迷うことになるだろう。

だが……自分のこと以上に心配だったのは、諸岡だった。

彼は『アミュレット・ホテルこそが自分の全て』と公言しているような人間だ。それが一方的な廃業の提案など受け入れられるはずもなかった。

私は出入口のすぐ左にある、タイタンの間へと続く扉を見つめた。

――オーナーは業界でもトップクラスの人脈の持ち主だ。おいそれと笠居に負けはしないだろうが。

同時に、私はどうしようもなくやり切れない気持ちになっていた。

「笠居さんを突き動かしている原因は……やはり、あの事件なんだろうね」

「ええ、恐らく」

三か月前、ホテル別館で殺人事件が起きた。

殺し自体はこの業界では珍しくもない。しかしながら、不幸なことに……その時に凶弾の犠牲となったのは、笠居の最愛の妻と娘だったのだ。

その日のうちに、私は犯人を突き止めて身柄を拘束した。だが、こういう時にはいつも……探偵は遅すぎるのだ。私がどれほど迅速に事件の調査を進めようと、犯人にどんな償《つぐな》いをさせようと、奪われてしまった命が戻ることはないのだから。

あの日、笠居が放った言葉は今も耳を離れない。

『アミュレット・ホテルは確かに、絶対不変のルールに守られた安全地帯なんだろう。だが、そのルールとこの異常なホテルの存在そのものが……犯罪者《われわれ》の持つ底なしの犯行欲求を駆り立て、その犯行方法をより常軌を逸したものへエスカレートさせる原因になっているのに気づかないか』

私はふっと苦笑いを浮かべる。

——皮肉なもんだな。かつては『殺し屋エレボス』として、いかに効率よく相手の命を奪うかばかり考えていた私が、こんな言葉に動揺するなんて。

「いずれにせよ……今、この場で事件が起きることはないはずだ」

ほとんど無意識のうちに私はそう呟いていた。

今回のタイタン会議は諸岡の指示により厳戒態勢が敷かれている。

まず、会場となっている区画への入場が認められているのは諸岡と『ザ・セヴン』の五人と警備担当である私と水田の八人だけだ。

他のスタッフは皆、会場の外で警備についていた。他のフロアのエレベーターホールや非常階段にいるスタッフも合わせれば、五十人を超える人員が割かれている。

――これで外部からの襲撃に対する防御は問題ない。

残る危険は……タイタン会議の参加者同士の争いにより死傷者が出ることだった。だが、今回はその心配もかなり抑えられている。

私は水田にだけ聞こえる音量で続けた。

「何せ、会議の参加者全員に対し、金属探知機による確認を実施したからね」

タイタン会議の開催が決まってすぐ、諸岡は会場内への金属の持ち込みを認めない決断をした。

もちろん、金属の部品を含むスマホや腕時計なども例外ではない。

参加者の持ち物を確認するために、会場入口前には金属探知ゲートとX線検査装置が設置され、小型金属探知機も用意された。いずれもアルミなどの非磁性の金属にも反応する高性能なものだ。

……このことは案内状により、事前に参加者にも通知されていた。

そのため、参加者はあらかじめスマホや腕時計は部下に預け、当日は金属製品の含まれていない衣服を選んで身につけてきていた。ちなみに、今日はスタッフである水田も金属の部品を含まない仕様の眼鏡をかけている。

とはいえ、例外的に会場内に持ち込みが認められる金属類もあった。

体内に残った銃弾の破片や、ボルトや人工関節を含む医療用の器具など取り外しが難しい事情があるものは、如何《いかん》ともしがたかったからだ。このことも参加者には前もって伝えられ……結果的に、一人だけにこの例外が適用された。

それはオーナーだ。

十五年ほど前のこと、諸岡は中華系マフィアとの抗争に巻き込まれ、左足を負傷して膝下を切除したことがあった。それ以降、彼は左足に義肢を装着していた。

実は、私も諸岡が義肢の利用者だと知ったのは、このホテルで働き出してからだった。きっと血のにじむような努力でリハビリを乗り越えたのだろう。諸岡は今では義肢をまるで自分の生身の身体《からだ》のように使いこなしていた。特に歩行に関しては、理学療法士など医療関係者でない限り、義肢の利用者だと気づくことはないだろう。

その一方で警備担当の私たちも業務に必要な範囲で、金属を含む物をこの会場内に持ち込んでいた。具体的には……拳銃と腕時計と無線と小型の金属探知機だ。

私はベルトのホルスターに入れた拳銃に手をやって、言葉を続ける。

「オーナーの義肢と我々が所持している拳銃などは別にして、他にこの会場に金属を含む物が持ち込まれていないのは確かだ」

こう断言できるのには理由があった。

開かずの区画を開いて中を清掃する際にさえ……諸岡は誰かが外部から拳銃やナイフなどの武器を持ち込んで隠すことを恐れた。だから、清掃はホテルスタッフの中でも特に信頼がおける『清掃屋』の手により行われたのだ。

『清掃屋』とは、事件現場の清掃も担当する部署で、どんなに恐ろしく汚れた部屋だろうと、どんな証拠が残されている部屋だろうと……一時間以内に全てクリーンにしてしまうプロフェッショナルだった。

そんな『清掃屋』が掃除を行う時にも、諸岡は普段は地下で使っているX線検査装置を持ってこさせ、それで確認を行った。清掃道具に何かが隠されていないかを確認し……持ち込まれた道具類が全て持ち出されたことまでしっかりチェックを行ったのだ。

水田が囁《ささや》くように応じる。

「そうですね。『清掃屋』による掃除が終わった後には、私自身が金属探知機を使って、会場内をくまなく確認し……不審物が隠されていないか徹底的に調べましたから」

これらは全て、諸岡の指示によって行われたことだ。

数日前からいつになく神経質になっていた諸岡は、『金属恐怖症』としか説明できないほどの厳戒態勢を敷くことを我々に求めたのだった。

なおも水田は言い淀《よど》む。

「しかしながら、これで会場の安全を確保できたかというと……」

「まあ、どんな対策を行おうと、会場内から武器となり得るものを完全に排除するのは不可能だからね」

一流の殺し屋ともなると、その場に存在するあらゆるものが武器になる。例えば、ネクタイ一本で敵の拠点を壊滅させた猛者《もさ》もいるくらいだ。

「でも、過度に心配する必要はない。『ザ・セヴン』の中には殺し屋も戦闘要員もいないし……何より、こんな場所で事件を起こすこと自体が『ザ・セヴン』らしくないだろう?」

『ザ・セヴン』は全員がいわゆる知能犯だった。無計画かつ短絡的な傷害沙汰とは、無縁な人間の集まりと言っていい。

私はなおも続けた。

「彼らの中に殺意を持つ者がいたとしても、タイタン会議のような『閉鎖された空間』で事件を起こすのは避けるはずだ。こんな所で何かしでかせば、容疑者は会議参加者に限定されてしまうし、証拠品を自由に処分することすらできやしないからね」

「しかしながら、どこで事件が起きるかなど……分かったものじゃありません」

水田の言葉もまた真理だった。

実際、アミュレット・ホテルでも『閉鎖された空間』で事件が起きた例はある。

例えば、過去にはさる授賞式の真っ最中に毒殺事件が起きたことがあった。この時、授賞式の壇上は衆人の監視下にあり……ある意味、壇上だけが外部から隔絶された『閉鎖された空間』になっていたのだ。

それにも拘《かか》わらず、犯人は壇上での殺人に踏み切った。

もちろん、その犯人も何の理由もなしに犯行に及んだ訳ではない。……これは授賞式のタイミングに乗じなければ、究極の引きこもりでもあった被害者の殺害が難しかったという特殊な事情があったために起きたものだった。

——でも、今回は状況が違う。

まず諸岡も『ザ・セヴン』も引きこもりの人間ではなかった。

加えて、タイタン会議が終わった後には、配下の人間も交えた懇親会が予定されているのだ。今も階下のパーティ・ゾーンではその準備が着々と進められていた。

私は目を細めて呟いた。

「万一、『ザ・セヴン』のメンバーが何かよからぬ計画を進めていたとしても、狙うのはホテルの外か……少なくとも懇親会の会場になるはずだ。そのほうが……」

不意に、会場の奥が騒がしくなり、廊下の曲がり角の奥から二人の男女が姿を見せた。

そのうちの女性のほう……杜《もり》が私を手招きした。

「ホテル探偵さん、すぐにいらして」

麻薬王の異名をとる彼女の唇は真っ青で、灰色がかった瞳の奥にも深い動揺が宿っている。私は思わず息を吞《の》んだ。

「まさか、何か事件が？」

杜の隣にいた男……相羽《あいば》も血の気が引いた顔のまま頷いた。

「笠居が殺された」

＊

私は会場の外を警備しているスタッフに無線で連絡を入れ、会場出入口の警備を固めるように指示を出した。これで万が一にも殺人犯が会場の外に逃げ出す心配はない。続けて、ホテル専属医のドクにも会場まで来るように伝えた。

その上で腕時計を確認してみると、ちょうど午後五時三十五分になったところだった。

杜は廊下を奥へと進みながら、紫色のネイルが施《ほどこ》された指先で扉を示す。

「現場は、そこの控え室よ」

杜は絹のような白髪のショートヘアの持ち主だった。六十代という年齢を考えるとやや若白髪なのかもしれない。服装は個性的で……黒いレザー・ジャケットに、首には汚れの目立つスカーフを巻いていた。

麻薬王と呼ばれる彼女は文字通り、国内の麻薬流通を牛耳《ぎゅうじ》っている。このホテルで扱っている毒物や薬品も、全て杜の組織の流通網を利用して手に入れているものだった。

そんな彼女の隣で相羽も補足するように口を開く。

「休憩が終わって、会議の続きをはじめようと思ったら……どういう訳か、笠居が戻ってこなかったんだよね。それで控え室を確認しに行って、遺体を発見したという流れさ」

ラフな恰好《かっこう》をしている杜とは真逆に、相羽はタキシードを着ていた。

会議にこんな恰好で参加するのも、これはこれでTPOが変なのだが、彼の場合はこれが普段着だった。五十代に差しかかってもまだまだ若々しい。

相羽は賭博王として国内の違法カジノを取り仕切っていた。

いや、これだけでは相羽の一面しか語ったことにならない。彼の組織の主な収入源は、富裕層や犯罪者の会員向けに最高に刺激的な『賭け事』を提供することだからだ。

彼はショーマンとして優れた手腕を持っており、このホテルの遊戯面でのプロデューサーも務めていた。別館内のプールやサウナやカジノは相羽がデザインしたものだし、特にカジノでは、彼がこのホテルのために開発した『パイナップルとシーソー』というギャンブルが人気を博していた。

「……皆、ホテル探偵を連れてきたよ」

相羽がそう呼びかけながら控え室の扉を開くと、その向こうにはタイタン会議の参加者が勢ぞろいしていた。

最初にこちらを振り返ったのは諸岡だった。カーネル・サンダースめいた口髭《ひげ》に覆われた口元は固く引き結ばれている。

その隣では、陸奥《むつ》が私を値踏みするように見つめていた。

詐欺王という異名をとる彼は、『ザ・セヴン』では一番の穏健派だ。専門は詐欺や窃盗で……強盗王だった米本が亡くなってからは、その組織も引き継いで管轄している。それにも拘わらず、陸奥は部下に非暴力かつ無血でのミッション達成を求めていた。

言わば、犯罪者の性《さが》とは真逆のことをやろうとしている訳だ。

普通はこんなことはどうやっても上手くいかないが、そんな無茶を可能に変えているのは、陸奥の情報収集力の高さだった。彼は大手企業や銀行はもちろん、官公庁の隅々にまで自らのスパイを忍び込ませていた。当然ながら、このホテルも陸奥の情報網の恩恵を受けている。

そして……その更に奥には男が倒れていた。

遺体の傍《そば》では、黒服の女性がこちらに背を向けて膝をつき、ぼそぼそと祈りを捧げていた。その髪に挿された螺鈿《らでん》風の簪《かんざし》には見覚えがある。

相羽は一人部屋の奥まで進むと、その黒服の女性の肩にそっと手を置く。

「四ノ宮《しのみや》さん、お祈りはそのくらいに……」

「承知しました」

くぐもった声で応じ、四ノ宮はこちらを振り返った。

年齢は『ザ・セヴン』でも最年少の三十五歳。覇気のない目をしていて、唇だけが血のように赤い。その全身から陰気さが吹きつけてくるようだ。

今日は襟元《えりもと》が開いたカットソーにパンツスーツという姿なのだが、黒ずくめであることも相まって、彼女が着ているとどうも喪服に見えてしまう。茶色い長髪はゆるくアップにされ、そこに愛用の簪を挿していた。

四ノ宮は、闇の会計士と呼ばれている。

彼女の事務所はどんな犯罪組織とも中立を保つことで犯罪者たちからの信頼を勝ち得ている。そうすることで……本来なら他人を信じることなどしない犯罪者たちから金や資産を預かって運用し、表の世界でいうところの『銀行』の機能を果たしていた。

また、彼女はこのホテルのファイナンシャル・アドバイザーでもあった。

アミュレット・ホテルは別館が犯罪者専用で、本館には一般の宿泊客を受け入れている。そんな特殊な営業形態が上手くいっているのも、全ては四ノ宮のサポートがあればこそだった。

彼女は私を見すえて続ける。

「これまではこの四ノ宮が現場の保存に努めて参りましたが……ここから先は、桐生さまにお任せいたしましょう」

一人称がたまに『この四ノ宮』になるせいで話がすっと頭に入ってこなかったが、若くして『ザ・セヴン』に名を連ねているのは伊達《だて》ではない。有能さでは折り紙つきの人物だ。

私は四ノ宮と入れ替わって遺体の傍に跪《ひざまず》いた。

笠居は胸を刺されて仰向《あおむ》けに倒れていた。純白のシャツには深紅の染みが広がり、傷口には今もナイフが刺さったままだ。

――心臓を一刺し、か。

私は手袋をつけ、笠居の首筋に指先を当てて死亡を確認した。その上で、遺体に深々と刺さっているナイフに触れて調べる。

ナイフは小ぶりなもので、傷口から七センチほどの細い柄が突き出していた。色はくすんだ灰色をしている。見たところ、刃も柄も一つなぎの材質でできているナイフのようだ。

私は眉をひそめる。

「へえ、随分と軽い素材でできているみたいだな」

殺し屋をやっていた頃には、私もさまざまな素材のナイフを使い分けていたものだが、こんな軽量のナイフはあまり使ったことがなかった。

というのも、ナイフは基本的に軽ければ軽いほどいいというものではないからだ。重心のバランスがよく、適度な重さがあるもののほうが扱いやすい。

――このナイフは『隠し持つ』時の利便性を優先して作られたもののようだな。

不意に、背後にいた水田が「あっ」と息を呑む声を立てる。

何事かと思って振り返ると、水田が顔色を失ったまま金属探知機をナイフへと近づけていた。

甲高い電子音が鳴り響き、私は背筋にゾクリとしたものが走るのを感じた。

「……どうして、金属製のナイフがここに？」

杜がため息まじりに言う。

「そんなの、こちらが聞きたいことよ。我々は会場に入る時、金属探知機によるチェックを受けさせられたわよね。それなのに……この体たらくは何なの！」

とっさに返す言葉もなかった。

諸岡の指示により、私たちはタイタン会議の会場に金属を含むものが持ち込まれることのないように細心の注意を払っていた。

清掃の際にも掃除道具類をX線検査装置でチェックし、それらの道具が全て外に運び出されたことも確認済みだった。おまけにその後には、水田が金属探知機を使って会場内をくまなく調べたのだ。

私は唸《うな》るような声になって呟いた。

「あり得ないことが起きたと言わざるを得ません。もちろん、この会場内には金属製のナイフなどなかったことは確認済みですし、外から誰かが金属製のナイフを持ち込むことも絶対に不可能な状況だったはずなのに……」

もちろん、さっきナイフに金属探知機を近づけた水田が何か細工をした訳でもない。私は彼の一挙手一投足を見ていたが、不審な動きは微塵《みじん》もなかったからだ。

大いに戸惑いながら私は凶器を見下ろした。

——この軽さから察するに、金属だとすればチタン合金製か。

私は皆のほうを振り返りざまに言った。

「改めて、皆さんの持ち物を調べさせて下さい」

タイタン会議の参加者に対しては既に一度、金属探知機によるチェックを行っている。

しかしながら、その時には参加者の衣服の下までは調べなかったし、ウィッグの中に何かを隠している人がいないか、髪を引っ張ってチェックすることまではやらなかった。

今回は証拠品を探すのが目的だったので、私も水田も調査用の手袋をつけた上で、何一つ見落としがないように徹底的に持ち物を調べていった。事件が発生した後であれば……ホテル探偵の権限により、たとえ犯罪業界のトップに君臨する人間だろうと、身ぐるみはがして検査することができるようになるからだ。

そうやって改めて調べてみると……会議には必要でないものを持ち込んでいる人が散見された。

例えば、諸岡はマールボロの箱をポケットに忍ばせていた。会場内は禁煙だから使い道もないと思うのだが、本人曰《いわ》くこれがないと落ち着かなくてどうしようもないらしい。

杜はリップ用ワセリンとあぶらとり紙を持ち込んでいた。ワイルドな恰好とは裏腹に、意外と身だしなみには気を遣《つか》う性格のようだ。他にもリップグロスなどを会場内に持ち込もうとしたそうだが、金属探知機に反応したせいで没収されたと、不満そうに漏らしていた。

「あら……四ノ宮さんはリップを持ってきてなかったの？」

杜が驚きの声を上げたように、四ノ宮は化粧品の類《たぐい》を全く持ち込んでいなかった。

アクセサリーと呼べるのは、髪につけている簪《かんざし》だけ。それはセラミック製で一本軸の平べったい形をしたものだった。

この簪は四ノ宮の愛用品で、私も彼女が会場入りした時からその存在には気づいていた。会場の外で金属探知機による確認を受けた時に一度外したのだろう、簪が髪から抜けて落ちかけていたのを、とっさに私が手で押さえて戻してやったのだった。

一方……相羽は自らが経営する闇カジノのポーカーチップを胸ポケットに入れていた。

――そういえば、前から相羽には手すさびにチップを弄《もてあそ》ぶ癖があったな。鮮やかな緑色のチップは古びて傷がついていたが、敢《あ》えて交換していないのは何か愛着があるからなのだろうか。

陸奥はプラスチックケース入りのガムを持ち歩いていた。彼はいつも何か口に入れていることが多く、今日はひたすらガムを嚙《か》み続けていた。

持ち物の検査が終わった頃、廊下側からホストっぽい見た目の金髪の男がひょっこりと顔を覗《のぞ》かせた。

「やあ、現場はここ?」

この男はドク……アミュレット・ホテルの専属医だ。専門は形成外科なのだが、不気味なくらいオールマイティで法医学にも詳しい。こういった事件が起きた時には彼の協力が欠かせなかった。

ドクは検視用の鞄《かばん》をがちゃつかせながら室内に足を踏み入れる。

「今回はまたえらく厳重な警備を敷いているね。俺まで金属探知ゲートをくぐらされて、商売道具もX線検査装置にかけられたよ」

「悪かった。事件発生後とはいえ、何でもかんでも会場内に持ち込めるようにしては、今後の調査に混乱をきたす可能性があるからね」

ドクがニトリル手袋をつけて仕事にかかろうとした瞬間、

「検視の前に……凶器のナイフだけどんなものか確認させてもらえないかしら?」

そう話しかけたのは杜だった。眉をひそめるドクの肩に諸岡が手を置く。

「頼むよ。実を言うと……私もその凶器について気になることがあって」

だが、ドクは頑《かたく》なに首を縦に振らない。

「それは無理です。検視には破ってはならない手順がありますので」

杜は珍しく苛立《いらだ》ちを露《あら》わにした。

「立場をわきまえなさい。そのナイフをちょっと抜いて確認するくらいが何だというの？」

ドクは杜の剣幕などどこ吹く風といった様子で、検視用の鞄から器具を取り出して並べはじめた。

相手が『ザ・セヴン』の一員だろうとお構いなしの傍若無人《ぼうじゃくぶじん》さは、相変わらずと言うべきか。

顔も上げずにドクは言葉を続けた。

「検視が終わって凶器の回収がすんだら、ナイフを皆さんのお手元にお持ちしますよ。それまで待って下さい」

杜はまだ何か言いたそうだったが……私は半ば強引に会議参加者の五人を廊下へと押し出した。

「ドクが検視を進めている間に、私がタイタンの間と控え室を確認して安全の確認をいたします。恐れ入りますが……それが終わるまで、水田と一緒に廊下でお待ち頂けますか？」


容疑者の監視は水田に任せて、私はまず控え室を調べはじめた。

先ほどは『安全確認のため』という言い方をしたが……あれは方便だ。私も会場内に第三者が隠れている可能性は低いと考えていた。それよりも犯人に証拠を隠滅《いんめつ》されてしまう前に、調べるべきところを先に調べてしまいたいというのが本音だった。

控え室には格闘の跡は残っていなかった。

この部屋にはもともと家具は木製のテーブルが一つと椅子が二脚しかなく、そのどちらにも破損はなかった。ネジなども含めて異状なしだ。念のため、タイタンの間と控え室をつなぐ扉も調べたが、同じように犯人が手を加えたような跡は一切残っていなかった。

検視を続けるドクを残し、私は隣のタイタンの間へ向かった。

こちらの部屋にもやはり何ら変わったところは見つけられなかった。家具も壁も床も傷はなく、ネジなどに至るまで異状は見られない。

何の収穫もないまま……私は廊下へと出た。

いつまでも会議参加者たちを廊下に放り出しておく訳にもいかない。彼らには確認の終わったタイタンの間に入ってもらうことにした。引き続き、容疑者の監視は水田にお願いする形だ。

廊下に一人残った私は呟く。

「さて、この廊下も問題ありだな」

会場内の警備を行っていた間、私と水田は入口付近に待機していた。

外部からの侵入者を防ぐという意味では、最適だったのだが……あの場所は会議参加者の行動を監視するには向いていなかった。

建物の構造の問題で、入口付近からは廊下の半分しか見渡せなかったからだ。

私は廊下を調べながら内心でため息をつく。

——休憩のうちに、会議参加者の大半が一度はトイレに行くために廊下に出たはず。犯人もそんな動きに交ざって犯行に及んだんだろうな。

そして、それらの動きは全て私や水田の死角で行われてしまった。

廊下やトイレを調べれば、何かしら犯人の動きを示す痕跡が見つかるかと思ったのだが……全くの

タイタン会議・会場図

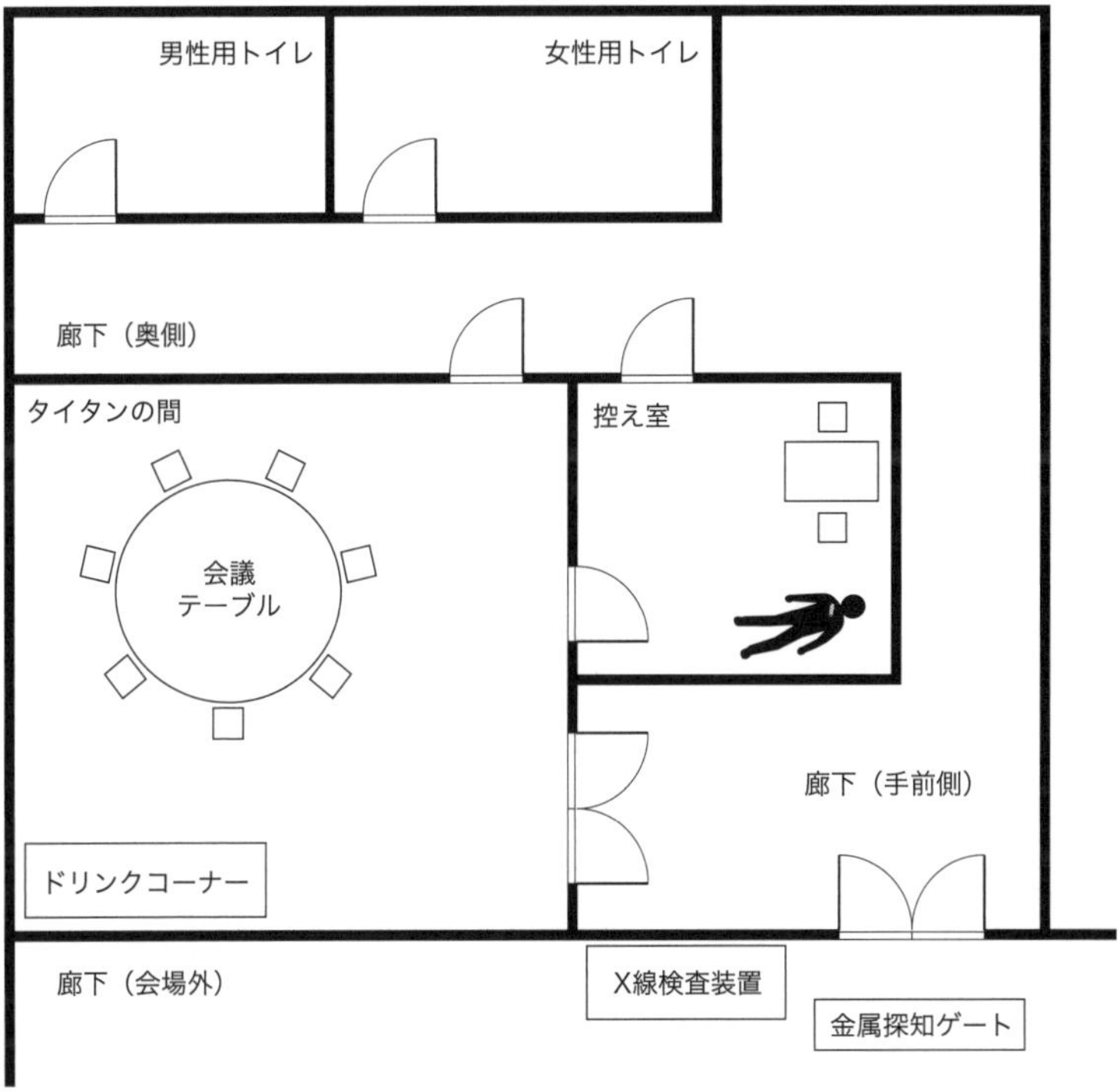
男性用トイレ
女性用トイレ
廊下（奥側）
タイタンの間
控え室
会議
テーブル
廊下（手前側）
ドリンクコーナー
廊下（会場外）
X線検査装置
金属探知ゲート

期待外れに終わった。

床には染み一つなければ、壁や電灯のスイッチやトイレの配管などには傷一つない。念のため、廊下に面している扉やトイレ内の扉も全て調べてみたが……ドアノブや蝶番《ちょうつがい》やネジなども含めて異状は皆無だった。

——手がかり、なしか。

＊

このホテルではどんな事件が起きようと、警察に知らされることはない。代わりに、ホテル探偵が調査をして犯人の特定を行う。そして、事件が決着を迎えた後には、被害者の遺体も証拠も何もかも、跡形も残らないほどの超高温で焼却して処分するのが決まりだった。

なので、このホテルで行われる調査は一般的な事情聴取のルールを無視することも少なくない。今回も、私は事件関係者から一気に話を聞く形を選んだ。

私はタイタンの間の会議テーブルに向かって言う。

「またしても、ホテル内で不可解な犯罪が起きてしまいました。その迅速な解決のためにも、ご協力をお願いします」

この会議テーブルには、座席が七つあった。

一つには諸岡が腰を下ろし、五席は『ザ・セヴン』のメンバーである杜、相羽、陸奥、四ノ宮、笠居のものだ。

そして残る一席には死者が着席していた。

といっても、白骨化した遺体が椅子に座っている訳ではない。テーブル上に白磁の骨壺《こつつぼ》が一つ置かれているだけだ。サイズは七寸のもので、直径が二十センチ強、高さが二十五センチほどの円柱形だった。

この骨壺には……諸岡の盟友の焼骨《しょうこつ》が納められていた。

その盟友の名は朱堂《しゅどう》という。

彼は諸岡と一緒にアミュレット・ホテルの設立に尽力した男だった。不幸なことに、ホテルの開業を目前に控えたある日、交通事故に遭《あ》って亡くなってしまったのだそうだ。

故人の生前の希望により、朱堂の遺骨は今もタイタンの間に安置されていた。

普段は木箱に丁重に納められているのだが、会議の時にだけこうして箱から取り出される決まりなのだという。……死してなお、アミュレット・ホテルの未来を決定する『出資者の会』に参加できるように、と。

つまり、タイタンの間は会議室であり、一種の墓所でもある訳だ。

ちなみに、開場前に水田が金属探知機でタイタンの間を調べた時、彼はこの骨壺もちゃんと蓋《ふた》を開いて中を覗き込んで調べていた。その時に私も一緒に見たし、事件後に室内を確認した時にも覗いたから知っているのだが、この中には大小さまざまの白っぽい焼骨と故人が使っていた人工関節が納められていた。

……改めて、私は会議テーブルにつく一同を見回し、言葉を続けた。

「それでは、会議がはじまってから遺体が発見されるまでの経緯をご説明頂けますか？」

いつもならこれで事件に関する聴取がスムーズにはじまるところだ。だが、今回は室内に重苦しいため息が起き、それが瞬く間に広がっていく。

やがて、杜が失望も露わに口を開いた。

「ホテル探偵さん、あなたは噂《うわさ》では優秀という話だったのに、評判倒れのようね。金属製のナイフが持ち込まれた経路なんて、もう特定されたも同然でしょうが」

「どういう意味でしょうか？」

すかさず相羽も言葉を挟む。

「まず状況からして、ナイフを持ち込んだのは『会議参加者である我々六人』か、『警備を行っていた君ら二人』の誰かに絞り込まれる」

「それはそうですが」

私が口ごもると、今度は四ノ宮が陰気な声で割り込んできた。

「もっと単刀直入に言わないと伝わらないようですね？　桐生さまと水田さまを含むホテルスタッフが共謀して会場内にナイフを持ち込んでいないという前提で考えると、凶器を会場内に持ち込めた人物はただ一人しかいません」

「そう……諸岡さんや」

トドメを刺してそう告げたのは、皮肉っぽく笑う陸奥だった。

諸岡が茫然《ぼうぜん》として呟く。

「一体どうやって……私が凶器を会場に持ち込んだと言うんだ？」

杜は諸岡の足元を指さした。

「諸岡くんは昔、マフィアとの抗争で左足を負傷して下腿《かたい》を切断したのよね。それで今は左足に義肢をつけているんでしょう？」

このことは私も水田も承知していた。

……会議の参加者に対して、金属類の持ち込みを認めた例外は一つだけ。

それは諸岡の義肢だ。彼の義肢は身体の一部のようなものだったし、これがなくては歩行がままならなくなる。そのため、特例的に持ち込みを認めたのだった。

私は杜を睨《にら》みつけた。

「言いがかりは止めて下さい。オーナーの義肢も私と水田がちゃんと確認をしました。金属探知機が反応したのは間違いなく義肢ですよ」

苦笑のさざ波が室内に広がり、杜が憐《あわ》れみの視線を私に向ける。

「あなた、義肢の中までちゃんと調べたの？」

「義肢の……中？」

「そう、身を守るため杖などに武器を仕込むのはこの業界ではよくあることよ。諸岡くんも例外ではなく、何か仕掛けのある義肢を使っているはず。今日もその隠し場所にナイフを隠して持ち込んだのかもしれないわ」

思わず私は笑ってしまう。

「あの義肢にそんな仕掛けなど……」

そう言いかけて、私は諸岡が青ざめきっていることに気づいた。

「すまない……杜くんの言う通りだ。私の義肢には武器を隠せるスペースがある。技師に精巧なものを作らせたから、桐生くんや水田くんの目さえ欺《あざむ》けるほどの仕上がりになっていたようだね」

「どうして、我々にまで黙っていたんですか」

——どうして、そんな裏切りを？

戸惑いと憤《いきどお》りを隠せない私から顔を背《そむ》け、諸岡はズボンの左足首をまくり上げた。金属製の義肢が剝《む》き出しになる。

「普段、ここに隠している武器は私の『奥の手』なんだよ。だから……誰にもこの隠しスペースの存在を知られたくなかった。この業界で『奥の手』をほいほいと人に見せるなんて、自殺行為にしかならないから」

「だとしても……タイタン会議のある今日だけは、義肢の中を空《から》にしていたんですよね？」

諸岡は一瞬、迷いを見せてから掠《かす》れた声で答える。

「その、はずだ」

「はず？　使い慣れた義肢にナイフなど入っていたら、微妙な重さや感触の違いで気づきそうなものですが」

「何も分からなかった。会議に気を取られて、そんなところにまで意識が回らなかったせいかな」

どうにも歯切れの悪い答えだ。おまけに彼は頑なに私と目を合わせようとしない。

——まさか、オーナーは誰かを庇《かば》っているのか？

私は不安に駆られて諸岡を見つめたが、彼は更なる追及を恐れて話を逸らしでもするように、義肢の足首の部分を回しはじめた。すぐに中の空洞になっている部分が明らかになる。少なくとも……今はそのスペースは空だった。

「見ての通り、この隠し場所には全長が二十センチくらいのナイフなら収まる。多分……今回、使われたチタン合金のナイフも入る、と思う」

この言葉を聞いた瞬間、私は青ざめた。

――どうして、オーナーは凶器がチタン合金製だと知っているんだ？

遺体を調べた時、私は質感などからナイフがチタン合金製だろうとアタリをつけた。これは殺し屋時代に培った経験則をもとに憶測したもので、私自身も確信が持てなかったからチタン合金の名を口に出しはしなかった。

ちなみに……チタン合金自体は珍しい金属ではない。

耐腐食性に優れていて軽量なので、医療関係のものや眼鏡のフレームなどにはよく使われる。ただ、鋼《はがね》に比べると硬さの面で劣るものや切れ味が悪いものが多いという欠点があった。だから、ナイフの刃の素材としては使われる機会が少なく、普通は刃が炭素鋼やステンレス鋼でできているものが多い。

とはいえ、チタン合金には塩水に強い耐腐食性があるので、それを生かしてダイバーズナイフの刃などに使われることはあった。

――凶器の材質は、犯人しか知り得ないことのはず。やっぱり、オーナーは今回の犯行に深く関わっているんだろうか？

全身に重くのしかかってくる不安に苛《さいな》まれつつも、私はとっさにこう言いつくろっていた。

「確かに、オーナーには凶器を義肢の中に隠して会場内に持ち込むことが不可能ではなかったようですね？　でも、これが金属製のナイフを持ち込む唯一の方法とは限らない」

四ノ宮が小首を傾《かし》げるようにして言う。

「他に、どんな方法があるというのですか」

私はテーブルにつく『ザ・セヴン』の四人をじっと見つめた。

「それはまだ分かりませんが……お約束します。この事件の犯人の正体はもちろん、凶器を現場に持ち込んだ方法も含めて、全ての謎を必ず私が解き明かしてみせます」

これはこの中にいる、犯人への宣戦布告でもあった。

*

タイタン会議は午後三時にはじまった。

今回は、事前に金属探知機によるチェックが必要だったので、実際に『ザ・セヴン』のメンバーが会場前に集められたのは、それよりも十五分近く前のことだった。

一方、諸岡はその頃には一足早くチェックを終えて、タイタンの間の円形テーブルについていた。ホテルのオーナーである諸岡は誰よりも先にタイタンの間に入り、会議終了後は全員の退出を見送ってからタイタンの間を後にする……これが『出資者の会』における決まりだった。いや、諸岡にとってのある種の儀式的行為と呼んだほうが正確か。

かつて諸岡はこう言っていた。

「海事では『船長は自らの船と乗客乗員の命について、責任を持たねばならない』という考え方があるだろう？　たとえ船が沈みゆこうとも、船長は全ての乗客乗員の避難が終わるまで退避しないというものだよ」

過去にはこの『最後退船』の考えに従い、沈没する船とともに命を落とした船長が数多くいたという。例えば、氷山に衝突して沈んだタイタニック号の船長もそうだったと言われている。

「私にとっては、このホテルは『船』と同じなんだ。もし、アミュレット・ホテルが沈みゆく時がきたとしても……私はホテルにこの身を捧げ、喜んで運命をともにするよ」

彼は全く同じことを、ホテル開業時のタイタン会議で誓ったのだという。

だから、諸岡は今も誰より早くタイタンの間に入り、誰より後に退出する。これは……開業時の誓いを今も死守する覚悟があるという意思表示でもあった。


四ノ宮がぼそぼそと説明をする。

「今回のタイタン会議の議長は、相羽さまの担当でした」

相羽が苦笑いしつつ言葉を挟んだ。

「この会議の場合、議長といっても持ち回り制で単なる進行役なんだけどね」

実際、会議テーブルの相羽の席にだけは書類が多く、その中には六枚の封筒もあった。

「その封筒は？」

相羽は封筒を一枚拾い上げて私に差し出す。

「こいつはタイタン会議の案内状と一緒に皆に発送した宣誓書だよ。会議がはじまる前に、『タイタン会議の議決内容に必ず従う』という宣誓を議長に提出するのが決まりなんだ」

彼の言葉通り、封筒の中には宣誓書が入っていた。

この会議では参加メンバーの立場に上下はない。そのため、順番制で決まる議長がこうした案内状の準備や発送も全て行うそうだ。

ここで四ノ宮が咳《せき》ばらいをした。

「残念ながら、『ザ・セヴン』には雑務を嫌う方が多いのですよ。そのため、会議中はこの四ノ宮がサポートをして時間管理を行っています」

『ザ・セヴン』の中でも、彼女は裏方に回って雑務を任されることが多かった。

これは恐らく、四ノ宮の生い立ちと関係していた。彼女は幼い頃に杜の組織に拾われ、類まれなる才能を見出《みいだ》されたらしい。以後、彼女は主に相羽と陸奥の二人に仕込まれる形で、犯罪業界専属の会計士となったのだった。

つまり、表向きは対等な立場ということになってはいるが……『ザ・セヴン』の中にも格差はあるということだ。

四ノ宮はなおも続けた。

「会議では笠居さまが提案したアミュレット・ホテルの廃業について話し合っていました。何せ……今回の『出資者の会』は、その議題について検討するために開かれたようなものですから」

諸岡も頷きながら言う。

「そして、その結論が出ないままに、午後五時から三十分間の休憩に入ったんだよ」

すかさず陸奥が言葉を挟んだ。

「ぶっちゃけ……会議中は諸岡と笠居が口論してて、残りの僕らはそれをずっと聞かされてたようなもんやったよ」

人の悪い言い方だ。

陸奥は優れた詐欺師で、どこの方言にでも切り替えて操れるという特技があった。だが、今日は動揺しているのか何か意図があるのか……出身地である関西の方言が丸出しになっていた。

彼は六十代でもほとんど皺《しわ》がなく童顔なせいで四十代くらいに見える。今日はＴＰＯにぴったりのグレーの最高級スーツを着こなし、えんじ色のネクタイを締めていた。

「ちなみに……ホテルの廃業について、反対の意見をお持ちだった方は？」

私がそう問いかけると、杜が真っ先に答えた。

「まず、諸岡くんは当然ながら反対でしょ。それから……相羽くんも反対寄りの立場を表明していたかしら？」

すぐに相羽も頷く。

「そりゃそうだ。犯罪者を会員にして商売をやってるという意味では、俺のカジノもこのホテルも同じだからね。……カジノあるところにホテルあり。ギャンブルとホテルは互いに持ちつ持たれつの関係にあるのも忘れちゃいけない」

これを聞いた杜が忍び笑いを漏らしながら再び口を開いた。

「私は笠居くんに賛成でしたよ。だって……諸岡くんは毒物や薬品はこのホテルにがっつり仕入れてくれるくせに、麻薬だけは積極的に販売してくれないんだもの」

諸岡は重々しく首を横に振る。

「そんなことをすれば、ただでさえ不安定なホテルの治安が更に荒れてしまうじゃないか。お客さまに二つのルールの厳守を求めておきながら……その舌の根の乾かないうちに、それを守ることを困難にする麻薬や薬物を手渡す訳にもいかないだろう？」

「頭の固いこと」

ここで口を挟むタイミングをうかがっていた様子の四ノ宮がまた喋りはじめた。

「私と陸奥さまは、中立の立場を表明しておりました。率直に申し上げますと……この四ノ宮はアミュレット・ホテルが大好きでございます」

彼女はピンク色の唇を微笑《ほほえ》ませ、相変わらずの小声で続ける。

「ですが、私は会計士として、犯罪業界に属する皆さまに等しく奉仕しなければならない立場にあります。誠に心苦しくはありますが……特定の組織に肩入れをすることは許されませんので」

一方、陸奥はネクタイを直しながら言った。

「僕は主に情報をホテルに卸《おろ》してるけど、このホテルがあろうがなかろうが、そう大きな利益も打撃もないからね。どっちでもよかったというのが本音やったってだけ」

私は思わず腕組みをした。

「賛成が二で反対が二で中立が二ですか。これだけきれいに票が割れると、投票をしてもなかなか決着がつかなそうですね」

諸岡が遠い目をしたまま頷いた。

「私もそう思ったからこそ、休憩がはじまってすぐに笠居くんを控え室へと誘ったんだよ。お互いに腹を割って話をして、妥協点を見つけようと思って」

私は驚いて諸岡を見つめた。

「まさか、オーナーは遺体が発見される前に被害者と二人きりで控え室にいたのですか？」

「そうだよ。たっぷり十分は話し合ったけど、残念ながら互いに歩み寄ることはできなかった」

——状況は最悪だな。

まず、諸岡は会議参加者の中で笠居を殺害する最も強い動機を持っていた。その上に、控え室で被害者を殺害するチャンスもあったことになるからだ。

「話し合いが終わった後……オーナーはすぐにタイタンの間に戻ったんですか？」

「うん、トイレに寄ってすぐにタイタンの間に戻った。時間で言うと、確か……午後五時十五分過ぎにはこの部屋に戻っていたな」

私は顎《あご》に手をやって考え込む。

「ちなみに、オーナーが話し合いを終えて控え室から立ち去る時、笠居さんに何か変わった様子はありませんでしたか」

「特になかったな」

ここで私は『ザ・セヴン』の四人に向き直って言った。

「オーナーが控え室を出たのは、長めに考えて五時十分から十五分にかけてだと思われます。その時刻以降に控え室に入った人は？」

テーブルにつく全員が首を横に振った。

——なるほど。やはり、犯人はトイレに行くフリをしてタイタンの間から廊下に出て、廊下経由で控え室に入ったのか。

このルートなら、タイタンの間にいる会議参加者からも、警備に立っていた私たちからも目撃されることなく、こっそりと控え室に侵入することができる。

私は改めて言葉を続ける。

「では……杜さんにお聞きします。あなたは休憩時間中どのように過ごしましたか？」

「私は諸岡くんが戻ってきたのと入れ替わりにトイレに立ったわね。そして……午後五時二十分過ぎにはタイタンの間に戻ってきていた。部屋に戻ってきた時に、そこの時計を確認したから間違いない」

杜が顎で示した先には、壁掛けのデジタル時計があった。

この会場にはスマホや腕時計の持ち込みも禁止されている。そのため、時刻は壁掛け時計を見るしかなかった。ちなみに、会場内には時計はこれ一つしかない。

私は自分の腕時計に視線を落とした。

壁掛け時計も腕時計も同じ時刻を示している。……現在は午後七時。笠居の死が発覚してから、一時間半近くが経過しようとしていた。

その間にも、杜は喋り続ける。

「タイタンの間に戻ってきてからは、そこのドリンクコーナーからワインを取って、この席で飲みながら喋っていたんだけど」

部屋の隅には木製のカウンターが置かれていた。

ここはドリンクコーナーになっていて、上にはデカンタに入ったワインとワインカップが並べられていた。その傍にあるワインクーラーには氷水が張られ、炭酸水とミネラルウォーターのペットボトルが冷やされている。

警備の都合上……このドリンクコーナーはプラスチックやアクリルなど比較的割れにくく、金属を含まないメタルフリーな材質のものだけで構成されていた。

　もちろん、このドリンクコーナーも壁掛けの時計も、皆が座っている会議用のテーブルも椅子も、異状がないか確認済みだった。家具や小物や壁に破損はなく、ネジや電池なども含めて変わったところはなかった。

　私は更に質問を続けた。

「それで、他の皆さんは休憩中に何をなさっていたんですか」

　最初に答えたのは相羽だった。

「休憩がはじまるなりトイレに立って、五時五分にはタイタンの間に戻ってきていたよ。それからはこの部屋を出てない」

「私は休憩の後半のどこかのタイミングでトイレに立ち……五分ほどでまたタイタンの間に戻って参りました」

　そう言った四ノ宮に続き、陸奥も慌てたように口を開く。

「僕なんかギリギリまでワインを飲んでたから……五時半近くにトイレに行ったんやなかったかな？　で、席に戻ってきた直後に会議が再開されて、笠居が戻って来《と》おへんという話になった感じやね」

　私は顎に手をやる。

「皆さん、ばらばらの時間にお手洗いに立ったのですね」

　皮肉を言われたとでも思ったのか、陸奥が不満げに言い返す。

「あ、そこに変な意味を見出さんといてよ？　休憩なんて、毎回そんな感じなんやから。好きなタイミングでトイレに行って、あとはテーブルでだらだらと喋って過ごす……。むしろ、控え室で話し合いなんて行われたのが初めてのことやったし」

その言葉を聞き流しつつ、私は内心で考え込んでいた。

——皆の証言をどこまで信じていいものやら？

容疑者たちが主張しているのは、しょせん自己申告にすぎない。

案の定……全員が明確に記憶していて、ある程度の裏づけが取れたのは次の三つだけだった。
① 相羽は休憩がはじまるなりトイレに立ち、五分ほどでタイタンの間に戻ってきてからは、歓談の中心となって休憩が終わるまで部屋を離れなかった。
② 陸奥は休憩時間の終わりにトイレに向かい、会議の後半がスタートするギリギリの時間になるまで戻って来なかった。
③ タイタンの間には常に三人以上の人間がいた。
「どうやら、相羽さんにはアリバイが成立しているようですね」

彼だけは諸岡と笠居の話し合いが終わるより前にタイタンの間に戻ってきており、それ以後は部屋を出ていないことが確認できたからだ。

「また、室内に常に複数人の目があった以上……犯人もタイタンの間で自由に行動することはできなかったはずです。やはり、犯人はトイレに行くフリをして廊下に出て密かに控え室に入り、そして笠居さんを殺害したのでしょう」

犯人は帰りも同じルートをたどったのに違いなかった。そして、タイタンの間に戻る前に、犯行に使った手袋等を一つ一つ小さく丸めるなどして上手くトイレに流して処分してしまったのだ。

私は更に質問を続けた。

「次に……遺体が発見された時の状況を教えて下さい」

最初にテーブルを立って、控え室に向かったのは四ノ宮だったそうだ。

彼女は扉を開くなり隣室の遺体を見て声を上げ、それから彼女を先頭にして諸岡を含む五人がぞろぞろと控え室に入っていったのだという。

――一応、最初に遺体を発見したのは四ノ宮だが、実質的にここにいる五人がほぼ同時に遺体を確認したことになるな。だとすると、第一発見者が遺体に細工をしたという線は消えるか。

ここで相羽が質問を挟んできた。

「そろそろ、事件についての情報も集まってきたんじゃないか。結局、桐生さんには犯人がどうやって凶器を持ち込んだか分かったのか？」

「いえ、今のところはまだ……」

四ノ宮が最後通告を出すように首を横に振った。

「残念ではありますが、諸岡さまが金属製の凶器をこの会場に持ち込んで笠居さまを殺害した。これが真相のようですね」

「違う……私はやってない」

諸岡は俯《うつむ》いたままそう呟き、杜は唇を毒々しく歪《ゆが》めた。

「でも、あなた以外に犯行が可能だった人はいないのよ？　自分で定めたルールを破って人を殺《あや》めておきながら、何と往生際《おうじょうぎわ》の……」

その時、ドクがタイタンの間に顔を見せた。背後には水田の姿もある。

何も事情を知らないドクは、呑気《のんき》そうにチャック付きの袋に入ったナイフを掲《かか》げた。

「検視が一段落したよ。この凶器は有尖両刃器《ゆうせんりようじんき》……分かりやすく言うと、両刃《りようば》のナイフだね。全長は十九センチ、刃渡りは十二センチで、かなり細身のものだ」

私はビニール袋の上から、凶器を確認した。

遺体発見時に感じた通り……刃も柄も一つなぎの材質でできた、折り畳みのできないナイフだった。全体がくすんだ灰色をしている。そして、ナイフの刃の部分にはどす黒く固まった血がおどろおどろしく付着していた。

続いて、私はナイフの確認を求めていた杜と諸岡にナイフを差し出したが、二人ともビニール越しに見ただけで充分だと首を横に振った。

ただ、奇妙なことにその目には……確かに恐怖が宿っていた。

その間にも、ドクは言葉を続ける。

「死因は心臓を刺されたことによるショックで、ほとんど即死だったと考えられる。死亡推定時刻は、午後四時半から五時半の間というところかな？　そして傷口の形状から、犯人は何度かナイフを抜いてまた刺し直していることが分かった」

私は思わず眉をひそめた。

「犯人はどうしてそんなことを？」

——誰も服を血で汚していないということは、犯人は刺し直しを行う際に薄いビニール等を当てて返り血を防いだのに違いない。そして、それも千切るか丸めるかしてトイレに流して処分したのか。

「ちなみに……凶器の材質は？」

私が続けた質問に、ドクは悩むように腕組みをした。

「詳細は成分分析にかけてみないと分からない。ただ、金属探知機に反応することと軽量さを併せて考えると、チタン合金製かな」

「やはり」

　ここでドクが急に意味深な表情になって言う。

「でも、犯行にチタン合金製のナイフが使われたのだとしたら……これはまた、奇妙な符合としか言いようがないね」

　何の話をはじめたのか分からず私は小首を傾げる。

「符合って？」

「チタンという名前の由来は、実はギリシア神話に登場するティターン、つまりタイタンなんだ。犯人がタイタン会議でチタン合金製の凶器を使ったのも、単なる偶然じゃないのかもしれない」

「もちろん……チタン合金製のナイフが使われたのは偶然じゃない」

　不意にそう呟いたのは諸岡だった。私はドクと顔を見合わせる。

「どうやら、オーナーはこの凶器について詳しいようですね？　事件発生当初から、このナイフがチタン合金製だということも何故《なぜ》かご存じだったようですし……その理由を説明願えますか？」

　ところが、諸岡は貝のように口を閉ざして何も答えない。

　それ以上に奇妙だったのは……隙あらば『諸岡が犯人だ』と主張していた『ザ・セヴン』の四人まで重く黙り込んでしまったことだった。

　先ほどまでの彼らなら、『犯人しか知り得ない情報を知っていたのは、お前が犯人だからだ！』と諸岡を寄ってたかって追い詰めてきそうなものなのに。

私は小さく息を吐き出した。

「なるほど。皆さんはこの凶器が何なのか、最初から知っていたのですね。それなのに……全員で結託してその情報を私には伏せた。どうして、そんなことを？」

答えは返ってこない。

容疑者の聴取には参加していなかったドクでさえ、場の雰囲気からただならぬものを察した様子だった。彼は低い声になって呟く。

「事情は分からないけど、この凶器は何かしら過去の闇とつながりがあるみたいだね」

「どうやらそうらしい」

ドクは私からチャック付きの袋に入ったナイフを受け取りながら言った。

「何にせよ、俺は医務室に戻ることにするよ。新しい発見があるかは分からないにせよ……遺体から採取した組織を詳細に調べてみたい。この凶器も持っていって成分分析にかけてみるから、結果が分かり次第知らせるよ」

タイタンの間から立ち去るドクを見送って、私は会議テーブルに向き直った。

「皆さんが何を隠しているのか……もう想像はついていますよ」

ここ五年間に『ザ・セヴン』は二席が欠番となった。

そのうちの一席である犯罪計画王は私の育ての親でもある道家が占めていた。彼が末期の肺がんで亡くなったのは間違いない。では、かつて強盗王だった米本は……？

私はテーブルに両手をついて続けた。

「確か、米本さんが急逝したのは五年前でしたね。病気で亡くなったという噂でしたが……実際は、前回のタイタン会議でも殺人事件が起き、米本さんが犠牲になったのではないですか」

「その通りです」

答えは思わぬ人物から返ってきた。私は目を見開いて水田を見つめる。

「そうか。水田さんはアミュレット・ホテル開業時からのスタッフだから、五年前に何があったのかも全て知っていたのか」

水田は悲痛な顔になって頷いた。

「皆さまがこの件について口を閉ざしている理由も何もかも存じ上げています。五年前の会議でもやはり殺人事件が起き……それは、二度と語ることが許されぬアミュ、ミュ、レット・ホテル唯一の未解決事件となったのです」

＊

「誓いを破って、米本さまの死について真実を語ることをお許し下さい。どのような罰を受けようと、私一人の命ですむなら安いものです」

「水田くん……」

諸岡は続けて何か言おうとしたが、水田はそれすらも許さずに語り続けた。

「五年前のタイタン会議では、金属類の持ち込みを制限するような厳しい警備態勢は敷かれていませんでした。そのため、殺害時の凶器にも……米本さまご自身が護身用に持ち歩いていたナイフが使われたのです」

私はすっと目を細めた。

「凶器はナイフか。今回の事件と同じだ」

ここで杜が諦めたように加わってきた。

「ええ、米本くんが愛用していたのはチタン合金製のナイフだったわ。そして今日、凶器として使われたナイフは……その米本くんのナイフを模して作られたものよ」

やっと、合点《がてん》がいった。

これまで杜や諸岡は今回の事件の凶器をひどく気にしつつ、同時に恐れている様子を見せていた。あれは過去の事件で使われた凶器とよく似ていたせいだったのだ。

水田によると……五年前の『出資者の会』は会議中に襲撃を受けたのだという。

襲撃は手早く忍びやかに行われた。犯人は会場内に密《ひそ》かに小型の睡眠ガス発生装置を持ち込み、会議の最中にそれをテーブルの下で作動させたらしい。

「今と比べると、当時のアミュレット・ホテルは警備も事件発生後の調査にも不完全なところがあったからね」

諸岡が哀しげにそう呟き、水田も無念そうに頷いた。

「あの当時、私は警備主任としてタイタンの間にいたにも拘わらず、為《な》す術《すべ》もなく睡眠ガスで眠り込まされてしまいました。ですが、意識を失う寸前に確かに見たのです。……ずた袋を被《かぶ》った何者かが、米本さまからナイフを奪うところを」

この襲撃を目撃していたのは水田だけではなかった。会議参加者のほぼ全員が多かれ少なかれその光景を見ていたのだ。

　私はすかさず問い返す。

「襲撃者の服装や体格は？」

「米本さまの体格と比較して、男性だったのは間違いないと思います。ただ、それ以上のことになると何も」

　――無理もないか。当時は全員が睡眠ガスのせいで朦朧《もうろう》としていたのだから。

　なおも水田は言葉を続ける。

「我々が意識を失っていたのは、十五分ほどのことでした。次に目を覚ました時には、そこの会議テーブルの傍に皆さまが倒れていて……そのうちのお二人が、胸から血を流していました」

　この言葉に私は目を見開いた。

「二人だって？　殺害されたのは米本さんだけじゃなかったのか」

「もう一人の被害者は……道家さまです」

　――道家の爺が？

　思わぬ名前が飛び出してきたので、私は愕然《がくぜん》とした。

　同時に……私は五年前に道家が入院した時のことを思い出していた。

　その時、私はちょうど『殺し屋エレボス』としての仕事を片づけるために、三週間ほど道家のもとを離れていたのだった。そして、仕事を終えて帰ってきた時にはもう、道家は入院して手術を受けた後だった。

　私はぎゅっと顔を歪めた。

「やっぱり……道家の爺は、どうしようもない嘘つきだ」

あの時、道家は見舞いに来た私と顔を合わせるなり、『肺がんの悪化が原因で倒れた』と説明をしてきた。それなのに実際は……。

相羽が何度か小さく頷いた。

「道家はとにかく頭の回転が速かったからな。睡眠ガスに誰より早く気づいて、とっさに息を止めたんだ」

そして、道家は米本を守って襲撃犯に飛びかかったのだという。

犯人側も睡眠ガスの効果を過信して油断していたらしい。道家はその隙をついて襲撃犯からナイフを奪い取り、相手の胸に反撃の一突きを加えたのだった。

再び諸岡が低い声になって言う。

「道家くんが一突きした瞬間は、私もまだ辛《かろ》うじて意識があったんだ。あの時は……てっきり反撃に成功したと思ったよ」

だが、その一撃も無に帰した。

襲撃者は用心深く防刃《ぼうじん》ベストか何かを着用していたようで、道家のくり出した突きは犯人にダメージを与えることができなかったのだ。

――道家の爺もガスの影響を受けはじめていて、少なからず攻撃が鈍《なまく》らになっていたんだろうな。

水田はなおも話を続けた。

「その後、道家さまは犯人にナイフを奪い返され、右胸と右脚を刺されてしまいました。……幸い、致命傷にはならずにすんだのですが」

健康な人にとってはそうだろう。

しかし、肺がんを患《わずら》っていた道家には深刻な影響を及ぼした。この時の入院を機に一気に体力は失われ……結局、道家はそれから一年もしないうちに亡くなったのだから。

――人はいずれ死ぬ。

それは避けられない。だが、この事件に巻き込まれてさえいなければ、この襲撃犯に刺されさえしなければ、道家は一か月でも一日でも長く平穏に生きられたのではないか？

四ノ宮が消え入りそうな声で言った。

「あの光景は忘れようもありません。胸や脚から血を流して倒れこむ道家さまの傍では、米本さまが心臓を一刺しにされて息絶えていたのです」

私は腕組みをして唸った。

「なるほど。……殺害方法も今回の事件と同じですね」

すかさず諸岡は大きく首を横に振った。

「全てが同じだった訳ではないよ。何せ……米本さんの命を奪ったナイフは、現場から忽然《こつぜん》と消えてしまったんだから」

「凶器が消えた？」

事件後、タイタン会議の会場はすぐさま封鎖され、米本のナイフ探しがはじまった。ところが、被害者である米本と道家も含めて会議参加者の持ち物をいくら調べようと、会場内にある家具や小物も全てひっくり返してしらみつぶしに調べようと……チタン合金製のナイフは出てこなかったのだという。

水田は辛《つら》そうに小さく頷いた。

「五年前も今日と同じように、会場の外には警備の者が立っていました。だから、事件発生前後に人や物の出入りがなかったのは確かなのです」

私は少し考えてから言った。

「でも、事件関係者をいつまでも現場に留《とど》めておける訳じゃない。皆を現場から解放する時には、どんな対応を行ったんだ？」

「今日と同じように、金属探知機とX線検査装置を使って確認を行いました」

この言葉に私は少なからず驚いた。

「そこまでやったのか」

「ええ。調査の途中でオーナーが考えついたのですよ。人は金属探知機で調べ、物はX線検査装置で調べれば完璧だ、と」

その後、会場内は金属探知機でくまなく調べられ、検視が終わった遺体までもが……会場から運び出される時にはX線検査装置にかけられたらしい。そして以後、この厳戒態勢は事件現場が封じられ開かずの区画と化すまでずっと続けられたのだという。

――文字通り、徹底した対応が取られた訳か。

改めて私は質問を挟んだ。

「妙だな。五年前は、オーナーが米本さんのナイフを義肢に隠して会場外に持ち出した可能性について検討されなかったんですか？」

諸岡が苦笑いを浮かべる。

「運がいいのやら悪いのやら……当時は、義肢の装着部が炎症を起こしてしまっていてね。一か月ほど義肢をつけることができなくて、松葉杖で会議に参加していたんだよ。もちろん、松葉杖は持って出る時にX線検査装置に通した」

ここで相羽がため息まじりに口を挟んだ。

「問題のナイフは、事件発生から四日後に会場の外で見つかったそうだ。このホテルの敷地内にある日本庭園の池からね」

私はすっと目を細めた。

――四日後、というのが気になるな。それだけ、ナイフを外に運び出すのに時間がかかったということか？

頭の中で考えを巡らせながらも、私は続けて質問を放っていた。

「そもそも疑問なのですが……米本さんは本当にその日もナイフを持ってきていたんですか？　最初から存在していなかったナイフを、犯人がさも存在するように見せかけていただけなのでは」

「それはあり得へんよ」

断言したのは陸奥だった。四ノ宮も頷きながら続ける。

「同感です。五年前の会議中も、米本さまはいつものようにナイフを取り出してペーパーナイフ代わりに使っていらっしゃいましたから」

その時の切れ味からして、偽物にすり替わっていたとは考えにくいらしい。

しばらく沈黙が続いた後に、水田が再び口を開いた。

「結局、我々の力が及ばず……米本さまを殺害した襲撃犯を突き止めることはおろか、襲撃犯がチタン合金製のナイフをどのように屋外に持ち出したかという謎も、何一つ解明できずに終わりました」

すかさず私は言葉を挟む。

「ちょっと待った。現場から消えたのは凶器であって、襲撃犯が身につけていたずた袋や手袋などは現場に残っていたんだろう？　おまけに、犯人は道家から反撃を受けている。負傷は防刃ベストが防いだにしても、服の胸の部分には穴が空いていたはずじゃ？」

ふっと諸岡が自嘲するように呟いた。

「証拠なら、うんざりするほど残っていたよ」

「え？」

「襲撃犯は手袋やマントや防毒マスク内蔵のずた袋を置いていった。そして、それらの置き土産《みやげ》には、会議参加者と水田くんの全員分の毛髪や唾液などが付着していたんだよ」

ここで水田が補足するように続けた。

「加えて、全員の服の胸の部分にはナイフで刺されたような穴が空いていました」

私は目を見開く。

「まさか……襲撃犯は皆が睡眠ガスで意識を失っている間に偽装工作をして、証拠を上書きしてしまったのか」

現場に残った痕跡を消し去るのは難しい。だから襲撃犯は発想を逆転し、証拠品に全員分の痕跡をつけることで、上手く捜査を攪乱《かくらん》したのだろう。

私が唸り声を上げている間にも、水田は続けていた。

「事件発生当時、米本さまを除けばタイタンの間には八人しかいませんでした。……道家さまを含む

『ザ・セヴン』の六人とオーナーと私の、合わせて八人です」

「襲撃犯はその八人の誰かということだね？」

「それは間違いないのですが……」

五年前の事件の容疑者は、ほとんどが犯罪業界のトップに君臨する者ばかりだ。

アミュレット・ホテルとしても、そんな地位にある人間を軽々しく犯人扱いすることはできない。相手が相手なので、犯人が凶器を会場の外に持ち出した方法まで全て明らかにし、その人物が『黒』だという確たる証拠を突きつけない限り……ホテルとしても動くに動けない状況だったのだろう。

私は眉をひそめながら言った。

「五年前の事件が未解決事件となった経緯は分かりました。でも、どうしてここまで徹底して事件の存在をもみ消さねばならなかったのですか？　少なくとも、ホテル探偵である私にまで秘密にすることはなかったでしょう！」

俯いてしまった諸岡に代わって、相羽が口を開いた。

「そう責めるなよ。こちらにも特殊な事情があって……『米本が殺された』ことを、ある人物に知られる訳にいかなかったんだから。万一にでも彼女に勘づかれれば、我々の命が危なかった」

意外にも、そう語る相羽の声は怯《おび》えていた。

犯罪業界のトップに君臨する男が恐れる相手と言えば限られてくる。

「もしや、米本さんの奥さんだった人を恐れているのですか？」

米本はある腕利きの殺し屋と結婚していた。

その殺し屋の名は……伊田《いだ》だ。彼女自身もアミュレット・ホテルの常連で、過去にホテルで発生したある事件に関わったこともある人物だった。

陸奥が身震いをしながら呟く。

「あの女はヤバすぎる！　昔、東欧系の組織が夫の米本に怪我《けが》させただけでも、ブチ切れて一人でその組織に乗り込んで壊滅させてしまったことがあるんやで？　三十人の用心棒も瞬殺やったそうやし……『最愛の夫が殺された』と知ったら、何をしでかすやら」

杜までもが口をそろえてこんなことを言う。

「そうそう。伊田は普段こそ省エネ人間でタダ働きを嫌うけど、家族を傷つけられた時だけは別で……ブチ切れて復讐をはじめると手に負えなくなるのよ。下手をすると、『夫を殺した犯人が絞り込めないなら、容疑者を全て始末するまで』と言いかねなかったわ」

――いや、そんな極論に至るヤツはいないだろ。

そうも思ったのだが、伊田に関しては復讐を実行した前科があった。

彼女の殺し屋としての腕前と、復讐にのめり込みやすい性質を併せて考えれば……諸岡や『ザ・セヴン』が伊田を恐れて警戒心を強めたのも、無理はないかもしれない。

私はため息まじりに言った。

「なるほど。それで、話し合った結果、『この解決不可能な事件の存在は徹底的にもみ消そう』となった訳ですか」

一同が大きく頷き、杜が苦笑いを浮かべて続けた。

「秘密を知る人が増えれば増えるほど、その秘密が漏れてしまう危険性も上がってしまう。だから、私たちは自衛のためにもこの事件について二度と語らないと誓ったのよ」

『誓約を破った者には死を』という取り決めだったらしいが、既に全員が自主的に事件について私に語っていた。今更、そんな誓約を守る意思のある者はいないだろう。

　ここで水田が口を開いた。

「その後、私たちは当時のホテル専属医と一緒に『死因は心臓発作』だと見せかける偽装工作を行いました。道家さまの負傷についても伏せて、表向きは病気の悪化により倒れたことにしてもらったのです」

　米本の胸にあった刺し傷も……旧ホテル医が検視を装って行った解剖痕に紛《まぎ》れさせることで、上手く誤魔化したのだそうだ。

　――伊田もその嘘を信じてしまったのか。

　それも無理はなかった。犯罪業界のトップと医師が口を揃えて『死因は心臓発作だ』と主張したのだから。

　中でも、オーナーの諸岡と闇の会計士の四ノ宮は、犯罪者からの信頼があつい人物だ。私でも同じ状況なら、諸岡の説明を信じてしまったかもしれない。

　四ノ宮は自嘲する声になって言った。

「とはいえ、伊田さまの件だけで『事件のもみ消し』を選んだ訳ではありません。実は……タイタン会議参加者の中で、米本さまとそれ以外の七人の対立が深まっていたことも関係していたのですよ」

『ザ・セヴン』はもともと犯罪業界内で棲《す》み分けをすることで無駄な抗争を避け、更なる利益を上げることを目的として設立されていた。ところが、米本はそれを無視して自らの組織で手広い商売をはじめ……他のメンバーや諸岡にまで損害を与えていたのだという。

私はすっと目を細めた。

「残酷な話ですね。言いかえれば、皆さんはむしろ米本さんの死を望んでいたと？」

四ノ宮は陰気に頷いた。

「米本さまがそれまで無事だったのは……ひとえに、皆が彼の妻である伊田さまのことを恐れていたからだったのだと思います」

私は顎に手をやってから続ける。

「もしかすると、襲撃犯がわざわざタイタン会議を狙って米本さんを殺害したのも……伊田さんの存在が大きかったのかもしれませんね」

ある意味、米本は伊田という傘に守られていた。米本の命を狙っていた襲撃犯は、その傘を無効化する方法を探して頭を絞ったはずだ。

そこで選ばれたのが……タイタン会議という場だった。

ここには犯罪業界のトップが集結する。その最中に犯人が特定できない状況で事件を起こせば、伊田を恐れるあまり全員が共犯者となって事件をもみ消すと考えたのだろう。

そして、全ては襲撃犯の思惑通りに進んでしまったのだ。

……最後に諸岡はこう語った。

「事件後、私は『出資者の会』の会場を封じることにした。もともとこの区画はタイタン会議の専用だったし、事件のことをもみ消すにもちょうどいいと思ったからね。だから……事件が起きた翌日の朝には、遺体の回収と血で汚れた絨毯《じゅうたん》の処置だけをすませて、タイタンの間とその一帯を厳重に封じたんだ」

それ以後、会場は今朝になって開かれるまでは完全に封鎖されていたのだった。

私はしばらく考え込んでから言った。

「二つ質問させて下さい。……事件の四日後に回収されたという、米本さんのナイフは今どこに？」

これには水田が首を横に振りながら答えた。

「事件発生から十日ほど経《た》った頃、他の証拠品と一緒にアミュレット・ホテルの焼却炉で処分してしまいました」

——ここの焼却炉は超高温だ。チタン合金の融点を超える火力はあるだろうな。

「なるほど。では、二つ目の質問です。どうして今になって開かずの区画を開放して使ったんですか？　会議は別の場所でも行えたでしょうに」

もちろん、ここが過去に事件が起きた『いわくつきの場所』だということを意識して放った言葉ではない。そんなことをいちいち気にしていたら、犯罪業界ではこのホテルも含め……どこもかしこも事故物件だらけで、身動きが取れなくなってしまう。

諸岡は室内を見回しながら答えた。

「ここはタイタン会議のために作られた部屋で、壁や窓も特別頑丈に作ってあるんだよ。今回は室内の点検と金属探知機による検査を徹底して行ったから……何の危険もないと思ったんだ」

だが、その認識は甘すぎたのだ。

不意に陸奥が嫌な笑いを浮かべて私を見つめた。

「無駄話はもうええやろ。五年前の話を聞いて、ちょっとでも今日の事件を解明する足しになったか？」

「二つの事件は類似点が多く、両方とも凶器にまつわる不可解な謎が解決を妨げています。そこからは同じ匂いがする気がしてなりません」

「二つの事件にはつながりがあるかもしれへん、と。……でも、それが分かったからって何になるんや？」

——確かに、オーナーの無罪を証明できなければ何の意味もない。

相羽も厳しい顔をして壁の時計を見上げた。

「いつまでも顔を突き合わせて話し合っている訳にもいかないな。もう事件が起きてから二時間半以上が経っているんだ。そろそろ、この事件についてどう処理するかを決めなければ」

これを受けて、四ノ宮も頷いた。

「桐生さまも新しい推理を導き出すことはできませんでした。やはり……凶器を会場内に持ち込むことができたのは、義肢の利用者である諸岡さまだけだったのです」

「何かの間違いだ」

諸岡が頭を抱えてそう呻《うめ》くのを聞いて、杜が軽蔑も露わに言う。

「この期《ご》に及んでまだ否定するの？　諸岡くんはアミュレット・ホテルの存亡をめぐって笠居くんと争っていた。このホテルのためになら……あなたは何でもやる男でしょう？」

震える指先でポケットを探り、諸岡はマールボロの箱を取り出して握りしめた。

「そう……私には、このホテルが全てだ」

それから、彼は不意に顔をくしゃくしゃにして私を見つめる。

「すまない。桐生くん、君には……苦労ばかりかけてしまったね」

——違う、オーナーは犯人じゃない。

そう信じたい気持ちとは裏腹に、心の奥底から疑念がふつふつと湧き上がってきた。

諸岡が何かを隠しているのは間違いない。事実、『今日は義肢の中を空にしていたのか？』という質問に対し、まるで誰かを庇っているのかと思うほどに曖昧な答えを返したのだ。

耳元で、杜と四ノ宮の声が五月蠅《うるさ》い。

「これまで殺人事件が起きる度に、このホテルは犯人に容赦なく償いを求めてきたでしょう？　いつものように、さっさと終わらせて頂戴」

「その通りですね。今さら、何を躊躇《ためら》っているのですか？」

これに続いて相羽と陸奥も賛同の意を示す。

「我々は殺人犯の『迅速な処理』を求める」

もう、一刻の猶予もなかった。

私は決めなければならない。絶対不変のルールとホテル探偵の職務に従って……アミュレット・ホテルの生みの親であり、このホテルそのものであり……私の恩人でもある諸岡を処刑するか否か、を。

その瞬間、無線にドクから連絡が入った。私は慌ててそれに応じる。

「分析が終わったのか」

『まず、例のナイフはチタン合金製だったよ。それからナイフには指紋は付着していなかった。遺体から採取した組織はまだ調べきれていないけど』

　私は大きく息を吸い込んでから続ける。

「実は……もう一つ、調べてもらいたいことが増えた」

　それから私は他の皆には聞こえないように、部屋の隅に移動して『あること』をドクに依頼した。ドクもそれを聞いて驚いた様子を見せたが、すぐに依頼した作業に取りかかってくれた。

　――オーナーの無罪を証明できるかどうかは、全てこの結果にかかっている。

　答えが戻ってくるのを待つ間、生きた心地がしなかった。……どのくらい時間が経っただろう。ドクから返ってきた答えはこうだった。

『桐生さんの想像していた通りの結果が出た』

　この事件の調査に取りかかって初めて、私は安堵《あんど》の息を漏らした。

　――やっと、真犯人につながりうる証拠を摑《つか》んだ。

「やはり、オーナーは犯人ではありませんでした。これから、それを皆さんの前で証明します」

＊

「先ほどドクに調べてもらっていたのは……笠居さんの傷口付近の組織にあるもの、あるものが付着していないかという確認だったのです」

　すかさず陸奥が不安げに問い返す。

「で、結果は？」

「予想通り、笠居さんの胸の傷周辺の組織から、灰色の食用着色料と飴《あめ》が検出されました」

勘のいい『ザ・セヴン』のメンバーはこれから私がしようとしている推理の内容を見抜いたようだった。相羽が口を半開きにして呟く。

「そ、それじゃあ、俺らが遺体発見時に目撃したナイフは……」

「あれは本物のナイフではありませんでした。遺体発見当時に笠居さんに刺さっていたのは、飴や食用着色料などを使って作ったお菓子のダミーナイフだったのです」

途端に、タイタンの間は騒然となる。

この会議がスタートする前、ホテル側は金属探知機によるチェックは行ったが、例えば衣服まで脱がして身体検査をした訳ではなかった。お菓子でできた非金属製のダミーなら、衣服の下などに隠して会場内に持ち込むことは難しくなかったはずだ。

私は更に言葉を続ける。

「オーナーは義肢を利用すれば、簡単に金属製のナイフを会場内に持ち込むことができた訳ですから、そもそもお菓子のダミーナイフなど使う意味もありません」

不承不承といった様子で杜が頷いた。

「確かに、そうかもしれないわね」

「お菓子のダミーナイフが使われたことから導き出されるのは……真犯人も警備の厳重な会場内に、本物のナイフを持ち込むことはできなかったということですよ。だから、精巧なダミーナイフを用意することで、さも遺体にチタン合金製のナイフが刺さっているように見せかけるしかなかったのです」

陸奥が口をへの字に曲げる。

「随分と、チープなトリックやな」

四ノ宮も何度か頷きながら言葉を挟んだ。

「そう考えても、謎は残ります。会場内に金属製のナイフを持ち込めなかったのだとしたら……犯人はいつ、どうやってダミーナイフを本物にすり替えたんでしょうか?」

私は眉をひそめつつ答えた。

「ナイフは会場の外ですり替えられたんですよ。ドクは成分分析のためにナイフを会場から持ち出して医務室に向かいました。恐らく、外の警備を担当している者の中に真犯人と通じていた者がいたのでしょうね」

その警備担当者は会場から出てきたドクの持ち物を確認するフリをして、ダミーナイフを回収してチタン合金製のナイフとすり替えてしまったのに違いなかった。

身内であるホテルスタッフに容疑が波及したこともあり、諸岡は今まで以上に辛そうな表情になる。

「ダミーナイフは今頃……その警備担当者の腹の中、か」

「お菓子でできたダミーナイフの最大のメリットは、食べて証拠隠滅ができることですからね。犯人は溶けにくい飴などを利用して、少なくとも外見は本物そっくりのダミーナイフを作り上げました。でも……この方法には欠点があります。食べられるように作る以上は強度が足らず、実際の犯行には使えないということです」

水田がハッとした様子で口を開いた。

「つまり、真犯人はもう一つ別の非金属製のナイフも用意していたということですか?」

私は大きく頷いた。

「そう、真犯人は『笠居さんが刺されたのはチタン合金製のナイフ』だと見せかけるために、別にナイフを二つも用意したんだよ。一つがお菓子のダミーナイフで、もう一つが本物のナイフと似た傷を残せる、殺傷能力のある非金属製のナイフ。……真犯人は後者の非金属製のナイフを使って笠居さんを殺害したのですよ」

殺害後、真犯人は非金属製のナイフを回収し、代わりにお菓子でできたダミーナイフを刺し直してから現場を立ち去ったと考えられた。これなら、遺体の傷にナイフを抜いてまた刺したような痕があったことにも説明がつく。

この推理に納得がいかなかったらしく、諸岡は顔を顰《しか》めた。

「しかし……この会場内に、そんな殺傷能力のある非金属製ナイフがあるかね？　我々は事件後に改めて身体検査を受けているし、この会場内からそれらしきものは見つからなかったんだろう？」

「条件を満たすものなら、ここにありますよ」

私は四ノ宮の背後で立ち止まった。

彼女の髪に挿されているのは一本軸の簪《かんざし》で平べったい形をしている。四ノ宮は自らの簪に指先で触れながら、私を振り返った。

「これが、何か？」

「犯罪業界では、護身用の武器を隠し持っている人が多い。まして、簪は江戸時代には隠し武器として使っていた人がいるとかいないとか……。四ノ宮さんがお持ちのものもセラミック製ですし、刺せばナイフなみの殺傷能力がありますよね？」

四ノ宮はあっさりとそれを認めた。

「おっしゃる通り、この簪は護身用の武器を兼ねています。先端もある程度は鋭利に作ってありますから、細身のナイフと似た傷ができるでしょうね」

「ホテル探偵の権限により、簪の提出を求めます。そこからルミノール反応が出れば、笠居さんを殺害した凶器だという動かぬ証拠になる」

言われた通りに簪を差し出しながら、四ノ宮はピンク色の唇をほころばせる。

「お渡しするのは構いませんが、仮に、血がついた痕跡が発見されたからって……何の意味もなくはありませんか？」

手袋をつけた手で簪を受け取り、私は四ノ宮を睨みつけた。

――やはり、このまま押し切るのは無理か。

今回、私は真犯人を完璧に追い詰めるに足る証拠をまだ摑んではいなかった。案の定、四ノ宮は抜け道を見つけて反論をしてくる。

「簪はこの四ノ宮の護身用の武器ですから、つい二日前にもその目的で使ったばかりなのです。もしルミノール反応が出たとしても、それは二日前についた血に反応したもので、今回の事件とは無関係ですよ」

私はすかさず質問を切り替えた。

「では、二日前に使った後は……この会場内では武器として使っていないし、簪に付着した血を拭《ぬぐ》ったり洗ったりもしていない？」

「もちろん」

私は簪をチャック付きの袋に収めながらニヤリとした。

「嘘をついても無駄ですよ。この簪の指紋を調べれば全て分かるから」

意外そうに四ノ宮が眉根を寄せる。

「指紋？」

「この会場に入る前、四ノ宮さんは会場外で金属探知ゲートをくぐり、警備担当者によるチェックを受けたはず。その際……四ノ宮さんは一度簪を外したんじゃないですか？　だからこそ、会場内に入った時には簪が髪から外れそうになっていた」

四ノ宮は苦虫を嚙み潰したような顔になる。

「そんなことがありましたね。桐生さまが外れかけた簪を手で押さえて支えてくれたのでしたか」

「あの時はまだ私も調査用の手袋をつけていなかった。もし、四ノ宮さんが簪を笠居さん殺害に使用しておらず、簪についた血をトイレで洗い流していなければ……ここには私の指紋が残っているはずだ。違いますか？」

ビニール袋に収められた簪を見つめる四ノ宮が言葉を詰まらせる。

「それは……」

「あなたはこの簪で笠居さんを殺害した。そして、簪はトイレで洗って完璧に証拠を隠滅したつもりだったのでしょう？　ですが、簪の螺鈿風の装飾には凹凸がある。水で洗ったとしても、この部分に笠居さんの組織がまだ残っている可能性が高い。これからじっくりと調べさせてもらいますよ」

ハッタリまじりの追及だったが、四ノ宮は反論できずに黙り込んでしまった。

だが、彼女への助け舟は思わぬところからやってきた。

「黙って聞いてれば、デタラメな推理ばかり言いやがって！」

低い声でそう言葉を挟んだのは陸奥だった。彼はなおも続ける。

「そもそも、お菓子でできたダミーナイフを使ったって話があり得へんのよ。桐生さんが現場に到着してすぐ……水田くんが問題のナイフに金属探知機を向けてたやんか。その時点でもう金属製やと判明してたのを忘れたんか？」

私は苦笑いを浮かべる。

「別に矛盾はありませんよ。金属探知機に反応したからといって、その全てが金属でできているとは限りませんので」

私の答えを聞いて、諸岡が目を大きく見開いた。

「じゃあ……あの時に遺体に刺さっていたのはやはりお菓子製のダミーナイフで、そこに何かしらの金属片が貼りつけられていた、のか？」

「それが真相です」

今回、会場内には金属を含む物の持ち込みが厳禁とされていた。

例外的に金属を含む物を持ち込めたのは、警備のための装備を持っている私と水田と、義肢をつけていた諸岡だけだった。

このうち、水田は私と行動をともにしていた。

水田は遺体に刺さったナイフを金属探知機で調べはしたが、私はその時も彼の一挙手一投足を見ていた。水田にはナイフに何かを貼りつけるような不審な動きはなかった。

相羽が困惑気味の顔になる。

「いやいや、今度はその金属片をどうやって持ち込んだかが問題になるだけだ。やっぱり、諸岡さんが四ノ宮さんの共犯者で……義肢の中に金属片を入れて、会場内に持ち込んでいたってオチじゃないの？」

「それはないと思います。ダミーナイフと金属片を併せて使う工作をしても、オーナーにはメリットがありませんから。だって、そこまでしても、義肢をつけていたオーナーが真っ先に疑われる状況は何も変わらないのですよ？」

「……確かに」

それきり相羽は黙り込み、私は更に言葉を続けた。

「とはいえ、いくら外から金属の持ち込みを禁じたところで、この会場内にはもともと家具や扉のネジやトイレの配管など多くの金属製品が存在していました」

四ノ宮が微笑む。

「そういえば、桐生さまは事件後に会場内の確認を行っていましたね。あの時、何か異状は見つかったのですか？」

「いいえ、ネジ類も配管類も含め傷一つありませんでした」

これを聞いた陸奥が笑いはじめた。

「それやったら、ダミーナイフに貼りつけられていた謎の金属片は、我々が外から持ち込んだものでもなければ……もともと会場内にあったものでもないやん。アホらし！　そんな金属片は実在せず、遺体に刺さっていたナイフはやっぱりチタン合金製のナイフやったってことやないか」

「ところが、会場の外から金属片を持ち込むことは可能だったのです」

会議テーブルはしんと静まり返った。少し遅れて諸岡が呟く。

「……どうやって？」

答える代わりに、私はテーブルに置いたままになっていた六枚の封筒に視線をやった。

「この封筒は今回の議長の相羽さんが会議の参加者に案内状と一緒に送付したものなんですよね。確か、宣誓書が入っているんでしたか」

戸惑い気味に相羽が頷いた。

「そうそう、タイタン会議がはじまる前に、『議決内容に必ず従う』という内容の宣誓書を議長が集めるのが慣例になってるからね」

私は封筒のうちの一枚を掲げながら言った。

「問題の金属片は、この封筒に入れられて会場内に持ち込まれたんです」

途端に杜が顔を引きつらせた。

「そんな訳ないでしょう。私も自分の分の宣誓書を持って金属探知ゲートを通ったけど、その時には何の反応もなかったんだから」

「それこそ、真犯人の狙いだったんですよ」

「は？」

「このホテルで使っている金属探知機は高性能ではありますが、検出できる金属のサイズには限界があります。もし、犯人が探知機では検出できないような極小の金属片を……この六枚の封筒それぞれに忍ばせていたとしたら？」

これを受け、諸岡が喉につまった叫びを上げた。

「まさか、真犯人は……我々全員を極小の金属片の運び屋にしたのか！」

私は大きく頷く。

「そういうことです。極小の金属片は一つだけなら金属探知機には引っかからないので、皆さんは無事に封筒を持ったまま金属探知ゲートを通り抜けることができました。その後、犯人は皆が持っていた封筒を自分の手元に集めたのですよ。そして……封筒の中に忍ばせていた極小の金属片を取り外し、六つの金属片を一つにまとめたんです」

陸奥も腕組みをして呻く。

「なるほど。一つやと金属探知機で検出不可能でも、六つも集めれば確実に反応させられるって訳か」

「真犯人はそうやって作った『金属片の集合体』をダミーナイフに貼りつけたのですよ。……とはいえ、この工作は四ノ宮さん一人で行うのは難しい。つまり、四ノ宮さんには協力者がいたということです」

ここで私は言葉を切って、ある人物を見すえた。

「それは今回の会議の案内状や宣誓書用の封筒を作成して送付し、会場では宣誓書を集める役割を担っていた人物……つまり、議長の相羽さんです」

＊

相羽は焦るでもなく、キョトンとした顔になった。

「俺が四ノ宮の協力者？」

――二人が共犯関係にあるのは間違いない。

このトリックを実行するには、会議参加者全員に送付する封筒にあらかじめ金属片を仕込んでおく必要がある。それができたのは、議長として封筒を準備して送付した相羽だけだった。

私はふっと笑う。

「失礼、言い方が悪かったですね。より正確には……四ノ宮さんこそが協力者で、相羽さんが首謀者であり黒幕だ」

相羽は完全に頭を抱えていた。

「どうして、そうなるんだよ」

ちらっと四ノ宮をうかがうと、彼女は感嘆したくなるほどのポーカーフェイスを続けていた。

私はなおも挑発するように言う。

「一応、相羽さんには笠居さん殺害時のアリバイがあるので、殺害の実行犯でないことは確かです。でも、これも……休憩中に四ノ宮さんが殺人事件を起こすと知っていたから、休憩に入るなりさっさとトイレをすませ、あとはタイタンの間で喋りまくってアリバイ作りに励《はげ》んだ結果かもしれませんね」

「ただの偶然だよ」

「それから……表向き、タイタン会議の参加者は対等な立場にあるということになっていますね？でも、実際は四ノ宮さんだけは対等じゃない。彼女は幼少期に杜さんに見出され、あなたや陸奥さんに育て上げられたのですから」

相羽はため息まじりに頷く。

「そう。二十五年ほど前、俺たちは犯罪業界にもいい会計士が必要だと考えて、さっそくそれを作る作業に取りかかった。そういう意味では……俺たちは四ノ宮を作った育ての親といえるかもしれないな」

――四ノ宮を作った？

その言い方がどうしようもなく不愉快に感じられ、私は相羽を睨みつけた。

「実際、四ノ宮さんは『ザ・セヴン』の中でも雑務を任されることが多かったそうですね。つまり、皆さんは自分たちが育てた『闇の会計士』に、日常的にやりたくないことを押しつけていた訳だ」

途端に、相羽が肩を震わせて笑い出す。

「それがエスカレートすれば、四ノ宮に人殺しを強要することもあり得るって？　あんまりにも妄想がすぎるよ。それとも、まさか……四ノ宮に自分自身の過去を投影させてるんじゃないよね？」

私はカッと顔に血がのぼるのを感じた。喉が詰まって言葉が出てこなくなる。

確かに……私と四ノ宮の境遇はよく似ていた。

私も子供の頃に道家に気まぐれで拾われ、彼に犯罪業界で生き抜く術を教わり、殺し屋エレボスとして育て上げられた。

――道家の爺は無茶ぶりばかりで、何度死にそうになったことか。

未だに道家のことが何も分からない。彼が私をただの道具としか思っていなかったのか、それとも一人の家族として彼なりの情を持って接していたのか……それすらも分からないのだ。

殺し屋として育てられた私は、今も道家に対して愛情などという崇高《すうこう》な感情は持ち合わせていない。

だが、それでも彼は確かに私の育ての親だ。

だからこそ、私は最後まで道家を裏切ることができなかった。

――もし、道家の爺からアミュレット・ホテル内での殺しを命じられていたら、私はどうしただろう？

分からない。使い捨ての駒にされていると分かっていても、それを自らの運命と諦めて受け入れてしまう自分もいる気がした。

私は目を閉じて頷いた。

「おっしゃる通り、私は感情的になりすぎているのかもしれません」

「ホテル探偵として失格だな」

相羽の真髄《しんずい》をついた言葉に歯を食いしばりつつも、私は再び目を開いた。

「いえ、この事件の真相だけは……必ずや白日《はくじつ》のもとに晒《さら》してみせます」

「道は遠そうだ。俺が封筒に細工をしたという証拠は何もないくせに、人を平気で犯人呼ばわりしやがって！」

「これから六つの封筒をドクに科学的に調べてもらいます。そうすれば、金属片が隠されていた痕跡が何かしら見つかるはず……」

この時、四ノ宮が消え入りそうな声で言った。

「そこまでせずとも、この四ノ宮が犯人だと認めますよ」

あまりに突然の自白に、私は呆気《あっけ》に取られて彼女を見つめた。つい先ほどまで折れる素振りを見せなかった相羽も諦めたように頷く。

「ま、ここらが潮時かもな」

四ノ宮は陰気に肩をすくめてから続けた。

「桐生さまの推理はほとんど当たっていました。まず、私は精巧なお菓子のダミーナイフを用意して今回の会議に臨みました。そして、諸岡さまと笠居さまの話し合いが終わった後でタイミングを見計らって控え室へと向かい……簪で笠居さまの胸を突いたのです」

最初から、笠居のことは控え室で殺害する計画だったそうだ。

笠居は会議でホテルの廃業を提案するつもりでいた。そんな彼が休憩時間中まで諸岡と顔を突き合わすのを嫌って、控え室に逃げ込もうとするのは織りこみ済みだったのだという。

「とはいえ、諸岡さまが休憩中に話し合いをはじめたのは想定外でした。幸い、それも十分ほどで終わって、計画には何の差し支えもなかったのですが」

笠居を刺殺した後、四ノ宮は簪を抜いて、代わりにお菓子のダミーナイフを傷口に刺したのだという。

「……それから、私は女性用トイレに向かいました。犯行に使った手袋などをトイレに流し、簪も洗って血を落としました。その際、簪についていた桐生さまの指紋も洗い流してしまったのですが、まさかそれで追い詰められることになるとは」

私は腕組みをして言葉を挟んだ。

「そして、問題のお菓子のダミーナイフには、相羽さんがお膳立てして会場内に持ち込んだ金属片の集合体が貼りついていたんだね？」

「その通りです」

「随分と大胆な方法を選んだものだ。いくら精巧に作ったダミーでも、間近で調べられれば、チタン合金製ではないと気づく人も現れかねなかったのに」

四ノ宮は曖昧な微笑みを浮かべる。

「この四ノ宮には勝算があったのですよ。五年前の事件で使われたのと全く同じ形のナイフを用意すれば、今回使われた凶器もチタン合金製に違いない、と思い込ませることができますから」

会場内にチタン合金製のナイフが出現したように上手く見せかければ、それを持ち込めたのは義肢を使っている諸岡だけという話になる。そうやってオーナーを犯人に仕立てる計画だった、と四ノ宮は語った。

「ただし……桐生さまの推理は一か所だけ大きく間違っていました。相羽さまはこの事件の首謀者でも黒幕でもありません」

「そう、俺はむしろ被害者なんだ」

しれっと相羽が続けるのを聞いて、私は思わず顔を歪めた。

「どういう意味ですか？」

「そもそも、俺が封筒に金属片なんて仕込んだのは、四ノ宮がちょっとした悪戯《いたずら》を仕掛けようって提案してきたからだったんだよ」

四ノ宮も大きく頷く。

「金属類の持ち込みが禁じられている今回のタイタン会議の会場内に、金属製品を忽然と出現させて皆を驚かさないか……こう誘ったのですよ」

「まさか、俺が手配した金属片が殺人に利用されるなんて思いもしないだろ？　だから、ついその話に乗って協力してしまって」

「嘘だ」

とっさにそう言い返したが、私には彼らの話が嘘だと証明する手立てがなかった。私は歯がみしながら続ける。

「……ふざけるな！　笠居さんの死が発覚した後も殺人の共犯者だと疑われるのが怖くて、金属片について黙秘を続けていたと……まさか、そう言い訳する気じゃないだろうな？」

「言い訳も何も、それが事実だよ。俺は殺人について何も知らされてなかったけど、立場的にも黒幕扱いされるのは目に見えていたからね？　実際、桐生さんに危うく首謀者扱いされそうになったくらいだ」

突然、四ノ宮が相羽に深々と頭を下げた。

「騙《だま》すような真似をして申し訳ございません。決して、相羽さまに恨みがあった訳ではないのです。……この計画は議長を協力者に仕立てなければ成立しないものでしたから」

相羽はわざとらしいくらい寛容に言う。

「俺に謝る必要なんてないよ。でも、このホテルの禁忌《きんき》を破って殺人を犯した罪はあまりに重すぎる。その償いから逃げられないことは……四ノ宮もよく理解しているね？」

私には相羽が『首謀者である俺を庇ったまま、黙して死ね』と言っているようにしか聞こえなかった。四ノ宮も目を見開いて何か言いたげに唇を動かしたが、やがて全てを呑み込んだように頷いた。

「もちろん……この命で償う覚悟がございます」

諸岡は四ノ宮が自分に罪を着せようとしていたことも何もかも忘れた様子で、哀しげに問いかけた。

「分からない。どうして君が笠居くんの命を狙ったりした？」

四ノ宮は背筋が凍るような凄絶な笑みを浮かべる。

「前にも申し上げた通り、この四ノ宮はアミュレット・ホテルが大好きなのですよ。愛するものを守りたかった……これ以上の理由がありますか？」

そう言いながら彼女は結《ゆ》った髪の中から何かを取り出し、それを素早く口の中に放り込んだ。

「毒か！」

私はとっさに四ノ宮の腕を押さえたが、倒れゆく彼女は早くも激しい痙攣《けいれん》に襲われ、息も絶え絶えになっていた。誰の目にも、もう手遅れなのは明らかだった。

結局……ドクを無線で呼び出す間もないまま、彼女は息を引き取った。


相羽は四ノ宮の遺体を冷ややかに見下ろすと、踵《きびす》を返してタイタンの間を後にしようとした。

「……どこへ行く」

怒りに声を震わせる私に対し、相羽はにっこりとした。

「真犯人も判明したし、犯行方法も明らかになった。もうここにいたって仕方ないだろ？　会議は笠居が亡くなったことにより、話し合うべきこともなくなってしまったし……そろそろ懇親会の準備に移ろう」

この言葉にはかつて殺し屋だった私でさえゾッとした。

杜と陸奥も呆気に取られた表情で相羽を見つめている。相羽はそんな二人に『臆病者』と言わんばかりの視線をやった。

「そんな辛気臭《しんきくさ》い顔するなよ。事件が起きたばかりのこのホテルで懇親会を行うのが嫌なら、近所にある俺のカジノで飲み直すことにしようか」

――このまま逃げる気か！

ホテル探偵の権限が及ぶのは、アミュレット・ホテルの敷地内だけだ。相羽がその外に一歩でも出てしまえば、もう手出しすることは許されなくなってしまう。

私は警備用に持ち込んでいた拳銃を取り出し、今にも扉を開いて廊下に出ようとしていた相羽に向けた。だが、それでも相羽は鼻でせせら笑っただけだった。

「俺にそんな脅《おど》しが通用するとでも？」

「お前はよりによってオーナーに殺人の罪を着せようとした。これだけでも万死に値するが……自分の立場が危うくなった途端、共犯者の四ノ宮をまるで物か何かのように切り捨てた。彼女はお前を庇って死んだんだ！」

相羽はなおも嘲《あざけ》るように続ける。

「何度も言ってるが、俺はむしろ四ノ宮に騙された被害者なんだよ。それに、俺がこのホテルにどんな害を与えたっていうんだ？　せいぜい、自分の知っていることを話さず黙っていただけじゃないか」

私は唇を噛んだ。

しかしながら、どれほど頭を絞っても相羽が四ノ宮を裏で操っていたことを示す証拠は見つからない。いや、そもそもこの会場内という限られた空間で、そんなことを証明しようとすること自体が無茶なのではないか？

諸岡が私の腕を押さえた。

「……もういい、我々の負けだ」

「しかし」

「彼が事件の首謀者だと証明できなかった以上、裁《さば》くことは許されない。もし、ここで君が相羽くんを傷つけたりすれば……逆に、桐生くんこそがホテルの絶対不可侵のルールを破った現行犯となり……我々も君を処刑しなければならない立場に追い込まれてしまうよ」

いつしか諸岡は泣きそうな声になっていた。水田も首を横に振って懇願《こんがん》するようにこちらを見つめている。

今はまだ水田は私の同僚だ。

だが、この引き金を引いた瞬間……水田を含め、このホテルの全てが私の敵に回ることになる。百名以上いるホテルスタッフ全員の顔と名前はちゃんと覚えているし、普段から親しくしている人も多い。たとえ敵となろうと、そんな彼らに手を上げて負傷させるようなことだけはしたくなかった。

――ここまでか。

私は拳銃を掲げていた手をゆっくりと下ろしはじめた。

「そう、それでいいんだよ」

勝利を確信した相羽は悪魔めいた笑みを口元に刻《きざ》んでいた。彼は改めて扉のドアノブを摑みながら、更に言葉を続ける。

「でも……仮に俺が四ノ宮を使い捨てにしたとして、それが何だっていうんだ？　杜も陸奥も俺も、ガキの頃から四ノ宮に『俺たちのために喜んで命を捨てられる』ように教育を施してきた。道家だって、お前のことを使い捨ての……」

　その瞬間、私は反射的に引き金を引いていた。

＊

「本当に……撃ちやがった」

　相羽は息を詰まらせ、扉に向かってよろけるように崩れ落ちた。扉には鮮やかな血の線が生まれる。

　私は怒りのあまり乱れた呼吸を整えつつ言った。

「道家の爺は徹底した個人主義でね？　少なくとも……己の破滅に私を付き合わせるような悪趣味さは持ち合わせていなかった」

　拳銃を手にしたまま私が一歩踏み出すと、相羽は悲鳴まじりに叫びはじめる。

「誰か、桐生を取り押さえろよ！」

　しかし、誰一人として動こうとしない。杜と陸奥でさえ無言を貫いてこの成り行きを見守っている様子だ。

　私はふっと笑った。

「そう騒ぐな、急所は外してあるから」

「医者を……」

　喉を鳴らして喘《あえ》ぐ相羽から、私はタキシードの上着を無理やり引っぺがした。代わりに、ドリンクコーナーにあったタオルを投げてやる。

「とりあえず、これで止血を」

パニック状態から回復した相羽はやっと自分が右肩を負傷しただけだと気づいた様子だった。臓器や大きな血管は避けるように撃ったので、出血もそれほど多くはない。

相羽は傷口をタオルで押さえて唇を歪める。

「なんだ、結局……俺を殺す度胸はなかったのか。そりゃそうだよな？ それとも、こうやって俺を傷つけて脅せば、『実は事件の首謀者でした』とさえずるとでも思ったか？」

私は冷ややかに彼を見下ろした。

「今のは、この事件の首謀者が逃走をはかったから足止めをしたまでだ。……まだ推理は終わっていない」

途端に相羽の顔が真っ青になる。これは必ずしも失血が原因とは言えなそうだ。しかしながら、同時に私も追い詰められつつあった。

——今、この男が首謀者だと証明するのに失敗したら、私は相羽を撃った罪に問われる。相手が犯罪業界のトップなだけに、軽傷を与えただけでも私は生きてこのホテルの外には出られないだろう。

最後の希望を追い求め、私は水田に顔を振り向けた。

「そういえば、水田さんは前に妙なことを言っていたね？ 『今回はケーキ皿などないほうがいいに決まってます。……要らぬ謎が増えるのは、ごめんですから』、と」

水田は戸惑いながらも頷いた。

「確かに、言いましたが」

「『今回は』ということは、もしかして五年前のタイタン会議でも、何かケーキ皿にまつわるトラブルが起きていたのか？」

今のところ、事件について唯一引っかかったまま残っているのが、この水田の発言だった。これで突破口を見出せなければ……私の敗北は確定する。

こちらの心を知ってか知らずか、水田は小さく息を吸い込んで語りはじめた。

「ご承知の通り、五年前のタイタン会議は今回と比べると警備はそれほど厳しくありませんでした。だから、休憩中にはパティシエ特製のモンブランなどをお出ししていたのです」

「なるほど」

犯罪業界のトップが勢ぞろいして、モンブランをパクついている姿はなかなかシュールかもしれない。

「その後、襲撃が起きて米本さまが刺殺され……会場内からはチタン合金製のナイフが消えました。実はそれと時を前後して、モンブラン用のケーキ皿も一枚消失してしまったのですよ」

消失したケーキ皿は普段ホテル内で使っているのと同じ、直径二十センチないくらいの真っ平らな皿で、白い無地のものだったのだという。

それを聞いた瞬間、私は思わず笑い出していた。

——そういうことか。

相羽を含む全員が私の正気を疑うような顔をしてこちらを見つめていたが、私は構わずに再び口を開く。

「先ほどまでの推理はどうやら正しくなかったようです。やっと……全てが分かりました」

「とはいえ……先ほどまでの推理も全てが間違いだった訳ではありません。『四ノ宮さんが自らの簪で笠居さんを殺害し、お菓子のダミーナイフを使うことでチタン合金製のナイフによる刺殺だと見せかけようとした』、ここまでは正しかったのですよ」

陸奥が目を細めた。

「なるほど、間違ってたんは、『お菓子のダミーナイフをチタン合金製のナイフとすり替えた方法』か」

「バカバカしい」

吐き出すようにそう呟いたのは相羽だった。彼は傷口にタオルを押し当てて、こちらを睨みつけている。私はそんな相羽に微笑みかけた。

「いくら溶けにくい飴を利用して、本物そっくりの外観をしたダミーナイフを作ったとしても……間近で調べられれば、偽物だと気づかれるリスクも上がってしまいます。これは確実に逃げ切ることを考える犯人側には、大きなデメリットです」

諸岡が何度か頷く。

「確かに、前に聞いた仮説は『実行不可能ではないにせよ、成功率は低い』と言わざるを得ないトリックだったね」

「この成功率を上げるのは簡単です。……遺体発見から間を置かず、凶器を手に取って調べられる前に本物とすり替えてしまえばいい」

途端に水田が何度も瞬《まばた》きをする。

「お言葉ですが……真犯人は会場内に金属製のナイフを持ち込めなかったからこそ……やむを得ず、

お菓子のダミーナイフを用意したのですよね？」

「いや、やはり会場内にチタン合金製のナイフは持ち込まれていたんだ」

これまでの前提が覆《くつがえ》る言葉に、タイタンの間は騒然となった。そんな中、ただ一人だけ冷静さを保っていた相羽は目をすがめる。

「なら、その犯人はどうやって警備をかいくぐり、金属製のナイフを会場内に持ち込んだっていうんだ？」

「それを考える前に……まずは四ノ宮さんがダミーナイフと本物のナイフを入れ替えたタイミングを特定してしまいましょう」

私は室内にいる全員を見渡してから続ける。

「遺体発見の報を受けて私と水田が控え室に駆けつけた時、四ノ宮さんは遺体の傍に跪いていました。その際、彼女は血のように赤い唇をしていたのですが……後で、皆さんから聴取を行った時にはピンク色に変わっていたのですよ」

途端に諸岡の顔色が変わる。

「まさか！」

「ええ、あの時の四ノ宮さんの唇は、笠居さんの血で汚れていたんです」

陸奥が身震いをして口を押さえた。

「つまり、あの段階で既に四ノ宮は……笠居の遺体に刺さっていたダミーナイフを食べ終わっていたってことか」

私は大きく頷いた。

「私と水田が控え室に入る瞬間、皆さんの視線は遺体から逸れて私たち二人に集中しました。その隙をついて四ノ宮さんはダミーナイフを回収し、チタン合金製のナイフを遺体に刺し直したんです」

そしてダミーナイフを食べる際に、そこに付着していた笠居の血で口を汚してしまったのに違いなかった。

水田が訝《いぶか》しげに問いかけてきた。

「でも、そんな短時間で二十センチ近くあるダミーナイフを食べきれるでしょうか？」

「凶器を詳細に調べられる前に、ナイフの入れ替えを完了する計画であれば……お菓子のダミーナイフは刃の部分まで全て再現する必要はない。恐らく、柄の部分と刃の一部だけを再現した短いものだったのでしょう」

これならナイフ全体を模したものに比べて、服の下などに隠して持ち込むのも、食べて処理するのもずっと楽に行えたはずだ。

相羽が咬《か》みつかんばかりの口調になって叫ぶ。

「デタラメばっかりぬかすな！　四ノ宮の唇の色なんて変わってなかった。俺をハメるために嘘をついているだけだろうが」

すぐさま杜が首を横に振った。

「残念だけど、四ノ宮さんの唇の色が変わったのは私も覚えているのよ。ほら、事件後に持ち物検査を受けた時、私は四ノ宮さんがリップ類を持っていないことを知って驚いていたでしょう？」

私は小さく頷いた。

「そんなことがありましたね」

「あの時、私は彼女が休憩終わりに赤いリップグロスか何かをつけて、それが取れて元のピンク色に戻ったのかと思ったのよ。ところが……彼女は化粧品を会場内に持ち込んでいなかったから」

こう語る杜もリップ用のワセリンこそ会場に持ち込んでいたが、リップグロスは金属探知機に引っかかったせいで持ち込みに失敗していた。

つまり、あの唇の色の変化は……血が原因だとでも考えないと説明がつかない訳だった。

黙り込む相羽を尻目に、私は更に続ける。

「さて、最大の疑問点は……『わざわざお菓子のダミーナイフを使っておきながら、どうして遺体発見後ものの数分で本物のナイフとすり替えるような真似をしたか？』ということです」

相羽が引きつった笑いを浮かべる。

「推理が間違っているんだろ」

「いや、どこも間違ってない。……休憩中に四ノ宮さんは笠居さんを殺害した。その時点では手元にまだチタン合金製のナイフがなかったから、彼女はお菓子のダミーナイフを利用して、さも遺体に本物のナイフが刺さっているように見せかけるしかなかった」

私はタイタンの間を歩き回りながら更に続ける。

「そして、皆さんが遺体を発見したタイミングでは、まだ遺体にはダミーナイフが刺さっていた。それから私と水田が現場に到着するまでのごく短い間に、四ノ宮さんはチタン合金製のナイフを手に入れたんです」

これを聞いて諸岡が眉をひそめる。

「たった数分の間に？」

「ええ、その数分の間に……この会場内ではいつものタイタン会議では起きない、ある特殊な状況が発生していたんですよ」

答えにいち早く気づいて声を上げたのは水田だった。

「もしや……タイタンの間が無人になったことでしょうか？」

「そう、それが答えだよ」

諸岡はアミュレット・ホテルを船にたとえ、『沈みゆく時も運命をともにする』と覚悟を決めていた。

その関係もあって、タイタン会議では通例としてオーナーである諸岡が誰よりも先にタイタンの間に入り、会議終了後は全員の退出を見送ってからタイタンの間を後にする決まりになっていたのだ。

私はなおも続ける。

「皆さんもご存じの通り、今回のタイタン会議でもオーナーは最初にタイタンの間に入って待機していました。そして、皆さんの証言を集めた結果、休憩中には『タイタンの間には常に三人以上の人間がいた』ことが判明しています」

休憩中の過ごし方は過去のタイタン会議も同じだったようだ。かつて陸奥が語ったところによれば……好きなタイミングでトイレに行って、あとはテーブルでだらだらと喋って過ごす場だったそうだからだ。

それを裏づけるように、杜が呟いた。

「確かに、私も何度もタイタン会議に参加してるけど、一度もこの部屋が無人になったのは見たことがないわね」

「ええ、『ザ・セヴン』の皆さんにとってはそうでしょう。真犯人も自分がこの部屋で一人になる機会がないことを理解していたからこそ、今回の計画を立てたのですよ」

陸奥が身震いをした。

「気味が悪いな。まるで『タイタンの間で一人きりになる瞬間を作り出すために、控え室で殺人事件を起こした』とも聞こえるやんか」

「実際、それが真犯人の狙いの一つだったんだと思います。……皆さんが遺体確認のために控え室に向かい、タイタンの間が無人になった瞬間を狙って、真犯人はこの室内のどこかに隠してあったチタン合金製のナイフを取り出した。そして、それを隠し持った上で皆の後を追いかけて控え室に向かったのです」

相羽が鋭く言い返す。

「仮に全てお前の言っている通りだとしても、本物のナイフを取り出したのも、笠居を殺害したのも全て四ノ宮が一人でやったことだ」

「それはあり得ません。聴取を行った際には……遺体発見時には四ノ宮さんが先頭になって控え室に入ったと聞いています。つまり、彼女には本物のナイフを取り出すことはできなかった訳だ」

一瞬たじろぎはしたものの、相羽はすぐに反論を続けていた。

「だとしても、タイタンの間に一人残ったのが俺だとは証明できないだろ？」

「では、先にどこにナイフが隠してあったか明らかにしましょうか」

私は会議テーブル上の白磁の骨壺の前で立ち止まった。そして、その蓋を開きながら言葉を続ける。

「チタン合金製のナイフは、この骨壺の中に隠してあったんですよ。……それも五年前から、ずっと」

私は骨壺の中身を皆に示した。そこには大小さまざまの白っぽい焼骨と人工関節が入っている。

「骨壺には故人が生前に愛用していたものも一緒に納められることがあります。この骨壺の場合、焼骨と一緒に人工関節も入っていた訳だから……もともと金属探知機を近づければ反応があった訳です。金属製品を隠すには適していたといえるでしょう」

珍しく水田が取り乱して激しく首を横に振る。

「あり得ません！　桐生さんも隣で一緒に見ていたでしょう？　会議前に会場内を確認した時も、私は金属反応があったその骨壺の蓋を開いて中をちゃんと覗いて調べたんです。中に焼骨が入っているとはいえ、その奥にナイフがあれば気づかないはずがありません」

「いや、我々は見落としをしたんだ」

私は骨壺の中に手を入れて底を探った。思った通り、そこにはケーキ皿が敷かれていた。私は白く真っ平らな皿を取り出してそれを掲げる。

「このホテルで使っているケーキ皿は直径が二十センチ弱で、ちょうどこの骨壺の底より若干小さいくらいのサイズだ。……そして、問題のチタン合金製のナイフは、上げ底になっていたこのケーキ皿の下に隠されていたんだよ。だから、我々が上から確認しただけではその存在が分からなかった」

諸岡が困惑顔で言葉を挟んだ。

「さっき、桐生くんはナイフが五年前からそこにあったと言ったね？　ということは……」

私は大きく頷く。

「ええ、五年前に会場から忽然と消えたという米本さんのナイフは、ずっとこの骨壺の中に隠されていたんですよ。日本庭園の池から見つかったというナイフは、襲撃犯が用意したコピー品だったんでしょう」

少し落ち着きを取り戻した水田が再び首を横に振る。

「残念ながら、やはりあり得ません」

「なぜ？」

「本日、室内を確認した際には……確かに、骨壺の蓋を開けて目視で確認することしかしませんでした。しかしながら、五年前の襲撃事件が発生した直後には、米本さまのナイフを探すために家具や小物も全てひっくり返して調べたのですよ。もちろん、この骨壺も例外ではなく、中身をひっくり返して異状がないことを確認しました」

私はふっと笑う。

「だろうね？　この骨壺はいつ中に隠している凶器が見つかってもおかしくない危なっかしい隠し場所だ。襲撃犯も当初は別の方法で凶器を隠す計画だったんだと思うよ」

これを聞いた諸岡が眉をひそめる。

「しかし、当時の会場内にはどこにもナイフを隠せる場所など……」

「可能性があるとすれば、被害者である米本さんの遺体の中でしょうね。襲撃犯は米本さんを刺殺した上で、その傷口から凶器となったナイフを斜めに挿し込むようにしてその身体の中に隠してしまったのだと思います」

「そんなバカな！　米本くんの遺体はちゃんと検視が行われたんだ。当時のホテル専属医が確認、を……」

次第に、諸岡は勢いを失って口を閉ざしてしまった。私も視線を床まで落として頷いた。

「今のホテル医であるドクと違って、先代のホテル専属医は素行に問題があったから解任された人物でした。襲撃犯に買収され、検視結果を捏造《ねつぞう》するくらいはやりかねないでしょう」

陸奥が皮肉っぽい笑みを浮かべる。

「ま、凶器を遺体に隠して運び出すことは不可能やなかったやろな。調査のために金属探知機が持ち出されても、旧ホテル医やったら上手く誤魔化すことができる。……この遺体には医療用ボルトが入っていてそれに反応してるだけや、とか何とか」

これを聞いた杜がため息まじりに呟いた。

「でも調査の途中で、諸岡くんが遺体までX線検査装置にかけると言い出したのは想定外だったのね。その時点で検視を終えて、遺体の中にナイフが隠されていないと報告を上げてしまっていた旧ホテル医は……パニックになったことでしょう」

私は頷いて言葉を続けた。

「遺体をX線検査装置にかけられれば、自分が凶器を故意に隠していたことが露呈してしまう。急きょ、旧ホテル医は何か理由をつけて人払いをし、遺体からチタン合金製のナイフを取り出したのでしょう。そして血を落とすなりした上で、最終的にケーキ皿を使って骨壺の底にナイフを隠したんです」

旧ホテル医は水田が骨壺の中身をひっくり返して調べた後を狙ったと考えられた。同じ骨壺が二度調査されることはないと考え、一か八かナイフを隠したのに違いなかった。

「ですが、これも旧ホテル医が苦肉の策で考え出した解決法にすぎません。襲撃犯にとっては……凶器を会場外に運び出すのは失敗するわ、骨壺という危なっかしい場所に隠す羽目になるわ、散々な結果に終わった訳です」

　水田は全て合点がいった様子で言った。

「それで襲撃犯は急きょそのナイフのコピー品を作って、日本庭園の池に放り込むことにしたんですね？　これ以上、誰かが会場内や骨壺の中を調べないようにするためにも、『凶器は間違いなく会場外に持ち出された』とアピールするしかなかった訳ですから」

だが、問題のナイフの複製品を作るにも日数を要した。そのせいで、事件の四日後に急に池からナイフが見つかるという、おかしな状況が生まれてしまったのだ。

　私は相羽に視線を戻して続けた。

「つまり、今回の殺人事件で見つかったチタン合金製のナイフは、骨壺から取り出されたものであり、五年前の殺人で使用された凶器でもあった訳です。……詳細に調べれば、ナイフの表面から砕けた焼骨の粉など、何かしら骨壺に入っていたことを示す痕跡が出てくるでしょう」

　それでも相羽は食い下がってきた。

「だとしても、それで分かるのは……俺か杜か陸奥のうちの誰かが骨壺から本物のナイフを取り出して、密かに四ノ宮に渡したってことだけだ」

「おっしゃる通りです」

「おまけに……その誰かが五年前の襲撃犯だと断定することもできない。お前と同じように推理で骨壺にナイフが隠されていると気づき、それを自分の計画に利用しただけかもしれないからな」

　私は顎に指先を当てて首を横に振った。

「でも、推理をしただけでは、骨壺に本当にナイフが入っているか確証までは持てない。そんなあるかないか分からないナイフをあてにして、実際の犯行計画に組み込むヤツがいるか？　この計画を立てて実行できるのは、骨壺の中にナイフが隠されていると知っていた、五年前の襲撃犯だけなんだよ」

　傷からくる痛みに耐えながら、相羽は首をすくめた。

「だったら、四ノ宮が襲撃犯だったんだ。骨壺からナイフを取り出した共犯者は四ノ宮に頼まれてやっただけなんじゃないのか」

「襲撃犯は体格から男性だと推定されている」

「それでも、俺は襲撃犯じゃない。それが陸奥か笠居か諸岡か誰だか知らないが……お前だって、五年も経過した事件の犯人を特定するなんてできやしないだろう？」

　私は小さく拍手を返した。

「全て相羽さんの言う通りだ」

「何だと？」

「そもそも、五年前の事件で使われた凶器が骨壺に隠されていたと分かったところで、そんなものは襲撃犯を特定する手がかりになりもしない。襲撃犯を手伝った旧ホテル医ももういないから、そこから情報が漏れる心配も皆無だ」

　相羽にとってはむしろ有利な話のはずなのに、彼は何故か激しく震えはじめた。

「それ以上、言うな」

　私は無視して続ける。

「五年前の事件はいくつか不測の事態が起きたにも拘わらず、ある意味で完全犯罪が成立していた。

本来なら、ホテル側が勝手に骨壺から凶器を見つけるのを待っていてもよかったはずだ。それなのに、襲撃犯はどうして新たに事件を起こし、自らの手で骨壺からナイフを取り出すような危険な橋を渡ったんだ？」

「頼む、もう止めてくれ！」

今さら哀願しても遅い。私は相羽から脱がせたタキシードの胸ポケットを探った。

「理由は簡単。骨壺には五年前の事件の凶器の他に……襲撃犯にとって致命的となる別の証拠が一緒に隠されていたからだ」

そう言いながら、私はポケットからポーカーチップを取り出した。

持ち物検査の時にも確認したが、相羽の持っていたチップは古びて傷がついていた。私はそのチップを皆に見えるように掲げる。

「五年前、道家の爺は襲撃犯に反撃を加えました。これまで、その一突きは襲撃犯の着ていた防刃ベストか何かに阻まれたと思われていたけれど……実際には、胸ポケットに入っていたこのチップが受け止めていたのです」

ポーカーチップはクレイ製で決して硬いものではない。普通なら刃の切っ先を受け止めきれないかもしれない。だが、あの時は睡眠ガスの影響で道家の反撃も鈍らになっていた。だから、相羽はこのチップに守られて負傷せずにすんだのだった。

私は容赦なく相羽に向かって続けた。

「米本さんを刺し殺した後、お前はこのポーカーチップをナイフと一緒に遺体の中に隠した。事件後に身体検査を受けた際に、このチップが道家の反撃を受け止めたものではないかと疑われるのを恐れたからだ」

……だが、それが運の尽きだった。

水田が顔を歪めて言葉を挟んだ。

「旧ホテル医はX線検査装置の登場でパニックに陥《おちい》った。そして、とっさに遺体から取り出したチタン合金製のナイフとチップを一緒に骨壺の中に隠してしまったのですね」

「そういうことだ」

「その後、タイタン会議の区画は厳重に封鎖され、誰も手が出せなくなってしまいました。だから……相羽さまも五年ぶりにタイタン会議が開かれるこのタイミングを狙うしかなかった訳ですか」

「違う、全部デタラメだ！」

相羽は頭を抱えてそう叫んだが、私は淡々と言葉を継いだ。

「このポーカーチップを調べれば、ついている傷跡が例のチタン合金製ナイフの切っ先と一致すると証明できるはずだ。加えて、このチップには焼骨の砕けた粉などが付着している可能性が高い。それはこのチップが骨壺に入っていたことを示し……お前が五年前の襲撃犯だという動かぬ証拠になるだろう」

突然、相羽がよろめく足取りで私に摑みかかってきた。チップを取り戻そうと手を差し伸べるも、数歩踏み出したところで貧血を起こし、その場に崩れ落ちてしまう。

私は微笑んだ。

「バカだな。このポーカーチップが骨壺から出てきたものではないのなら、どうして奪い返そうとするんだ？　お前は自らの行動により、犯行を認めてしまったも同然だぞ」

相羽は床でぐったりとしながらも、なおも私の手にあるチップを睨みつけていた。しばらく沈黙が続いた後、諸岡がため息まじりに言った。

「つまり、真相はこうだね？　相羽くんは骨壺から五年前の凶器とポーカーチップを回収するためにも、四ノ宮くんを使って殺人事件を起こす計画を立てた。タイタンの間を一時的に無人にすることは難しくなかったが……チタン合金製のナイフは回収できても、それを外に持ち出すのが難題だった」

私は小さく頷く。

「ええ、その通りです。この会場の出入口には金属探知ゲートが設置されていますし、殺人事件が起きれば、入念な持ち物検査が行われるのは目に見えていましたからね」

「相羽くんは大胆にも……五年前の凶器を『笠居くんの命を奪った別の新たな凶器』だと見せかけることにした。会場内に金属製のナイフが忽然と現れたように思わせることで、義肢をつけている私に笠居くん殺しの罪を擦《なす》りつけようとしたのか」

床でもがき続ける相羽の傍に、私はすっとしゃがみ込んだ。

「見事だったよ。私は相羽さんが今回の事件の首謀者だと証明できなかった。そういう意味では……今回の事件はほぼ完全犯罪だった、喜ぶといい」

だが、相羽の顔には喜びの色など微塵もない。私は改めて銃口を彼のこめかみに向けた。

「とはいえ、やはり今回の事件は起こすべきではなかったな？　この事件を解き明かすことで、結果的に五年前の襲撃犯の正体までもが芋づる式に明らかになったんだから。……私はこのホテルの絶対不変のルールに則《のっと》って、お前に五年前の犯罪の清算を求める」

相羽が血を吐かんばかりの声で叫ぶ。

「止めろ、撃つな！」

私はふっと微笑んだ。

——もちろん、撃ったりしない。

ホテル探偵に課せられた仕事は、禁忌を破った犯人からその犯罪の対価を取り立てることだ。命を奪った者はその命で、その犯行方法と同じ方法で。

だから、この事件の清算に拳銃が使われることはない。

*

タイタンの間のテーブルに一人残り、諸岡は放心したような顔をして呟いた。

「初めてだね……たとえ一度でも、桐生くんが誤った推理をしたのは」

この言葉に私は苦い笑みを浮かべる。

「危うく、その間違った推理を相羽に利用されてしまうところでしたよ」

相羽は私が『封筒に金属片が入っていた』という誤った推理をはじめたのを聞いて、これは利用できると考えたのだろう。

——相羽が最も恐れていたのは、『タイタンの間に五年前に使われた凶器が残ったままになっていた』と私に勘づかれることだった。

お菓子のダミーナイフが使われていることが判明した時点で、もう『諸岡犯人説』を維持するのは難しくなっていた。おまけに……私はドクに六つの封筒を科学的に調べるように依頼しようとしていたのだ。その結果、何かで封筒に金属片など貼りついていなかったことが証明されようものなら、私が自分の推理の誤りに気づくキッカケになる。

私が真実に勘づく危険性を考えれば、誤った推理をさも真実であるかのようにさっさと認めてしまったほうが、相羽にははるかに害がなかった。

だから、四ノ宮ともども『封筒に金属片が入っていた』という推理に乗り、その直後には四ノ宮を切り捨てて、自分だけが助かろうとしたのだ。

ちなみに……もうドクによる追加検査も終わり、例のチタン合金製のナイフとポーカーチップからは微量ながら、骨壺に入っていた焼骨と同じ成分の粉が見つかっていた。

これにより、私の二度目の推理が正しかったことは証明されたのだった。

今や、タイタンの間はがらんとしている。

『ザ・セヴン』の杜と陸奥は少し前に会場を立ち去り、つい先ほど遺体も運び出されていったばかりだ。もうこの部屋には私たち二人しかいない。

「結局、相羽の動機は何だったんでしょうね？」

私がそう問いかけると、諸岡は心ここにあらずといった様子のまま答えた。

「彼はこのアミュレット・ホテルを手中に収めることを望んでいたんだと思う。このホテルは……使い方によっては、非常に強い権力を生み出し得る場所だから」

諸岡は純粋に犯罪者向けのホテルとしてのサービスに徹した運用をしていたが……例えば、ホテル内で盗撮や盗聴を行って得られた情報を活用すれば、犯罪業界内の勢力図を塗りかえることも難しくないだろう。

私は眉をひそめた。

「確かに、ホテルを武力で乗っ取ったとしても、犯罪業界の重鎮たちの賛同は得られない。だから、オーナーに殺人の罪をなすりつけ、ホテル側に処刑させることで体制を崩壊させようとしたのですか」

相羽が笠居を殺害したのも、自らが欲してやまないホテルの廃業を強固に望んでいて、自らの計画にも邪魔だったからに違いなかった。

しばらく沈黙が続いた。私はその静けさを破るように再び口を開く。

「もう一つ、お聞きしたいことがあります。オーナーはどうして……」

「どうして『今日は義肢の中を空にしていたのか』という質問の答えをはぐらかしたのか？　それを聞きたがっているんだね」

「ええ、あの時はオーナーが誰かを庇っているのかと思いましたが」

諸岡は目を半ば伏せて続けた。

「……まず初めに、謝っておかないといけないな。この義肢に隠しスペースがあることを、桐生くんや水田くんに黙っていたことを」

「武器を仕込めるスペースがあるとあらかじめ知っていたら、無理やりにでも義肢なしで参加してもらったのに」

そうすれば、オーナーがこれほど窮地に陥ることもなかっただろう。諸岡は顔をくしゃくしゃにして頷いた。

「私はこの義肢の秘密を誰にも、妻にさえ話したことがなかった。この義肢を作った職人も誰かに口外するような人ではなかったから……これは私だけの秘密、私だけが知っている奥の手のつもりだった」

ところが、実際は『ザ・セヴン』のメンバーのほとんどが彼の義肢に仕掛けがあることを見抜いていた。彼らの持つ特別な情報網により知ったのか、あるいは純粋に推測だけでそう確信するに至ったのか。

私は小さく首を横に振りながら、改めて問いかけた。

「結局、今日は義肢の中は空だったんですか？」

「もちろん空だった。タイタン会議に参加する前にトイレでも確認したし、君の言った通り……武器を隠している時は重心が僅《わず》かに変わるから、たとえチタン合金製の軽いものでも気づく自信がある」

「そこまで『空だ』という確信があったのなら、そう主張すればよかったじゃないですか！　あの状況で下手な発言をすれば、容疑は濃くなる一方です。それに気づかなかったとは言わせませんよ」

声を荒らげる私に対し、諸岡は困り果てた表情に変わる。

「あの時は最悪……私が笠居くんを殺した罪を被っても構わないと思っていたんだ」

私は目を見開いた。

「どうして？　まさか、ホテルの廃業を提案していた笠居を殺した犯人に同調した訳でもないでしょう」

「もちろん、そうじゃない。ただ……」

再び言い淀んでしまった諸岡に対し、私は思い切って問いかけた。

「米本さんが殺害された、五年前の事件をもみ消す決断をしたと聞いた時、私は『オーナーらしくない』と感じました」

「そうだね、いつもの私なら真相と思われるものが見つかるまで調査を続けていただろう」

「なのに、オーナーはあっさりと事件を封印してしまいました。……もしかして、米本さん殺害事件の真相を知るのを恐れていたのですか？」

諸岡は遠い目になって会議テーブルを見回した。その眼前には五年前の光景が広がっているのかもしれない。

「前にちらっと話に出ていたと思うが、当時、米本くんとそれ以外の会議参加者は次第に対立するようになっていた。だから、私の中に彼の死を望む気持ちがなかったとは言えない。そんな中……私はある時、友であった道家くんに、その胸の内を話してしまったことがあったんだよ」

思わぬ告白に私は息を呑む。

「えっ、オーナーは道家が米本さんを殺害したと疑っていたんですか！」

諸岡は消え入りそうな声になって続ける。

「もちろん、具体的な根拠があった訳ではない。私も道家くんが襲撃犯に襲われるところは見ていたからね。ただ……道家くんは『不可能を可能に変える芸術的な犯罪計画』の数々を生み出してきた人だ」

「道家の爺なら自らを被害者のように見せかけ、会場内からナイフを忽然と消し去るくらいは造作もないことだと？　冗談じゃない。そんなことは誰にだって不可能です」

「さっき、桐生くんは凶器を遺体の中に隠したと推理をしたね？　私は……道家くんが自分の体の中にナイフを隠したかもしれないと疑ってしまったんだ。彼は脚も怪我していたから、その傷口からナイフを奥まで挿し込んで、さも現場から凶器が消えたように見せかけたんじゃないか、と」

「は？」

私は茫然とした。

襲撃発生後、道家はただちに病院へと運ばれたはずだ。

そのタイミングでは諸岡も道家本人を金属探知機で調べることまでは思いつかず、軽く持ち物検査をしただけで搬送を許したのだろう。確かに……道家なら体内に金属製品を隠して会場から持ち出すことは不可能ではなかったかもしれない。

――でも、二十センチ近く長さのあるナイフなんて挿し込んだら、それがたとえ脚だとしても命に関わる負傷になってしまう。

諸岡は哀しげに続ける。

「もちろん、こんなのは机上の空論で実現性のある方法じゃない。でも、どんなにおかしな推理でも、一度疑ってしまうと全てが怪しく見えてきてしまうものなんだよ」

道家の入院が負傷の程度以上に長引いたのは、ナイフを隠した時の傷が原因なのでは？　日本庭園の池でナイフが発見されるまで四日かかったのも、道家の体内からナイフを摘出するのに時間を要したからでは？

もちろん、これらは誤った推測にすぎない。だが、諸岡には全てがそれらしく感じられて苦悩したのだという。

「私が道家くんに『米本くんの死を望んでいる』と話してしまったことが、全ての引き金になったのではないか？　それにより、道家くんの寿命を縮める結果を招いてしまったんじゃないか？　時を重ねるごとに、私にはいよいよそうとしか思えなくなっていったんだ」

どうしようもなく複雑な気持ちになりつつ、私は諸岡を見つめた。

「それで余計に、道家に育てられた私に五年前の事件について話し出すことができなかったのですか」

諸岡は小さく頷いた。

「すまない。私がこんなおかしな思い込みをしていなければ、私が君に過去の事件についてちゃんと説明していれば……今回の事件は防げたのかもしれない。桐生くんに誤った推理をさせてしまったのも私のせいだ」

またしても沈黙が続いた。たっぷり十秒は経ってから、私は小さく息を吐き出して口を開く。

「この五年間、オーナーは過去の襲撃事件についてずっと責任を感じていた。そんなある日、再びタイタン会議で殺人事件が発生した。その凶器を見た瞬間、諸岡さんは……五年前の事件について責任のある自分に対して何者かが復讐しようとしていると思い込んでしまった。だからこそ……あなたはその復讐を受け入れる気持ちになって、犯人を庇うような行動に出てしまったんですね？」

「いや、全然違うよ」

諸岡があまりにあっさり否定したので、私はぽかんとした。

「違うんですか」

「あの時はただ、このホテルを守ろうと必死になっていただけだ」

「は？　質問をはぐらかして答えないことが……どうこのホテルを守ることにつながるんですか」

「だって、私が義肢にチタン合金製のナイフなど入っていなかったと断言して、何かの拍子にそのことが証明されでもしたら、大変なことになるじゃないか！　その瞬間、『ザ・セヴン』の連中は、次の矛先を君や水田くんやドクに向けるに決まっているんだから」

ありありる話だった。

――存在するはずのないナイフが忽然と現れた謎にまともに向き合うより、『警備担当者に落ち度があった』、『ホテルスタッフ全員がグルだ』と考えるほうがずっと楽だからな。

なおも諸岡は続ける。

「『ザ・セヴン』の皆に、ホテル側の警備や調査の態勢に問題があったと強く主張されれば、桐生くんも水田くんもドクも自由に動けなくなってしまう。それこそ……真実を解き明かす上で、最も避けなければならない事態だと思ったんだよ」

私は大いに戸惑った。

「オーナーは我々スタッフを疑わなかったんですか？　不可解な状況であればあるほど、警備や調査の任についていた私たちを疑うのが普通のはずなのに」

諸岡は何の気負いもなしに頷いた。

「疑う訳がない。私は皆のことを信頼しているからね」

――犯罪業界に身を置いている私に、こんな言葉を信じろと？

だが、諸岡の目が声が言葉が……確かに私に本心を語っていると伝えてくるからどうしようもない。

やがて、諸岡は会議テーブルから立ち上がりながら言った。

「私には『このホテルが全て』なんだよ。でも今や、私にとっての『ホテル』は場所じゃない。建物はたとえ破壊し尽くされたとしても、また造り直せばいいだけだからね？　私の言う『ホテル』は……心から信頼できる君たちホテルスタッフのことだ」

私は何だか気恥ずかしい気持ちになりつつ、諸岡とともにタイタンの間を出た。

「場所じゃなく人、ですか」

「そう、私はこの『ホテル』のためなら何だってやるよ。仮にどうしても沈まねばならない時がやって来たとしても、とにかく諦め悪く皆のことを守り続けるし……それでも駄目なら、誰よりド派手に沈んでやる！　そういう覚悟は決めていると、前にも君に話したことがあったよね？」

少しばかり冗談めかして語りながら、諸岡は後ろ手にタイタンの間の扉を閉じた。

次にこの扉が開かれるのは……何年後のことだろう？

Fin

方丈 貴恵
（ほうじょう・きえ）

1984年、兵庫県生まれ。京都大学卒。在学時は京都大学推理小説研究会に所属。2019年、『時空旅行者の砂時計』で第29回鮎川哲也賞を受賞しデビュー。続く長編『孤島の来訪者』は、「2020年SRの会ミステリーベスト10」第1位に選出、長編三作目となる『名探偵に甘美なる死を』は第23回本格ミステリ大賞の最終候補となるなど、本格ミステリ界の新鋭として注目されている。

初出

アミュレット・ホテル
「ジャーロ」73号（2020年9月）
クライム・オブ・ザ・イヤーの殺人
「ジャーロ」79号（2021年11月）
一見さんお断り
「ジャーロ」83号（2022年7月）
タイタンの殺人
「ジャーロ」86号（2023年1月）

単行本化に際し、加筆・修正を行いました。

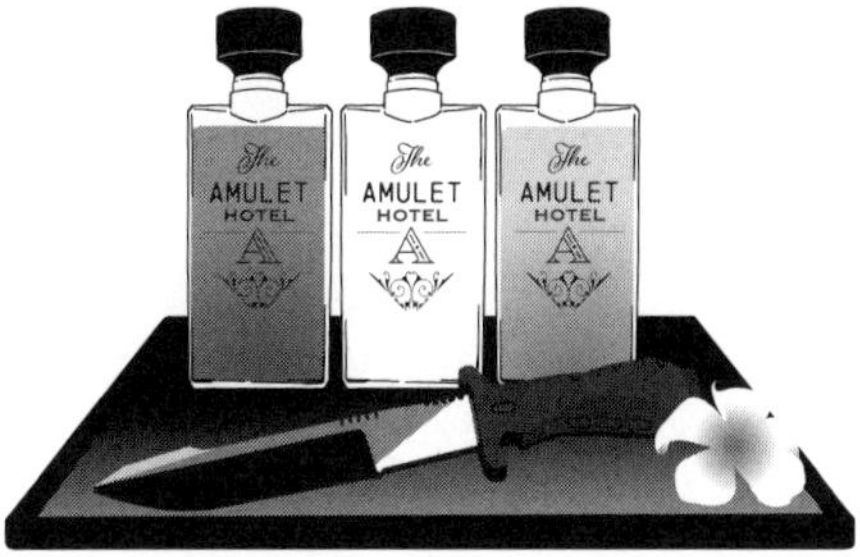

アミュレット・ホテル

2023年7月30日　初版1刷発行
2023年12月30日　4刷発行

著者　方丈《ほうじょう》貴恵《きえ》
発行者　三宅貴久
発行所　株式会社 光文社
〒112-8011　東京都文京区音羽1-16-6
電話　編集部　03-5395-8254
書籍販売部　03-5395-8116
業務部　03-5395-8125
URL　光文社　https://www.kobunsha.com/
組版　萩原印刷
印刷所　堀内印刷
製本所　ナショナル製本

落丁・乱丁本は業務部へご連絡くだされば、お取り替えいたします。

ISBN978-4-334-91543-8